Diogenes Taschenbuch 21026

detebe

W0225244

Maurice Leblanc

Arsène Lupin kontra Herlock Sholmes

Aus dem Französischen von Erika Gebühr

Diogenes

Titel der Originalausgabe:
›Arsène Lupin contre Herlock Sholmes‹
Copyright © 1964 Claude Leblanc, Paris
Die vorliegende Übersetzung ist 1964
erstmals erschienen.
Umschlagzeichnung von Tomi Ungerer

Veröffentlicht als Diogenes Taschenbuch, 1983
Alle deutschen Rechte vorbehalten
Copyright © 1983 by
Diogenes Verlag AG Zürich
80/84/8/1
ISBN 3 257 21026 4

Inhalt

Die blonde Dame

Los Nummer 514 – Serie 23

Am 8. Dezember stöberte Monsieur Gerbois, Mathematiklehrer am Gymnasium von Versailles, in dem Gerümpel eines Trödlers einen kleinen Mahagonischreibtisch auf, der ihm wegen seiner vielen Schubladen gefiel.

Das ist genau das, was ich für Suzannes Geburtstag brauche, dachte er.

Er hatte sich den Kopf zerbrochen, wie er mit seinen bescheidenen Mitteln seiner Tochter eine Freude machen könnte, feilschte nun um den Preis und bezahlte schließlich fünfundsechzig Francs.

Als er gerade seine Adresse angab, bemerkte ein junger elegant gekleideter Mann, der schon überall herumgewühlt hatte, das Möbelstück und fragte:

»Wieviel?«

»Es ist verkauft«, erwiderte der Trödler.

»Oh! Dem Monsieur hier vielleicht?«

Monsieur Gerbois verabschiedete sich, und glücklich darüber, daß er dieses Möbel, das einem anderen ebenfalls gefiel, gekauft hatte, verließ er den Laden.

Er war jedoch noch keine zehn Schritte gegangen, als der junge Mann ihn einholte, den Hut zog und sehr höflich sagte:

»Ich bitte Sie vielmals um Verzeihung, Monsieur ... ich möchte Ihnen eine indiskrete Frage stellen. Haben Sie gerade nach diesem Schreibtisch gesucht?«

»Nein. Ich suchte eine billige Waage für physikalische Experimente.«

»Also legen Sie keinen allzu großen Wert darauf?«

»Doch.«

»Vielleicht, weil er alt ist?«

»Weil er praktisch ist.«

»In diesem Fall würden Sie einwilligen, ihn gegen einen ebenso praktischen, aber besser erhaltenen Schreibtisch umzutauschen?«

»Dieser ist gut erhalten, und der Tausch scheint mir zwecklos.«

»Und dennoch . . .«

Monsieur Gerbois war ein argwöhnischer, leicht reizbarer Mann. Er erwiderte kurz angebunden:

»Ich bitte Sie, Monsieur, bestehen Sie nicht weiter darauf.«

Der Unbekannte vertrat ihm den Weg.

»Ich kenne zwar nicht den Preis, den Sie dafür bezahlt haben, Monsieur, aber ich biete Ihnen das Doppelte.«

»Nein.«

»Das Dreifache?«

»Oh, hören Sie schon auf«, schrie der Lehrer ungeduldig, »ich verkaufe nicht, was mir gehört.«

Der junge Mann sah ihn fest an, mit einem Ausdruck, den Monsieur Gerbois nicht vergessen sollte; dann drehte er sich wortlos auf dem Absatz um und entfernte sich.

Eine Stunde später brachte man das Möbelstück in das Häuschen, das der Lehrer an der Straße von Viroflay bewohnte. Er rief seine Tochter.

»Der ist für dich, Suzanne, wenn er dir gefällt.«

Suzanne war ein hübsches, lebensfrohes und glückliches Mädchen. Sie warf sich ihrem Vater an den Hals und umarmte ihn so überschwenglich, als hätte er ihr ein königliches Geschenk gemacht.

Noch am gleichen Abend stellte sie den Tisch mit Hilfe des Hausmädchens Hortense in ihr Zimmer, säuberte die Schubladen und legte sorgfältig ihre Papiere, das Briefpapier, ihre Briefe, die gesammelten Ansichtskarten und einige heimliche Schätze hinein, die sie zur Erinnerung an ihren Vetter Philippe aufbewahrte.

Am nächsten Morgen ging Monsieur Gerbois um halb acht

Uhr ins Gymnasium. Um zehn Uhr erwartete ihn Suzanne wie alle Tage am Ausgang; für ihn war es immer eine große Freude, am Gitter auf dem gegenüberliegenden Gehweg ihre grazile Erscheinung mit dem Kinderlächeln zu entdecken.

Sie gingen zusammen nach Hause.

»Und dein Schreibtisch?«

»Ein wahres Wunder! Hortense und ich haben die Messingbeschläge geputzt. Man könnte meinen, es wäre Gold.«

»Du bist also zufrieden?«

»Und wie! Ich weiß nicht, wie ich bisher ohne ihn auskommen konnte.«

Sie durchquerten den Garten vor dem Haus. Monsieur Gerbois schlug vor:

»Können wir ihn vor dem Essen noch ansehen?«

»Oh, ja, das ist eine gute Idee.«

Sie stieg vor ihm die Treppe hinauf; als sie aber auf der Schwelle ihres Zimmers stand, stieß sie einen entsetzten Schrei aus.

»Was ist denn?« stammelte Monsieur Gerbois.

Er trat ebenfalls ins Zimmer. Der Schreibtisch war verschwunden.

Den Untersuchungsrichter wunderte die verblüffende Einfachheit, mit der der Diebstahl durchgeführt worden war. Während Suzanne ausgegangen war und das Hausmädchen Besorgungen machte, hatte ein Spediteur – Nachbarn hatten sogar sein Schild gesehen – mit einem Wagen vor dem Garten gehalten und zweimal geklingelt. Da die Nachbarn nicht wußten, daß das Hausmädchen unterwegs war, schöpften sie keinen Verdacht, so daß der Kerl seine Arbeit absolut ungestört verrichten konnte.

Erstaunlich dabei war, daß kein Schrank aufgebrochen, keine Uhr verschoben worden war. Und nicht nur das, auch Suzannes Portemonnaie, das sie auf der Schreibtischplatte liegen lassen hatte, wurde mit allen seinen Goldstücken auf dem danebenstehenden Tisch wiedergefunden. Die Absicht des Einbruchs war eindeutig, aber sie machte ihn noch unerklärlicher, denn warum begab sich jemand für eine so geringe Beute in so große Gefahr?

Als einzigen Hinweis konnte der Lehrer den Vorfall des Vortags angeben.

»Bei meiner Weigerung drückte das Gesicht des jungen Mannes sofort lebhaften Ärger aus, und ich hatte die sehr deutliche Empfindung, daß er mich mit einer Drohung verließ.«

Das war sehr vage. Der Trödler wurde verhört. Er kannte weder den einen noch den anderen der beiden Herren. Das Möbelstück hatte er für vierzig Francs in Chevreuse bei einer Versteigerung nach einem Todesfall erworben und glaubte wohl, es zu einem angemessenen Wert wieder verkauft zu haben. Die folgende Untersuchung ergab nichts Neues.

Monsieur Gerbois war jedoch überzeugt, daß er einen großen Verlust erlitten hatte. In dem doppelten Boden einer Schublade mußte ein Vermögen versteckt liegen; deswegen hatte der junge Mann, der das Versteck kannte, mit so großer Entschiedenheit gehandelt.

»Mein armer Vater, was hätten wir mit diesem Vermögen anfangen sollen?« beruhigte ihn Suzanne.

»Wie! Mit einer derartigen Mitgift könntest du die besten Partien machen.«

Suzanne, die ihre Absichten auf ihren Vetter Philippe beschränkte, der eine armselige Partie war, seufzte bitter. Und in dem Häuschen in Versailles ging das Leben weiter, weniger fröhlich, weniger unbekümmert, durch Klagen und Niedergeschlagenheit verdüstert.

Zwei Monate vergingen. Und plötzlich erfolgten Schlag auf Schlag einschneidende Ereignisse, eine unvorhergesehene Folge von glücklichen Zufällen und Katastrophen!

Am 1. Februar machte es sich Monsieur Gerbois, der gerade nach Hause gekommen war, um halb sechs Uhr mit einer Abendzeitung bequem, setzte seine Brille auf und begann zu lesen. Da ihn die Politik nicht interessierte, blätterte er die Seite um. Im gleichen Augenblick erregte ein Artikel unter folgender Überschrift seine Aufmerksamkeit:

»Dritte Ziehung der Lotterie der Pressegesellschaften.

Die Nummer 514 der Serie 23 gewinnt eine Million . . .«

Die Zeitung glitt ihm aus den Händen. Die Mauern schwankten vor seinen Augen, und sein Herz hörte auf zu schlagen. Die Nummer 514 der Serie 23 war seine Nummer! Er hatte sie zufällig gekauft, um einem seiner Freunde einen Gefallen zu tun; denn er glaubte kaum an die Gunst des Schicksals, und jetzt gewann er!

Schnell zog er sein Notizbuch aus der Tasche. Die Nummer 514 der Serie 23 stand vorsichtshalber auf dem Schutzblatt. Aber das Los?

Er stürzte in sein Arbeitszimmer, um das Kästchen mit den Briefumschlägen zu suchen, zwischen die er das kostbare Los gesteckt hatte; aber kaum hatte er den Raum betreten, erstarrte er, schwankte mit flatterndem Herzen: Das Kästchen stand nicht dort, und entsetzt wurde ihm mit einem Schlag klar, daß es schon seit Wochen nicht mehr dort war! Seit Wochen sah er es nicht vor sich stehen, wenn er die Hausaufgaben seiner Schüler korrigierte.

Er hörte Schritte auf dem Kies im Garten. Er rief:

»Suzanne! Suzanne!«

Sie kam herbeigeeilt, stürzte die Treppe hinauf. Erstickt stammelte er:

»Suzanne . . . das Kästchen . . . das Kästchen mit den Briefumschlägen?«

»Welches?«

»Das aus dem Louvre . . . das ich am Donnerstag mitgebracht habe . . . es stand hier auf dem Tisch . . .«

»Aber erinnere dich doch, Vater . . . wir haben es zusammen weggeräumt.«

»Wann?«

»An dem Abend . . . weißt du . . . am Abend jenes Tages . . .«

»Aber wohin? . . . antworte . . . du bringst mich um . . .«

»Wohin? . . . In den Schreibtisch.«

»In den gestohlenen Schreibtisch?«

»Ja.«

»In den gestohlenen Schreibtisch . . .«

Ganz leise wiederholte er diese Worte, schreckensstarr. Dann ergriff er ihre Hand, und noch leiser sagte er:

»Er enthielt eine Million, mein Kind . . .«

»Oh! Vater, warum hast du es mir nicht gesagt?« murmelte sie naiv.

»Eine Million!« wiederholte er. »Es war die Gewinnummer der Presselose.«

Der Schlag dieses Unglücks erdrückte sie; sie schwiegen lange, denn sie hatten nicht den Mut, die Stille zu unterbrechen.

Schließlich sagte Suzanne:

»Aber Vater, man wird dich trotzdem auszahlen.«

»Warum? Auf welche Beweise hin?«

»Es sind also Beweise nötig?«

»Zum Teufel, ja.«

»Und du hast keine?«

»Doch, ich habe einen.«

»Na also?«

»Er ist in dem Kästchen.«

»In dem verschwundenen Kästchen?«

»Ja. Und der andere wird das Geld bekommen.«

»Aber das wäre abscheulich! Kannst du Einspruch erheben, Vater?«

»Weiß man's! Weiß man's! Dieser Mann muß sehr stark sein! Er verfügt über viele Mittel! . . . Erinnere dich . . . die Sache mit dem Möbelstück . . .«

Mit plötzlich wiedergewonnener Energie sprang er auf und stampfte mit dem Fuß auf den Boden:

»Nein, nein und noch einmal nein, er wird sie nicht bekommen, die Million, er wird sie nicht bekommen! Warum sollte er sie bekommen? So geschickt er auch sein mag, er kann schließlich genausowenig unternehmen. Wenn er das Geld abholen will, wird er eingelocht! Oho! Das wollen wir einmal sehen, mein Bester!«

»Du hast also eine Idee, Vater?«

»Unsere Rechte bis zum Ende zu verteidigen, was auch geschieht! Und es wird uns auch gelingen! Die Million gehört mir! Ich werde sie bekommen!«

Einige Minuten später brachte er folgendes Telegramm zur Post:

An den Direktor der Bodenkreditbank
Rue des Capucines, Paris
Bin Besitzer der Nummer 514 – Serie 23, erhebe mit allen gesetzlichen Mitteln Einspruch gegen jede fremde Reklamation.
Gerbois.

Fast zur gleichen Zeit traf das folgende Telegramm bei der Bank ein:

Die Nummer 514 – Serie 23 ist in meinem Besitz.
Arsène Lupin.

Jedesmal wenn ich eines der unzähligen Abenteuer, aus denen Arsène Lupins Leben besteht, erzähle, bin ich wirklich unsicher. Ich habe das Gefühl, daß auch das kleinste dieser Abenteuer allen denen, die mich lesen, längst bekannt ist. Tatsächlich gibt es doch keinen Schachzug unseres »Nationaldiebes«, wie man ihn so hübsch genannt hat, der nicht aufs lauteste verkündet, keine Kühnheit, die nicht unter allen Gesichtspunkten studiert, keine Handlung, die nicht mit jenem Überfluß von Einzelheiten, den man gewöhnlich der Erzählung von Heldentaten widmet, kommentiert worden ist.

Wer, zum Beispiel, kennt nicht jene seltsame Geschichte der »Blonden Dame« mit den merkwürdigen Episoden, die die Reporter mit den großen Buchstaben überschrieben: »Die Nummer 514 – Serie 23!« – »Das Verbrechen in der Avenue Henri-

Martin!« – »Der blaue Diamant!« Wieviel Aufsehen durch das Eingreifen des berühmten englischen Detektives Herlock Sholmes! Was für eine Aufregung nach jedem unerwarteten Ereignis während des Kampfes dieser beiden großen Könner! Und was für ein Lärm auf den Boulevards an dem Tag, als die Zeitungsjungen herausbrüllten: »Die Verhaftung des Arsène Lupin!«

Meine Entschuldigung ist die, daß ich Neuigkeiten berichte. Ich bringe die Lösung des Rätsels. Immer bleibt ein Rest von Dunkel um seine Abenteuer. Ich verscheuche es. Ich wiederhole die gelesenen und wiedergelesenen Artikel, ich bringe alte Interviews: aber das alles verbinde ich miteinander, ich systematisiere es, und zwar unter dem Gesichtspunkt der exakten Wahrheit. Mein Mitarbeiter ist Arsène Lupin, dessen Gefälligkeit mir gegenüber unerschöpflich ist. In diesem Fall hilft mir auch der unbeschreibliche Wilson, der Freund und Vertraute von Sholmes.

Man erinnert sich sicher an das große Gelächter, das auf die Veröffentlichung beider Telegramme folgte. Allein der Name Arsène Lupin war ein sicherer Beweis für etwas Unvorhergesehenes, ein Versprechen für die Belustigung des Publikums. Und das Publikum war die ganze Welt.

Die von der Bodenkreditbank sogleich angestellten Ermittlungen ergaben, daß die Nummer 514 – Serie 23 durch die Filiale der Bank Crédit Lyonnais in Versailles an den Artilleriehauptmann Bessy ausgegeben worden war. Doch der Hauptmann war nach einem Sturz vom Pferd gestorben. Durch Kameraden, denen er sich anvertraut hatte, erfuhr man, daß er das Los einige Zeit vor seinem Tod einem Freund verkauft hatte.

»Dieser Freund bin ich«, bestätigte Monsieur Gerbois.

»Beweisen Sie es«, forderte der Direktor der Bank.

»Ich soll es beweisen? Das ist leicht. Zwanzig Personen werden Ihnen bestätigen, daß ich fortwährende Beziehungen zu dem Hauptmann hatte und daß wir uns im Café an der Place d'Armes trafen. Dort habe ich ihm eines Tages, um ihm aus einer augenblicklichen Verlegenheit zu helfen, sein Los gegen die Summe von zwanzig Francs abgekauft.«

»Haben Sie Zeugen für diesen Kauf?«

»Nein.«

»Worauf stützen Sie in diesem Fall Ihre Reklamation?«

»Auf den Brief, den er mir in dieser Angelegenheit schrieb.«

»Was für ein Brief?«

»Ein Brief, der mit dem Los zusammengeheftet war.«

»Zeigen Sie ihn.«

»Aber er befand sich doch in dem gestohlenen Schreibtisch.«

»Finden Sie ihn wieder.«

Arsène Lupin beschaffte ihn. Eine in der Zeitung ›Echo de France‹ – sie hat die Ehre, sein amtliches Organ zu sein, und es scheint, als wäre er einer ihrer Hauptaktionäre – veröffentlichte Notiz gab bekannt, daß er den Brief, den Hauptmann Bessy ihm, und zwar ihm persönlich, geschrieben, bei Rechtsanwalt Detinan, seinem Rechtsberater, hinterlegt hätte.

Das war eine Freude: Arsène Lupin nahm einen Rechtsanwalt! Ausgerechnet Arsène Lupin unterwarf sich den Regeln des Spiels und nahm als seinen Vertreter ein Mitglied der Rechtsanwaltschaft! Die Presse überfiel Rechtsanwalt Detinan, einen einflußreichen Abgeordneten der Radikalen, einen Mann von großer Redlichkeit wie auch feinem Geist, der gern ein bißchen skeptisch und paradox war.

Rechtsanwalt Detinan versicherte, er hätte noch nie das Vergnügen gehabt, Arsène Lupin zu begegnen – und er bedauerte das lebhaft –, aber er hatte tatsächlich seine Anweisungen bekommen. Er war so gerührt über die Wahl, deren hohe Ehre ihm bewußt wäre, daß er das Recht seines Klienten mit allen Mitteln verteidigen wollte. Er öffnete also die neu eingerichtete Akte und legte dem Gericht ohne Umschweife den Brief des Hauptmanns vor. Dieser bewies wohl den Verkauf des Loses, nannte aber nicht den Namen des Käufers.

»Mein lieber Freund . . .« hieß es nur.

»Mein lieber Freund, das bin ich«, fügte Arsène Lupin in einer dem Brief des Hauptmanns beigefügten Notiz hinzu. »Und der beste Beweis dafür ist der, daß ich den Brief besitze.«

Der Schwarm der Reporter stürzte sich sofort auf Monsieur Gerbois, der nur wiederholen konnte:

»Mein lieber Freund, bin nur ich. Arsène Lupin hat den Brief des Hauptmanns mit dem Lotterielos gestohlen.«

»Das soll er beweisen!« erwiderte Lupin den Journalisten.

»Aber da er es doch gewesen ist, der den Schreibtisch gestohlen hat!« rief Monsieur Gerbois vor denselben Journalisten aus.

Und Lupin erwiderte: »Das soll er beweisen!«

Dieses öffentliche Duell zwischen den beiden Besitzern der Nummer 514 – Serie 23, das Kommen und Gehen der Reporter, die Kaltblütigkeit von Arsène Lupin gegenüber der Kopflosigkeit des armen Monsieur Gerbois wurde zu einem Schauspiel von ganz besonderem Reiz.

Der Ärmste! Die Zeitungen waren voll von seinen Klagen. Er verriet sein Unglück mit einer rührenden Naivität.

»Verstehen Sie, meine Herren, es ist die Mitgift von Suzanne, die dieser Lump mir raubt. Ich persönlich pfeife darauf, aber Suzanne! Denken Sie doch, eine Million! Zehnmal hunderttausend Francs! Oh! Ich wußte genau, daß der Schreibtisch einen Schatz enthielt!«

Man konnte ihm lange vorhalten, daß sein Gegner von dem Vorhandensein eines Lotterieloses nichts wußte, als er das Möbelstück forttrug, und daß niemand voraussehen konnte, daß diese Nummer das große Los gewinnen würde; er seufzte nur: »Gehen Sie mir doch, er wußte es . . . Warum hätte er sich sonst die Mühe gemacht, dieses unglückselige Möbelstück zu stehlen?«

»Aus unbekannten Gründen, aber sicher nicht, um einen Fetzen Papier zu erbeuten, der damals den bescheidenen Wert von zwanzig Francs hatte.«

»Von einer Million! Er wußte es . . . Er weiß alles! Oh! Sie kennen ihn nicht, den Banditen! . . . Er hat Sie nicht um eine Million gebracht, Sie nicht!«

Der Dialog hätte lange dauern können. Aber am zwölften Tag erhielt Monsieur Gerbois eine Botschaft mit der Bemerkung »vertraulich« von Arsène Lupin. Er las mit wachsender Unruhe:

»Monsieur, das Publikum amüsiert sich auf unsere Kosten. Glauben Sie nicht, daß der Augenblick gekommen ist, Ernst zu machen? Ich meinerseits bin fest dazu entschlossen.

Die Situation ist klar: Ich besitze ein Los, das einzulösen ich nicht das Recht habe, und Sie haben das Recht, ein Los einzulösen, das Sie nicht besitzen. Also können wir einer ohne den anderen nichts unternehmen.

Doch willigen weder Sie ein, mir Ihr Recht zu überlassen, noch willige ich ein, Ihnen mein Los zu überlassen.

Was tun?

Ich sehe nur eine Möglichkeit: teilen wir. Eine halbe Million für Sie, eine halbe Million für mich. Ist das nicht gerecht? Und befriedigt nicht dieses salomonische Urteil das Gefühl für Gerechtigkeit, das in jedem von uns steckt?

Eine gerechte, aber sofortige Lösung. Es ist kein Angebot, über das zu diskutieren Sie Zeit haben, sondern eine Notwendigkeit, der sich zu beugen die Umstände Sie zwingen. Ich gebe Ihnen drei Tage Bedenkzeit. Am Freitagmorgen hoffe ich unter den Kleinanzeigen in der Zeitung ›Echo de France‹ eine diskrete Notiz zu lesen, die an M. Ars. Lup. adressiert ist und Ihre schlichte Einwilligung zu dem von mir vorgeschlagenen Abkommen enthält. Daraufhin werden Sie sofort im Besitz des Loses sein, die Million kassieren und mir auf dem Weg, den ich Ihnen später nennen werde, fünfhunderttausend Francs übergeben.

Falls Sie sich weigern, habe ich meine Maßnahmen getroffen, so daß das Ergebnis das gleiche sein wird. Aber außer dem sehr schweren Ärger, den Sie durch eine Weigerung bekommen werden, werden Sie noch einen Abzug von fünfundzwanzigtausend Francs für Extraausgaben haben.

Hochachtungsvoll – Arsène Lupin.«

Aufgebracht wie er war, beging Monsieur Gerbois den großen Fehler, diesen Brief herumzuzeigen und ihn kopieren zu lassen. Seine Entrüstung trieb ihn so weit, nur Dummheiten zu machen.

»Nichts! Nichts wird er bekommen!« rief er vor den versammelten Reportern. »Teilen, was mir gehört? Niemals. Soll er sein Los zerreißen, wenn er mag.«

»Trotzdem sind fünfhunderttausend Francs immer noch besser als gar nichts.«

»Es handelt sich nicht darum, sondern um mein Recht, und dieses Recht werde ich vor den Gerichten verteidigen.«

»Gegen Arsène Lupin? Das wäre lustig.«

»Nein, aber gegen die Bodenkreditbank. Sie muß mir die Million auszahlen.«

»Gegen Hinterlegung des Loses oder mindestens gegen den Beweis, daß Sie das Los gekauft haben.«

»Den Beweis gibt es, denn Arsène Lupin gibt zu, daß er den Schreibtisch gestohlen hat.«

»Wird das Wort Arsène Lupins dem Gericht genügen?«

»Egal, ich versuche es.«

Das Publikum applaudierte. Wetten wurden abgeschlossen; die einen waren überzeugt, daß Lupin Monsieur Gerbois bezwingen, die anderen, daß er es bei seinen Drohungen belassen würde. Jedoch war man etwas besorgt, weil das Kräfteverhältnis der beiden Gegner so ungleich war; der eine war so hart in seinem Angriff, der andere verstört wie ein gehetztes Tier.

Am Freitag riß man sich um die Zeitung ›Echo de France‹, fieberhaft überflog man die fünfte Seite mit den Kleinanzeigen. Nicht eine Zeile war an M. Ars. Lup. gerichtet. Durch Schweigen antwortete Monsieur Gerbois auf die Anordnungen Arsène Lupins. Das war die Kriegserklärung.

Am Abend erfuhr man aus den Zeitungen die Entführung von Mademoiselle Gerbois.

Was uns bei dem, was man als Arsène-Lupin-Schauspiele bezeichnen könnte, immer belustigt, ist die äußerst komische Rolle der Polizei. Alles geschieht von ihr unbeeinflußt. Er spricht, er schreibt, warnt, befiehlt, droht und führt aus, als gäbe es weder den Chef der Sicherheitspolizei noch Polizisten oder Polizeikommissare, kurz Personen, die ihn an seinen Absichten hindern könnten. Alles das wird als unbedeutend und unwichtig betrachtet. Dieses Hindernis zählt nicht.

Und doch müht sich die Polizei ab! Sobald es sich um Arsène Lupin handelt, fängt die ganze Rangliste von oben bis unten Feuer, kocht und schäumt vor Wut. Das ist der Gegner, der Feind, der sie verhöhnt, provoziert, verachtet oder, was am schlimmsten ist, ignoriert.

Was soll man gegen einen solchen Gegner machen? Nach der Aussage des Hausmädchens ging Suzanne um zwanzig Minuten vor zehn Uhr von zu Hause fort. Als ihr Vater um fünf Minuten nach zehn Uhr aus dem Gymnasium kam, sah er sie nicht auf dem Gehweg, auf dem sie ihn gewöhnlich erwartete. So hatte sich also alles während des kurzen Spazierganges von zwanzig Minuten ereignet, die Suzanne von zu Hause zum Gymnasium oder wenigstens bis in die Nähe der Schule benötigte.

Zwei Nachbarn erklärten, sie hätten sie dreihundert Schritte vom Haus entfernt getroffen. Eine Dame hatte ein junges Mädchen auf der Avenue gehen sehen, auf das die Personenbeschreibung zutraf. Man forschte nach allen Seiten, man verhörte die Angestellten des Bahnhofs und die Revierbeamten. Sie hatten an jenem Tag nichts bemerkt, was auf die Entführung eines jungen Mädchens hätte hindeuten können. In Ville-d'Avray erklärte jedoch ein Kolonialwarenhändler, daß er einem geschlossenen Auto, das aus Paris kam, Öl geliefert hätte. Am Steuer saß ein Chauffeur, im Innern eine blonde Dame – eine äußerst blonde Dame, präzisierte der Zeuge. Eine Stunde später kehrte das Auto von Versailles zurück. Eine Wagenkolonne zwang es, die Fahrt zu verlangsamen, was es dem Händler ermöglichte, neben der schon einmal gesehenen blonden Dame die Anwesenheit einer weiteren in Schals und Tücher gehüllten Dame festzustellen. Es bestand kein Zweifel, daß es sich um Suzanne Gerbois handelte.

Dann mußte also angenommen werden, daß die Entführung am hellichten Tag auf einer sehr befahrenen Straße im Zentrum der Stadt stattgefunden hatte.

Aber wie? An welcher Stelle? Kein Schrei wurde gehört, keine verdächtige Bewegung bemerkt.

Der Händler beschrieb das Auto, eine 24-PS-Limousine aus dem Hause Peugeot, dunkelblau. Auf alle Fälle erkundigte man sich bei der Inhaberin der Großgarage, Madame Bob-Walthour, die sich auf einen Mietwagenbetrieb dieser Marke spezialisiert hatte. Am Freitagmorgen hatte sie tatsächlich für den ganzen Tag eine Peugeot-Limousine an eine blone Dame verliehen, die ihr übrigens nicht wieder zu Gesicht gekommen war.

»Aber der Chauffeur?«

»Er hieß Ernest, ich habe ihn am Tag vorher auf Grund ausgezeichneter Zeugnisse eingestellt.«

»Ist er hier?«

»Nein, er hat den Wagen zurückgebracht und ist nicht mehr wiedergekommen.«

»Wie könnte man ihn finden?«

»Bei den Personen, die ihn empfohlen haben. Hier sind ihre Namen.«

Man begab sich zu diesen Personen. Keine von ihnen kannte den besagten Ernest.

Welche Spur man auch verfolgte, um Licht in das Dunkel zu bringen, stets geriet man in neue Verwicklungen, neue Rätsel. Monsieur Gerbois hatte nicht die Kraft, den Kampf durchzustehen, der für ihn so unglücklich begann. Untröstlich über das Verschwinden seiner Tochter, von Gewissensbissen geplagt, kapitulierte er.

Eine kleine Anzeige im ›Echo de France‹, die viel besprochen wurde, erklärte schlicht seine Unterwerfung ohne Hintergedanken.

Das war der Sieg; der Krieg war in viermal vierundzwanzig Stunden beendet.

Zwei Tage später betrat Monsieur Gerbois die Halle der Bodenkreditbank. Er wurde zum Direktor geführt, dem er die Nummer 514 der Serie 23 vorlegte. Der Direktor sprang auf.

»Oh, Sie haben es? Das Los wurde Ihnen zurückgegeben?«

»Ich hatte es verlegt, hier ist es«, erwiderte Monsieur Gerbois.
»Sie behaupteten doch aber . . . es war die Rede von . . .«
»Das waren alles nur Verleumdungen und Lügen.«
»Aber wir benötigen trotzdem einen Beweis.«
»Genügt der Brief des Hauptmanns?«
»Sicher.«
»Hier ist er.«
»Gut. Lassen Sie bitte die Unterlagen hier. Wir haben vierzehn Tage Zeit zur Überprüfung. Ich werde Sie benachrichtigen, sobald Sie sich an unserer Kasse melden können. Bis dahin glaube ich, mein Herr, daß auch Ihnen daran liegt, nicht darüber zu reden und diese Sache in absolutem Stillschweigen zu beenden.«
»Das ist meine Absicht.«
Monsieur Gerbois erzählte nichts, der Direktor auch nicht. Aber es gibt Geheimnisse, die ohne irgendeine Indiskretion gelüftet werden, und plötzlich erfuhr man, daß Arsène Lupin die Kühnheit gehabt hatte, Monsieur Gerbois das Los mit der Nummer 514 der Serie 23 zu schicken. Diese Neuigkeit wurde mit sprachloser Bewunderung aufgenommen. Das war entschieden ein fairer Spieler, der einen Trumpf von dieser Wichtigkeit auf den Tisch warf, das kostbare Los! Sicher, er hatte es nur mit gutem Vorbedacht und für eine Karte, die das Gleichgewicht wiederherstellte, aus der Hand gegeben. Aber wenn das junge Mädchen entkam? Wenn es gelang, ihm die Geisel zu entreißen?
Die Polizei erkannte den schwachen Punkt des Gegners und verdoppelte die Anstrengungen. Arsène Lupin entwaffnet, durch sich selbst bloßgestellt, in der Verzahnung seiner Berechnungen gefangen, ohne einen lumpigen Sou von der begehrten Million . . . mit einem Schlag würden die Lacher auf der anderen Seite stehen.
Man mußte Suzanne wiederfinden. Aber man fand sie nicht, genausowenig wie sie entkam.
Gut, sagte man, eins zu null für ihn, Arsène Lupin gewinnt die erste Runde. Aber das Schwierigste kommt noch. Mademoiselle

Gerbois ist in seinen Händen, gut, und er wird sie nur gegen fünfhunderttausend Francs herausgeben. Aber wo und wie wird der Tausch stattfinden? Damit er stattfindet, müssen sie ein Rendezvous abmachen. Wer hindert Monsieur Gerbois daran, die Polizei zu verständigen und so seine Tochte zu bekommen und gleichzeitig das ganze Geld zu behalten?

Man interviewte den Lehrer. Sehr niedergeschlagen, von dem Wunsch erfüllt, über alles zu schweigen, blieb er undurchdringlich.

»Ich habe nichts zu sagen, ich warte.«

»Und Mademoiselle Gerbois?«

»Die Sache geht weiter.«

»Aber Arsène Lupin hat Ihnen geschrieben?«

»Nein.«

»Sie versichern es?«

»Nein.«

»Also hat er Ihnen geschrieben. Wie sind seine Anweisungen?«

»Ich habe nichts zu sagen.«

Man belagerte Rechtsanwalt Detinan. Dieselbe Diskretion.

»Monsieur Lupin ist mein Klient«, erwiderte er mit gekünsteltem Ernst. »Sie verstehen, daß ich zu absolutem Schweigen gezwungen bin.«

Diese Geheimnistuerei irritierte das Publikum. Offensichtlich wurde die Affäre unter der Hand verhandelt. Arsène Lupin zog die Maschen seiner Netze fester zusammen, während die Polizei Monsieur Gerbois Tag und Nacht überwachen ließ. Man diskutierte die drei möglichen Lösungen: die Verhaftung, der Triumph oder das kläglich-lächerliche Scheitern.

Aber die Neugier der Bevölkerung sollte nur teilweise befriedigt werden; hier auf diesen Seiten wird zum erstenmal die ganze Wahrheit enthüllt.

Am Dienstag, dem 12. März, erhielt Monsieur Gerbois in einem gewöhnlich aussehenden Umschlag eine Nachricht von der Bodenkreditbank.

Am Donnerstag stieg er um ein Uhr in den Zug nach Paris. Um zwei Uhr wurden ihm die Tausendfrancscheine ausgehändigt.

Während er zitternd die Scheine durchblätterte – war dieses Geld nicht Suzannes Lösegeld? – unterhielten sich zwei Männer in einem Wagen, der in einiger Entfernung vor dem Tor hielt. Einer dieser Männer hatte graumeliertes Haar und ein energisches Gesicht, das in scharfem Gegensatz zu seiner Kleidung und dem Gebaren eines kleinen Angestellten stand. Es war Chefinspektor Ganimard, der alte Ganimard, Lupins unversöhnlicher Feind. Ganimard sagte zu dem Brigadier Folenfant:

»Es wird nicht mehr lange dauern; in spätestens fünf Minuten werden wir unseren alten Freund wiedersehen. Bist du bereit?«

»Durchaus.«

»Wie viele sind wir?«

»Acht, zwei haben ein Fahrrad.«

»Und ich zähle für drei. Das ist genug, aber nicht zuviel. Gerbois darf uns auf gar keinen Fall entkommen . . . sonst gute Nacht; er geht zum Rendezvous mit Lupin, das sie sicher vereinbart haben, tauscht das Fräulein gegen die halbe Million ein, und das Spiel ist gespielt.«

»Aber warum macht der Kerl nicht gemeinsame Sache mit uns? Das wäre so einfach! Wenn er uns mit ins Spiel brächte, hätte er die ganze Million für sich.«

»Ja, aber er hat Angst. Wenn er versucht, dem anderen ein Schnippchen zu schlagen, bekommt er seine Tochter nicht.«

»Welchem anderen?«

»Ihm.«

Ganimard sprach das Wort ernst aus, ein wenig furchtsam, als spräche er von einem übernatürlichen Wesen, dessen Krallen er schon zu spüren bekommen hatte.

»Es ist ziemlich komisch«, bemerkte Folenfant weise, »daß wir uns darauf beschränken müssen, diesen Herrn gegen sich selbst zu schützen.«

»Lupin verdreht die Welt«, seufzte Ganimard.

Eine Minute verging. »Achtung«, sagte er.

Monsieur Gerbois trat aus dem Tor. Am Ende der Rue des Capucines ging er die Boulevards auf der linken Seite entlang. Er entfernte sich langsam und sah sich die Auslagen in den Geschäften an. Ganimard und Folenfant folgten ihm zu Fuß.

»Zu ruhig, der Kunde«, sagte Ganimard. »Ein Mensch, der eine Million in der Tasche hat, ist nicht so ruhig.«

»Was kann er tun?«

»Oh, nichts natürlich. Egal, ich mißtraue ihm trotzdem. Lupin ist Lupin.«

In diesem Augenblick ging Monsieur Gerbois zu einem Kiosk, kaufte Zeitungen, ließ sich das Wechselgeld geben, faltete eine Zeitung auseinander und begann, während er langsam weiterging, mit gestreckten Armen zu lesen. Mit einem Satz warf er sich plötzlich in ein Auto, das am Gehweg hielt. Der Motor lief, es fuhr schnell an, fuhr an der Madeleine vorbei und verschwand.

»Verflixt und zugenäht!« brüllte Ganimard. »Das ist ein Coup nach seiner Art.«

Er war sofort losgestürzt, die anderen Männer liefen gleichzeitig mit ihm um die Madeleine.

Plötzlich lachte er laut auf. Am Anfang des Boulevard Malesherbes stand das Auto mit einer Panne, und Monsieur Gerbois stieg aus.

»Schnell, Folenfant ... der Fahrer ... vielleicht ist es der besagte Ernest.«

Folenfant kümmerte sich um den Fahrer. Er hieß Gaston und war Angestellter eines Taxiunternehmens; vor zehn Minuten hatte ihn ein Herr angehalten und ihm gesagt, mit laufendem Motor in der Nähe des Kiosks auf einen anderen Herrn zu warten.

»Und der zweite Fahrgast«, fragte Folenfant, »was für eine Adresse hat er Ihnen angegeben?«

»Gar keine. ›Boulevard Malesherbes ... Avenue de Messine ... doppeltes Trinkgeld‹, das war alles.«

Währenddessen war Monsieur Gerbois, ohne eine Minute zu verlieren, in den ersten Wagen gesprungen, der vorbeifuhr.

»Fahrer, zur Metrostation Concorde.«

An der Place du Palais-Royal verließ der Lehrer die Metro, lief zu einem anderen Wagen und ließ sich zur Place de la Bourse fahren. Zweite Fahrt in der Metro, dann in der Avenue de Villiers der dritte Wagen.

»Fahrer, Rue Clapeyron Nummer 25.«

Nummer 25 in der Rue Clapeyron ist vom Boulevard des Batignolles durch ein Eckhaus getrennt. Er stieg in die erste Etage und klingelte. Ein Herr öffnete ihm.

»Hier bin ich doch recht bei Rechtsanwalt Detinan?«

»Ich bin es selbst. Monsieur Gerbois zweifellos.«

»Sehr richtig.«

»Ich erwartete Sie, Monsieur. Treten Sie bitte ein.«

Als Monsieur Gerbois das Arbeitszimmer des Rechtsanwalts betrat, schlug die Wanduhr dreimal; er sagte im selben Augenblick: »Zu dieser Stunde hat er mich bestellt. Ist er nicht da?«

»Noch nicht.«

Monsieur Gerbois setzte sich, wischte sich die Stirn, sah auf seine Uhr, als wüßte er nicht die Zeit, und fragte ängstlich:

»Wird er kommen?«

Der Rechtsanwalt antwortete:

»Sie fragen mich da etwas, worauf ich genauso neugierig bin wie Sie. Noch nie bin ich so ungeduldig gewesen. Wenn er kommt, riskiert er auf alle Fälle viel; denn dieses Haus wird seit zwei Wochen gut überwacht. Man traut mir nicht.«

»Mir noch weniger. So kann ich auch nicht garantieren, daß die Polizisten, die mich überwachten, meine Spur verloren haben.«

»Aber dann ...«

»Es wäre nicht meine Schuld«, rief der Lehrer aufgeregt, »man kann mir nichts vorwerfen. Was habe ich versprochen? Seinen Befehlen zu gehorchen. Na und? Ich habe seinen Befehlen blind gehorcht, habe das Geld zu der von ihm bestimmten Stunde eingelöst und mich auf die von ihm vorgeschriebene Art zu Ihnen begeben. Da ich für das Unglück meiner Tochter verantwortlich bin, habe ich ehrlich mein Versprechen gehalten. Jetzt ist es an ihm, das seine zu halten.«

Und mit der gleichen ängstlichen Stimme fügte er hinzu:

»Er wird meine Tochter mitbringen, nicht wahr?«

»Ich hoffe es.«

»Haben Sie ihn gesehen?«

»Ich? Aber nein! Er hat mich nur in einem Brief gebeten, Sie beide zu empfangen, meinen Dienstboten vor drei Uhr freizugeben und in der Zeit zwischen Ihrer Ankunft und seinem Weggang niemanden in meine Wohnung zu lassen. Wenn ich nicht in seinen Vorschlag einwilligen würde, bat er mich, ihn durch zwei Zeilen im ›Echo de France‹ davon in Kenntnis zu setzen. Aber ich bin zu glücklich, Arsène Lupin einen Gefallen zu tun, und deswegen willigte ich in alles ein.«

»Wie soll das alles bloß enden?« stöhnte Monsieur Gerbois.

Er zog die Banknoten aus seiner Tasche, breitete sie auf dem Tisch aus und machte zwei gleich große Haufen. Dann schwiegen sie beide. Von Zeit zu Zeit lauschte Monsieur Gerbois. Hatte man nicht geklingelt?

Mit jeder Minute wuchs seine Angst; auch Rechtsanwalt Detinan spürte eine fast schmerzliche Ungeduld.

Einen Augenblick lang verlor er seine Kaltblütigkeit. Er stand heftig auf:

»Wir werden ihn nicht zu sehen bekommen ... Wie stellen Sie sich das vor? ... Es wäre Wahnsinn von ihm. Daß er Vertrauen zu uns hat, gut, wir sind ehrliche Leute und unfähig, ihn zu verraten. Aber die Gefahr liegt nicht allein hier.«

Und der zermürbte Monsieur Gerbois stammelte, während seine Hände das Geld bedeckten:

»Er soll kommen, mein Gott, er soll kommen! Ich würde alles hergeben, um Suzanne wiederzufinden.«

Die Tür wurde geöffnet.

»Die Hälfte genügt, Monsieur Gerbois.«

Jemand stand auf der Schwelle, ein junger, elegant gekleideter Herr, in dem Monsieur Gerbois sofort den Mann wiedererkannte, der ihn in der Nähe des Trödlerladens in Versailles angesprochen hatte. Er stürzte auf ihn zu.

»Und Suzanne? Wo ist meine Tochter?«

Arsène Lupin schloß sorgfältig die Tür und sagte zum Rechtsanwalt, während er mit einer ruhigen Bewegung seine Handschuhe auszog:

»Lieber Doktor, ich kann Ihnen nicht genug danken für die Liebenswürdigkeit, mit der Sie eingewilligt haben, meine Rechte zu verteidigen. Ich werde es nicht vergessen.«

Rechtsanwalt Detinan murmelte:

»Aber Sie haben nicht geklingelt . . . ich habe das Zuschlagen der Tür nicht gehört . . .«

»Klingeln und Türen sind Dinge, die so funktionieren müssen, daß man sie nie hört. Ich bin trotzdem hier, das ist die Hauptsache.«

»Meine Tochter! Suzanne! Was haben sie mit ihr gemacht?« wiederholte der Lehrer.

»Mein Gott, Monsieur! Wie eilig Sie es haben«, sagte Lupin. »Gedulden Sie sich noch einen kleinen Augenblick, und Ihr Fräulein Tochter wird in Ihren Armen liegen.«

Er ging auf und ab und sagte dann im Ton eines großen Herrn, der Lob austeilt:

»Monsieur Gerbois, ich gratuliere Ihnen zu der Geschicklichkeit, mit der Sie vorhin gehandelt haben. Wenn das Auto nicht diese blödsinnige Panne gehabt hätte, hätten wir uns ganz einfach an der Place d'Etoile getroffen und Rechtsanwalt Detinan die Unannehmlichkeit dieses Besuches erspart. Aber das Schicksal hat es so gewollt.«

Er bemerkte die zwei Bündel Banknoten und rief:

»Oh! Wunderbar! Die Million ist da . . . Wir wollen keine Zeit verlieren. Sie gestatten?«

»Aber Mademoiselle Gerbois ist noch nicht hier«, warf Detinan ein und stellte sich vor den Tisch.

»Na und?«

»Ist ihre Anwesenheit nicht unumgänglich notwendig?«

»Ich verstehe, ich verstehe! Arsène Lupin flößt nur ein relatives Vertrauen ein. Er steckt die halbe Million ein und liefert nicht die Geisel aus. Oh, mein lieber Herr, ich werde immer verkannt! Weil mich das Schicksal zu etwas außergewöhnlichen Handlungen treibt, mißtraut man meiner Ehrlichkeit. Mir mißtraut man, der ich ein Mann der Skrupel und des Zartgefühls bin. Wenn Sie übrigens Angst haben, mein lieber Meister, öffnen Sie Ihr Fenster und rufen Sie. Auf der Straße steht ein gutes Dutzend Polizisten.«

»Glauben Sie?«

Arsène Lupin schob den Vorhang etwas zur Seite.

»Ich halte Monsieur Gerbois für unfähig, Ganimard abzuhängen. Was sagte ich? Dort steht er, der gute Freund.«

»Ist es möglich?« rief der Lehrer. »Ich schwöre Ihnen aber . . .« – »Daß Sie mich nicht verraten haben? Das bezweifle ich nicht; aber die Kerle sind gerissen. Da, Folenfant . . . und Gréaume . . . und Dieuzy . . . lauter gute Kameraden von mir.«

Der Rechtsanwalt sah ihn überrascht an. Was für eine Ruhe! Er lachte ein glückliches Lachen, als vergnüge er sich mit einem Kinderspielzeug und als gäbe es keine Gefahr.

Noch mehr als der Anblick der Polizisten beruhigte den Rechtsanwalt diese Unbekümmertheit. Er entfernte sich von dem Tisch, auf dem die Banknoten lagen.

Arsène Lupin nahm die beiden Bündel, erleichterte jedes um fünfundzwanzig Scheine und hielt Detinan die fünfzig Noten hin:

»Das Honorar des Monsieur Gerbois, mein lieber Meister, und das Arsène Lupins. Wir schulden Ihnen das reichlich.«

»Sie schulden mir gar nichts«, erwiderte der Rechtsanwalt.

»Wieso? Und der ganze Ärger, den wir Ihnen bereiten?«

»Und das Vergnügen, das ich bei diesem Ärger habe?«

»Das heißt also, mein lieber Meister, daß Sie von Arsène Lupin nichts annehmen wollen. Das hat man davon«, seufzte er, »wenn man einen schlechten Leumund hat.«

Er reichte dem Lehrer die fünfzigtausend Francs.

»Monsieur, zum Andenken an unsere gute Bekanntschaft erlauben Sie mir, Ihnen dieses hier zu überreichen: es soll mein Hochzeitsgeschenk für Mademoiselle Gerbois sein.«

Monsieur Gerbois griff schnell nach dem Geld, wandte aber ein: »Meine Tochter heiratet nicht.«

»Sie heiratet nicht, wenn Sie ihr Ihre Einwilligung verweigern. Aber sie brennt darauf, sich zu verheiraten.«

»Was wissen Sie davon?«

»Ich weiß, daß junge Mädchen oft ohne Einwilligung ihrer Väter Träumen nachhängen. Glücklicherweise gibt es gute Geister, die Arsène Lupin heißen und die Hausschreibtischen das Geheimnis dieser entzückenden Seelen entreißen.«

»Haben Sie nichts anderes dort entdeckt?« fragte der Rechtsanwalt. »Ich muß zugeben, daß ich sehr neugierig bin, zu erfahren, warum Sie sich um dieses Möbelstück bemühten.«

»Ein historischer Grund, mein lieber Meister. Obwohl er im Gegensatz zu Monsieur Gerbois' Ansicht keinen anderen Schatz als das Lotterielos enthielt – und davon wußte ich nichts –, lag mir an ihm, und ich suchte ihn seit langem. Dieser Schreibtisch aus Eiben- und Mahagoniholz, der mit Kapitälen aus Akanthusblättern verziert ist, wurde in dem kleinen versteckten Haus gefunden, das Maria Walewska im Bois de Boulogne bewohnte. Eine der Schubladen trug die Inschrift: ›Napoleon I., dem Kaiser der Franzosen, gewidmet von seinem treuen Diener Mancion.‹ Und unter diesen Worten stand mit einer Messerspitze eingraviert: ›Für dich, Marie‹. Später ließ ihn Napoleon für Kaiserin Joséphine nachmachen, so daß der Schreibtisch, den man in Malmaison bewunderte, nur eine unvollständige Kopie desjenigen war, der von nun an meiner Sammlung angehört.«

Der Lehrer stöhnte:

»Wenn ich das in dem Laden gewußt hätte, wie schnell hätte ich ihn Ihnen überlassen!«

Lachend meinte Arsène Lupin:

»Und Sie hätten außerdem den unschätzbaren Vorteil gehabt, ganz allein die Nummer 514 der Serie 23 zu behalten.«

»Und Sie hätten nicht meine Tochter entführt, die das alles schrecklich aufgeregt haben muß.«

»Das alles?«

»Diese Entführung . . .«

»Aber, mein lieber Herr, Sie irren sich. Mademoiselle Gerbois wurde nicht entführt.«

»Meine Tochter wurde nicht entführt?«

»Keineswegs. Wer Entführung sagt, meint Gewalttat. Sie hat aber aus freien Stücken die Geisel gespielt.«

»Aus freien Stücken?« wiederholte Monsieur Gerbois verwirrt.

»Und fast auf ihre Bitte hin! Warum denn nicht? Ein junges intelligentes Mädchen wie Mademoiselle Gerbois, das, was noch schwerer wiegt, im Grunde ihres Herzens eine nichteingestandene Leidenschaft nährt, sollte sich weigern, seine Mitgift zu erwerben! Oh! Ich schwöre Ihnen, es war einfach, ihr klarzumachen, daß es keine andere Möglichkeit gab, Ihren Widerstand zu besiegen.«

Rechtsanwalt Detinan amüsierte sich köstlich. Er warf ein:

»Für Sie war es wohl das schwierigste, sich mit ihr zu verständigen. Es ist ausgeschlossen, daß sich Mademoiselle Gerbois hat ansprechen lassen.«

»Oh, von mir, nein. Ich habe nicht einmal die Ehre, sie zu kennen. Eine meiner Freundinnen hatte die Freundlichkeit, die Verhandlungen einzuleiten.«

»Die blonde Dame aus dem Auto zweifellos«, unterbrach ihn Detinan.

»Genau. Nach der ersten Unterhaltung beim Gymnasium war alles geregelt. Seitdem sind Mademoiselle Gerbois und ihre neue Freundin gereist, haben Belgien und Holland auf die angenehmste und für ein junges Mädchen lehrreichste Art besucht. Übrigens wird sie Ihnen selbst erklären . . .«

Es klingelte an der Tür der Vorhalle, dreimal kurz, einmal lang und noch einmal lang.

»Das ist sie«, sagte Lupin. »Mein lieber Meister, würden Sie die Liebenswürdigkeit haben . . .«

Der Rechtsanwalt stürzte zur Tür.

Die beiden jungen Frauen traten ein. Die eine warf sich Monsieur Gerbois in die Arme. Die andere näherte sich Lupin. Sie war groß, von harmonischer Gestalt und blassem Gesicht, ihre Haare waren von einem leuchtenden Blond und umrahmten ihr Gesicht mit leichten Locken. Sie war in Schwarz gekleidet und trug als Schmuck nur ein fünfreihiges Gagathalsband; trotzdem schien alles von raffinierter Eleganz.

Arsène Lupin wechselte einige Worte mit ihr und begrüßte dann Mademoiselle Gerbois:

»Ich bitte Sie um Verzeihung, Mademoiselle, daß ich Ihnen soviel Trübsal bereitet habe; aber ich hoffe trotzdem, daß Sie nicht allzu unglücklich waren . . .«

»Unglücklich! Ich wäre sogar sehr glücklich gewesen, wenn nicht mein armer Vater gewesen wäre.«

»Dann steht ja alles zum besten. Umarmen Sie ihn noch einmal und nutzen Sie die Gelegenheit – sie ist ausgezeichnet –, um mit ihm über Ihren Vetter zu sprechen.«

»Meinen Vetter . . . was bedeutet das . . . Ich verstehe nicht.«

»Aber ja doch, Sie verstehen genau . . . Ihr Vetter Philippe . . . jener junge Mann, dessen Briefe Sie sorgfältig aufbewahren.« Suzanne wurde rot, verlor die Fassung und warf sich endlich, wie Lupin ihr geraten hatte, ihrem Vater erneut in die Arme.

Lupin schaute sie beide traurig an.

»Wie man belohnt wird, wenn man Gutes tut! Ein rührendes Schauspiel! Glücklicher Vater! Glückliche Tochter! Und sagen zu können, daß dieses Glück dein Werk ist, Lupin! Diese Wesen werden dich später preisen. Dein Name wird gläubig ihren Enkeln überliefert werden. Oh! Die Familie! . . . Die Familie!« Er ging zum Fenster.

»Ist der gute Ganimard immer noch da? Er würde so gern bei diesen reizenden Ergüssen dabeisein. Aber nein, er ist nicht mehr da . . . Niemand mehr . . . weder er noch die anderen . . . Teufel! Die Lage wird ernst . . . Es wäre nicht verwunderlich, wenn sie schon auf dem Torweg sind ... vielleicht schon beim Pförtner ... oder sogar auf der Treppe!«

Monsieur Gerbois machte unwillkürlich eine Bewegung. Jetzt, da er seine Tochter wieder hatte, stellte sich sein Sinn für die Wirklichkeit wieder ein. Die Verhaftung seines Gegners bedeutete für ihn eine halbe Million. Instinktiv machte er einen Schritt vorwärts ... Wie zufällig stand ihm Lupin im Weg.

»Wohin gehen Sie, Monsieur Gerbois? Mich gegen sie zu verteidigen? Wirklich zu gütig! Bemühen Sie sich nicht. Übrigens schwöre ich Ihnen, daß sie in größerer Verlegenheit sind als ich.« Und überlegend fuhr er fort:

»Was wissen sie im Grunde? Daß Sie hier sind und vielleicht, daß Mademoiselle Gerbois ebenfalls hier ist, denn sie müssen sie gesehen haben, als sie mit einer unbekannten Dame ankam. Aber ich, das ahnen sie nicht. Wie sollte ich in ein Haus gelangt sein, das sie heute morgen vom Boden bis zum Keller durchsucht haben, nein, aller Wahrscheinlichkeit nach erwarten sie mich, um mich auf frischer Tat zu schnappen ... Arme Dummköpfe! Wenn sie nicht erraten, daß die unbekannte Dame von mir geschickt ist, und annehmen, daß ich sie beauftragt habe, den Tausch durchzuführen ... In dem Fall sind sie bereit, sie bei ihrem Weggang zu verhaften.«

Es klingelte. Mit einer plötzlichen Bewegung hielt Lupin Monsieur Gerbois zurück und sagte trocken und gebieterisch:

»Halt! Monsieur, denken Sie an Ihre Tochter und seien sie vernünftig, sonst ... Was Sie betrifft, Meister Detinan, so habe ich Ihr Wort.«

Monsieur Gerbois blieb wie festgenagelt stehen. Der Rechtsanwalt rührte sich nicht. In aller Ruhe nahm Lupin seinen Hut. Er war staubig, er bürstete ihn mit dem Ärmelaufschlag ab.

»Mein lieber Meister, falls Sie mich jemals brauchen ... Meine besten Wünsche, Mademoiselle Suzanne, und freundliche Grüße an Monsieur Philippe.«

Er zog eine schwere Uhr mit doppeltem goldenem Gehäuse aus seiner Tasche.

»Monsieur Gerbois, es ist zweiundvierzig Minuten nach drei; und drei Uhr sechsundvierzig erlaube ich Ihnen, diesen Raum zu verlassen. Keine Minute früher als drei Uhr sechsundvierzig, nicht wahr?«

»Aber sie werden sich mit Gewalt Zugang verschaffen«, konnte Rechtsanwalt Detinan sich nicht enthalten zu sagen.

»Sie vergessen das Gesetz, mein lieber Meister! Niemals würde Ganimard es wagen, die Wohnung eines französischen Bürgers mit Gewalt zu betreten. Wir hätten genug Zeit, ein ausgezeichnetes Bridge zu spielen. Aber entschuldigen Sie, Sie scheinen alle drei ein wenig bewegt zu sein, und ich will nicht . . .«

Er legte seine Uhr auf den Tisch, öffnete die Tür zum Salon und fragte die blonde Dame:

»Sind Sie bereit, liebe Freundin?«

Er ließ sie vorangehen, grüßte ein letztes Mal Mademoiselle Gerbois sehr respektvoll, trat hinaus und schloß die Tür hinter sich. Sie hörten, wie er in der Vorhalle laut rief:

»Guten Tag, Ganimard, wie geht's? Grüßen Sie Madame Ganimard schön von mir . . . An einem der nächsten Tage werde ich bei ihr zum Essen erscheinen . . . Adieu, Ganimard!«

Noch einmal klingelte es, plötzlich, heftig, dann wiederholte Schläge und das Geräusch von Stimmen im Treppenhaus.

»Drei Uhr fünfundvierzig«, stammelte Monsieur Gerbois.

Nach einigen Sekunden ging er entschlossen in die Vorhalle. Lupin und die blonde Dame waren verschwunden.

»Vater! . . . Du darfst nicht! . . . Warte!« schrie Suzanne.

»Warten? Du bist verrückt! Schonung für diesen Lumpen . . . und die halbe Million?«

Er öffnete. Ganimard stürzte herein.

»Die Dame . . . wo ist sie? Und Lupin?«

»Er war hier . . . er ist hier.«

Ganimard stieß ein Triumphgeheul aus:

»Wir haben ihn . . . das Haus ist umstellt.«

»Aber die Hintertreppe?« warf Detinan ein.

»Die Hintertreppe führt zum Hof, es gibt nur einen Ausgang, das große Tor: es wird von zehn Männern bewacht.«

»Aber er ist nicht durch das Tor gekommen ... Er wird auch nicht dort hinausgehen ...«

»Wo dann?« erwiderte Ganimard. »Durch die Luft?«

Er zog einen Vorhang zur Seite. Vor ihm lag ein langer Flur, der zur Küche führte. Ganimard lief ihn entlang und stellte fest, daß die Tür zur Hintertreppe verschlossen war.

Er rief einen Polizisten durchs Fenster an:

»Niemand?«

»Niemand.«

»Dann sind sie in der Wohnung. Sie haben sich in einem der Zimmer versteckt! Es ist praktisch unmöglich, daß sie entwischt sind. Oh! Mein lieber Lupin, du hast dich über mich lustig gemacht, dieses Mal revanchiere ich mich.«

Um sieben Uhr abends begab sich Monsieur Dudouis, der Chef der Sicherheitspolizei, in die Rue Clapeyron, da es ihn wunderte, daß er noch keine Nachricht hatte. Er befragte die Polizisten, die das Haus bewachten, und stieg dann zu Rechtsanwalt Detinan hinauf, der ihn in sein Zimmer führte. Dort bemerkte er einen Mann, oder vielmehr zwei Beine, die auf dem Teppich herumzappelten, während der Körper, zu dem sie gehörten, in den Tiefen des Kamins steckte.

»Ohe! ... Ohe! ...« keuchte eine erstickte Stimme.

Und eine weiter entfernte Stimme, die von ganz oben kam, antwortete:

»Ohe! ... Ohe!«

Monsieur Dudouis rief lachend:

»Na, Ganimard, warum spielen Sie Schornsteinfeger?«

Der Inspektor zog sich aus dem Innern des Kamins wieder ans Licht. Sein Gesicht war schwarz, seine Kleidung rußbedeckt, seine Augen glänzten fiebrig, er war nicht zu erkennen.

»Ich suche ihn«, knurrte er.

»Wen?«

»Arsène Lupin . . . Arsène Lupin und seine Freundin.«

»Aha! Aber glauben sie, daß die sich im Kamin verstecken?«

Ganimard stand auf, klebte fünf kohlenschwarze Finger auf den Ärmel seines Vorgesetzten und sagte dumpf und zornig:

»Wo sollen sie sein, Chef? Sie müssen doch irgendwo sein. Es sind Wesen wie Sie und ich, aus Fleisch und Blut. Diese Wesen lösen sich nicht in Rauch auf.«

»Nein, aber sie verschwinden trotzdem.«

»Auf welchem Weg? Auf welchem Weg denn? Das Haus ist umstellt! Auf dem Dach sind Polizisten.«

»Das Nachbarhaus?«

»Es gibt keine Verbindung dahin.«

»Die Wohnungen auf den anderen Etagen?«

»Ich kenne alle Mieter. Sie haben niemanden gesehen, sie haben niemanden gehört.«

»Sind Sie sicher, alle zu kennen?«

»Alle. Der Pförtner haftet mir für sie. Außerdem habe ich vorsichtshalber in jeder Wohnung einen Mann aufgestellt.«

»Dann sollte man sie wirklich fangen können.«

»Das sage ich ja, Chef, das sage ich ja. Man sollte es, und es wird auch geschehen, weil sie alle beide hier sind, sie können nicht fort sein. Seien Sie unbesorgt, Chef, bekomme ich sie heute abend nicht, dann eben morgen . . . ich werde hier schlafen! . . . Jawohl, ich werde hier schlafen!«

Tatsächlich schlief er in dem Haus, am nächsten Tag ebenfalls und auch am übernächsten. Und als drei Tage und drei Nächte vergangen waren, hatte er nicht nur den unfaßbaren Lupin und seine nicht weniger unfaßbare Gefährtin nicht entdeckt, sondern er hatte nicht einmal den kleinsten Hinweis gefunden, der es ihm ermöglicht hätte, auch nur eine schwache Hypothese aufzustellen.

Trotzdem gab er seine erste Überzeugung nicht auf.

»Wenn keine Spur ihrer Flucht vorhanden ist, heißt es, daß sie da sind.«

Vielleicht war er im Grunde weniger überzeugt, aber er wollte es sich nicht eingestehen. Nein, tausendmal nein, ein Mann und eine Frau lösen sich nicht wie die bösen Geister in den Kindermärchen in nichts auf. Ohne den Mut zu verlieren, setzte er seine Suche und die Nachforschungen fort, als hoffte er, sie in irgendeinem unerreichbaren Versteck inmitten der Steine des Hauses zu entdecken.

Der blaue Diamant

Am Abend des 27. März, in einem kleinen Haus in der Avenue Henri-Martin Nummer 134, das ihm sein Bruder vor einem halben Jahr vermacht hatte, lag der alte General Baron d'Hautrec, Botschafter in Berlin während des zweiten Kaiserreichs, in einem bequemen Sessel und schlief. Seine Gesellschafterin las ihm etwas vor; Schwester Auguste wärmte sein Bett mit einer Wärmflasche und zündete die Nachtlampe an.

Um elf Uhr benachrichtigte die Nonne, die an jenem Abend ausnahmsweise ins Kloster zurückkehren und die Nacht bei ihrer Superiorin verbringen mußte, die Gesellschafterin:

»Mademoiselle Antoinette, meine Arbeit ist getan, ich gehe.«

»Gut, Schwester.«

»Vergessen Sie vor allen Dingen nicht, daß die Köchin frei hat und Sie mit dem Diener allein im Haus sind.«

»Sie brauchen für den Baron nichts zu fürchten; ich schlafe, wie wir es abgemacht haben, im Nebenzimmer und lasse meine Tür offen.«

Die Nonne verließ das Haus. Nach einem Augenblick kam Charles, der Diener, um Anweisungen entgegenzunehmen. Der Baron war aufgewacht. Er antwortete selbst:

»Immer das gleiche, Charles: überprüfen, ob die elektrische Klingel in Ihrem Zimmer gut funktioniert, und beim ersten Ruf herunterkommen und zum Arzt laufen.«

»Herr General sind immer beunruhigt.«

»Es geht nicht gut . . . es geht gar nicht gut. Na, Mademoiselle Antoinette, wo waren wir bei unserer Lektüre stehengeblieben?«

»Herr Baron gehen also nicht zu Bett?«

»Nein, ich lege mich sehr spät nieder und brauche dann weiter niemanden.«

Zwanzig Minuten später schlief der Greis wieder ein, und Antoinette schlich auf Fußspitzen hinaus.

Zu diesem Zeitpunkt schloß Charles wie jeden Tag sorgfältig alle Fensterläden im Erdgeschoß.

In der Küche schob er den Riegel vor die Tür, die zum Garten führte, und in der Vorhalle legte er außerdem von einem Türflügel zum anderen die Sicherheitskette vor. Dann begab er sich in seine Mansarde in der dritten Etage, legte sich zu Bett und schlief ein.

Eine Stunde war vielleicht vergangen, als er plötzlich mit einem Satz aus dem Bett sprang; die Klingel schrillte. Sie klingelte lange, sieben oder acht Sekunden vielleicht, stetig, ununterbrochen ...

Gut, sagte sich Charles, während er versuchte, seine Müdigkeit abzuschütteln, eine neue Schrulle des Barons.

Er warf seine Kleider über, lief schnell die Treppe hinunter, blieb vor der Tür stehen und klopfte aus Gewohnheit. Keine Antwort. Er trat ein.

»Komisch«, murmelte er, »kein Licht ... Warum, zum Teufel, hat man die Lampe ausgemacht?«

Und leise rief er:

»Mademoiselle?«

Keine Antwort.

»Sind Sie da, Mademoiselle? Was ist denn los? Ist der Herr Baron krank?« Dieselbe Stille, drückend und dumpf, er wurde unruhig. Er trat zwei Schritte vor, sein Fuß stieß an einen Stuhl; als er ihn betastete, merkte er, daß er umgefallen war. Im gleichen Augenblick berührte seine Hand andere Gegenstände auf dem Boden, einen Nipptisch, einen Wandschirm. Beunruhigt ging er zur Wand zurück und suchte tastend den Lichtschalter. Er fand ihn, drehte ihn herum.

Mitten im Zimmer zwischen dem Tisch und dem Spiegelschrank lag sein Herr, Baron d'Hautrec, auf dem Boden.

»Was! ... Ist es denn möglich? ...« stammelte er.

Er wußte nicht, was er tun sollte; bewegungslos, mit aufgesperrten Augen sah er auf die Unordnung, umgekippte Stühle, ein großer Kristalleuchter in tausend Scherben, die Wanduhr, die auf der Marmorplatte vor dem Kamin lag, alles Spuren, die auf einen schrecklichen, wilden Kampf hinwiesen. Ein stählernes Stilett lag neben der Leiche. Von der Klinge tropfte Blut. Auf der Matratze lag ein mit roten Flecken besudeltes Taschentuch. Charles brüllte vor Entsetzen. Der Körper hatte sich in letzter Anstrengung aufgerichtet und war dann in sich zusammengesunken. Zwei- oder dreimal zitterte er noch, das war alles. Charles beugte sich hinunter. Aus einer kleinen Wunde am Hals sickerte Blut, das den Teppich schwarz befleckte.

Auf dem Gesicht lag ein Ausdruck rasender Angst.

»Man hat ihn getötet«, stammelte er, »man hat ihn getötet.« Es fröstelte ihn bei dem Gedanken an ein weiteres wahrscheinliches Verbrechen: Schlief die Gesellschafterin nicht im Nebenzimmer? Und hatte der Mörder des Barons nicht auch sie getötet?

Er stieß die Tür auf. Das Zimmer war leer. Er kam zu dem Schluß, daß Antoinette entführt oder daß sie vor dem Verbrechen fortgegangen war.

Er kehrte in das Zimmer des Barons zurück, sein Blick fiel auf den Schreibtisch, und er bemerkte, daß er nicht aufgebrochen worden war.

Weiter sah er auf dem Tisch neben dem Schlüsselbund und der Brieftasche, die der Baron jeden Abend dorthin legte, eine Handvoll Louisdor. Charles griff nach der Brieftasche und machte sie auf. Auf der einen Seite steckten Banknoten. Er zählte sie: es waren dreizehn Hundertfrancscheine.

Die Versuchung war stärker als er. Instinktiv, mechanisch, ohne daß seine Gedanken die Bewegung der Hand begriffen, nahm er die dreizehn Scheine, versteckte sie in seiner Weste, stolperte die Treppe hinunter, stieß den Riegel auf, löste die Kette, schloß die Tür hinter sich und floh durch den Garten.

Charles war ein ehrlicher Mann. Er hatte das Tor noch nicht zugeschlagen, als er, durch die frische Luft und den Regen im Gesicht, zu sich gekommen, anhielt. Die begangene Tat wurde ihm unvermittelt klar, und er empfand darüber ein plötzliches Grauen.

Eine Kutsche fuhr vorüber. Er rief den Kutscher an.

»Kamerad, fahr zur Polizeistation und bring den Kommissar mit. Schnell! Es handelt sich um Mord.«

Der Kutscher peitschte auf sein Pferd ein. Aber als Charles ins Haus zurückkehren wollte, konnte er nicht, er selbst hatte das Tor geschlossen, das sich nicht von außen öffnen ließ.

Andererseits war es zwecklos zu klingeln, da niemand im Haus war.

So ging er an den Gärten entlang, die in der Avenue auf der Seite der Muette einen leuchtenden Rain aus grünen geschnittenen Sträuchern bilden. Erst nach einer Stunde Warten konnte er endlich dem Kommissar die Einzelheiten des Verbrechens erzählen und ihm die dreizehn Banknoten übergeben.

Währenddessen hatte man einen Schlosser aufgetrieben, dem es nach vieler Mühe gelang, die Gartenpforte und die Haustür aufzubrechen. Der Kommissar ging die Treppe hinauf; nach dem ersten Blick, den er ins Zimmer geworfen hatte, sagte er zu dem Diener:

»Sie haben mir doch erzählt, daß das Zimmer in vollständiger Unordnung wäre.«

Er drehte sich um. Charles schien auf der Schwelle hypnotisiert festgenagelt zu sein: alle Möbelstücke standen auf ihrem gewöhnlichen Platz! Der Nipptisch zwischen den beiden Fenstern, die Stühle neben dem Tisch und die Uhr auf dem Kamin. Die Scherben des Leuchters waren verschwunden.

Sprachlos vor Schreck stammelte er:

»Die Leiche . . . Herr Baron. . .«

»Tatsächlich«, rief der Kommissar, »wo ist das Opfer?«

Er trat zum Bett. Unter einem großen Laken, das er zurückschlug, lag General Baron d'Hautrec, der frühere französische Botschafter in Berlin. Er trug seinen Generalsrock mit allen Orden und Ehrenzeichen.

Das Gesicht war ruhig, die Augen geschlossen.

Der Diener stotterte:
»Jemand ist dagewesen.«
»Auf welchem Weg?«
»Ich weiß es nicht, aber jemand ist während meiner Abwesenheit gekommen. Sehen Sie, dort auf der Erde lag ein sehr feiner Dolch aus Stahl ... Und auf dem Tisch ein Taschentuch mit Blut ... Nichts ist mehr da ... Man hat alles weggeschafft ... alles in Ordnung gebracht.«
»Aber wer?«
»Der Mörder.«
»Wir haben alle Türen verschlossen vorgefunden.«
»Dann ist er im Haus geblieben.«
»Dann wäre er jetzt noch da, denn Sie haben den Gehweg nicht verlassen.«
Der Diener überlegte und sagte dann langsam:
»Tatsächlich ... tatsächlich ... ich habe mich nicht von der Pforte entfernt ... Und doch ...«
»Wen haben Sie als letzten bei dem Baron gesehen?«
»Mademoiselle Antoinette, die Gesellschafterin.«
»Wo ist sie?«
»Meiner Meinung nach muß sie, da ihr Bett unberührt ist, die Abwesenheit von Schwester Auguste ausgenutzt haben, um ebenfalls auszugehen. Das wundert mich nicht, denn sie ist hübsch ... jung.«
»Wie sollte sie aber hinausgelangt sein?«
»Durch die Tür.«
»Sie hatten den Riegel vorgeschoben und die Kette vorgelegt.«
»Sehr viel später! In dem Augenblick mußte sie das Haus schon verlassen haben.«
»Und das Verbrechen soll nach ihrem Weggang stattgefunden haben?«
»Natürlich.«
Man durchsuchte das Haus von oben bis unten, den Boden wie den Keller, aber der Mörder war entkommen. Wie? In welchem Augenblick? War er es oder ein Komplize, der es für richtig

gehalten hatte, zum Schauplatz des Verbrechens zurückzukehren und alles verschwinden zu lassen, was ihn hätte verraten können? Das waren die Fragen, die sich das Gericht stellte.

Um sieben Uhr erschien der Gerichtsarzt, um acht Uhr der Chef der Sicherheitspolizei. Dann kamen der Staatsanwalt und der Untersuchungsrichter. Außerdem bevölkerten Polizisten, Inspektoren, Journalisten, der Neffe des Barons d'Hautrec und andere Familienmitglieder das Haus.

Man suchte, man studierte die Lage der Leiche nach Charles' Erinnerung, man verhörte gleich bei ihrer Ankunft Schwester Auguste. Man fand nichts. Außerdem wunderte sich Schwester Auguste über das Verschwinden von Antoinette Bréhat. Sie hatte das junge Mädchen vor zwölf Tagen auf Grund ausgezeichneter Zeugnisse eingestellt und weigerte sich, zu glauben, daß sie, um allein durch die Nacht zu laufen, den Kranken verlassen haben könnte, der ihr anvertraut war.

»Um so mehr«, unterstützte sie der Untersuchungsrichter, »da sie in diesem Fall schon zurückgekommen wäre. Wir kommen also immer wieder auf dieselbe Frage zurück: Wo ist sie?«

»Meiner Meinung nach hat der Mörder sie entführt«, sagte Charles.

Die Hypothese war plausibel und stimmte mit einigen Spuren überein.

»Entführt?« meinte der Chef der Sicherheitspolizei. »Bei Gott, das ist unwahrscheinlich.«

»Nicht nur unwahrscheinlich«, sagte eine Stimme, »sondern in offensichtlichem Widerspruch zu den Tatsachen, den Ergebnissen der Untersuchung, kurz zu der Augenscheinlichkeit selbst.« Die Stimme war rauh, die Aussprache barsch, und niemand war erstaunt, als man Ganimard erkannte. Nur bei ihm allein konnte man übrigens diese wenig höfliche Art, sich auszudrücken, entschuldigen.

»Ach, Sie sind es, Ganimard?« rief Monsieur Dudouis, »ich hatte Sie nicht gesehen.«

»Ich bin seit zwei Stunden hier.«

»Sie nehmen also doch noch ein wenig Anteil an dem, was nicht mit dem Los 514 der Serie 23, der Affäre in der Rue Clapeyron, der blonden Dame und Arsène Lupin zusammenhängt?«

»Oho!« grinste der alte Inspektor. »Ich würde nicht behaupten, daß Lupin nichts mit der Affäre, die uns beschäftigt, zu tun hat . . . Aber lassen wir bis auf weiteres die Geschichte mit dem Lotterieschein beiseite. Wir wollen sehen, worum es sich hier handelt.«

Ganimard gehörte nicht zu jenen Kriminalbeamten von großem Geist, deren Taten Schule machen und deren Name in die Geschichte der Kriminalistik eingehen würde. Es fehlten ihm jene Geistesblitze, die die Dupin, Lecoq und Sherlock Holmes erleuchteten. Aber er hatte ausgezeichnete Durchschnittsfähigkeiten, Beobachtungsgabe, Scharfsinn, Ausdauer und sogar manchmal Intuition. Sein Verdienst lag darin, daß er absolut unabhängig arbeitete. Nichts, abgesehen von der Faszination, die Arsène Lupin auf ihn ausübte, beirrte oder beeinflußte ihn.

Wie dem auch sein mag, seiner Rolle an diesem Morgen fehlte es nicht an Glanz, und seine Mitarbeit war derart, daß ein Richter sie schätzen konnte.

»Zunächst«, begann er, »möchte ich Monsieur Charles bitten, folgenden Punkt klarzustellen: Waren alle Gegenstände, die er beim ersten Mal umgeworfen oder verstellt gesehen hat, bei seinem zweiten Eintritt an ihrem gewöhnlichen Platz?«

»Ja, genau.«

»Es ist also offensichtlich, daß sie nur von jemand an ihren Platz gestellt werden konnten, dem der Platz jedes dieser Gegenstände bekannt war.«

Diese Bemerkung verblüffte die Anwesenden. Ganimard fuhr fort:

»Eine andere Frage, Monsieur Charles . . . Sie wurden durch die Klingel geweckt . . . Wer hat Sie Ihrer Meinung nach gerufen?«

»Der Herr Baron natürlich.«

»Gut, aber in welchem Augenblick sollte er geklingelt haben?«

»Nach dem Kampf ... als er starb.«

»Unmöglich, denn Sie haben behauptet, daß das Klingeln regelmäßig ununterbrochen ging und sieben oder acht Sekunden lang dauerte. Glauben Sie, daß ihm sein Angreifer die Zeit gelassen haben würde, so lange zu klingeln?«

»Dann war es vorher, als er angegriffen wurde.«

»Unmöglich, denn Sie erzählten uns, daß zwischen dem Klingeln und dem Augenblick, da Sie ins Zimmer traten, höchstens drei Minuten vergangen sind. Wenn also der Baron vorher geklingelt hat, dann müssen der Kampf, der Mord, der Todeskampf und die Flucht in dem kurzen Zeitraum von drei Minuten erfolgt sein. Ich wiederhole, das ist unmöglich.«

»Und doch hat jemand geklingelt«, warf der Untersuchungsrichter ein. »Wenn nicht der Baron, wer dann?«

»Der Mörder.«

»Mit welcher Absicht?«

»Die kenne ich nicht. Aber die Tatsache, daß er geklingelt hat, beweist uns wenigstens, daß er wissen mußte, die Klingel stände mit dem Zimmer eines Dieners in Verbindung. Wer aber konnte dieses Detail wissen, wenn nicht eine Person des Hauses?«

Der Kreis der Vermutungen zog sich zusammen. Mit wenigen schnellen, klaren und logischen Sätzen brachte Ganimard die Frage auf ihr tatsächliches Gebiet, und der Gedanke des alten Inspektors erschien so klar, daß es ganz natürlich war, als der Untersuchungsrichter schloß:

»Kurz, in zwei Worten, Sie haben Antoinette Bréhat im Verdacht?«

»Ich habe sie nicht im Verdacht, ich beschuldige sie.«

»Sie beschuldigen sie, die Komplizin zu sein?«

»Ich beschuldige sie, den General Baron d'Hautrec getötet zu haben.«

»Das ist stark! Und der Beweis?«

»Dieses Büschel Haare, das ich in der rechten Hand des

Opfers gefunden habe, ja sogar in seiner Haut, in die seine Fingernägel es gedrückt haben.«

Er zeigte die Haare; sie waren leuchtend blond, strahlend wie Goldfäden, und Charles murmelte:

»Es sind genau die Haare von Mademoiselle Antoinette. Unmöglich, daß ich mich irre.«

Und er fügte hinzu: »Und dann ... noch etwas ... Ich glaube, daß das Messer ... das, welches ich beim zweiten Mal nicht mehr gesehen habe ... ihr gehörte ... Sie verwendete es, um Buchseiten aufzuschneiden.« Minutenlang herrschte drükkendes Schweigen, als bewirke das Verbrechen ein noch größeres Entsetzen, da es von einer Frau begangen worden war. Der Untersuchungsrichter erklärte schließlich seine Meinung:

»Wir wollen bis auf weiteres annehmen, daß der Baron von Antoinette Bréhat getötet wurde. Wir müssen jedoch noch klären, welchen Weg sie genommen haben kann, um nach dem Verbrechen zu verschwinden, nach dem Weggang von Charles zurückzukehren und vor der Ankunft des Kommissars das Haus zu verlassen. Haben Sie darüber schon eine Meinung, Monsieur Ganimard?«

»Nein.«

»Also?«

Ganimard war verwirrt. Schließlich sagte er mit sichtlicher Anstrengung:

»Alles, was ich sagen kann, ist, daß ich hier denselben Vorgang wie in der Affäre mit dem Los 514-23 finde, dasselbe Phänomen, das man die Fähigkeit des Verschwindens nennen könnte. Antoinette Bréhat erscheint und verschwindet in diesem Haus ebenso geheimnisvoll, wie Arsène Lupin bei Rechtsanwalt Detinan erschien und in Begleitung der blonden Dame flüchtete.«

»Das bedeutet?«

»Das bedeutet, daß ich unbedingt an die Gleichartigkeit dieser beiden höchst eigenartigen Vorfälle denken muß: Antoinette Bréhat wurde vor zwölf Tagen, das heißt an dem Tag, nachdem mir die blonde Dame zwischen den Fingern entkommen ist, von

Schwester Auguste eingestellt. Zweitens sind die Haare der blonden Dame ebenso leuchtend von diesem metallenen Strahl mit Goldreflexen wie diese hier.«

»So daß Ihrer Meinung nach Antoinette Bréhat . . .«

»Niemand anders als die blonde Dame ist.«

»Und daß folglich Lupin in diese beiden Affären verwickelt ist.«

»Ich glaube es.«

Jemand lachte. Es war der Chef der Sicherheitspolizei, der sich amüsierte.

»Lupin! Immer Lupin! Lupin steckt in allem, Lupin ist überall.«

»Er ist, wo er ist«, betonte Ganimard verärgert.

»Trotzdem braucht er Gründe, um irgendwo zu sein«, bemerkte Monsieur Dudouis, »und in diesem Fall scheinen mir die Gründe ein wenig unklar. Der Schreibtisch ist nicht aufgebrochen worden, noch hat man die Brieftasche gestohlen. Sogar Geld liegt noch auf dem Tisch.«

»Ja«, rief Ganimard, »und der berühmte Diamant?«

»Welcher Diamant?«

»Der blaue Diamant! Der berühmte Diamant, der zur königlichen Krone von Frankreich gehörte und den Herzog d'A . . . Léonide L . . . besaß und den Baron d'Hautrec nach dem Tod von Léonide L . . . zum Andenken an die herrliche Schauspielerin kaufte, die er leidenschaftlich geliebt hat. Es ist eine dieser schönen Erinnerungen, die ein alter Pariser wie ich nicht vergißt.«

»Es ist offensichtlich so«, sagte der Untersuchungsrichter, »daß sich, wenn der blaue Diamant nicht zu finden ist, alles erklärt . . . Aber wo sollen wir ihn suchen?«

»Am Finger des Herrn Baron«, erwiderte Charles. »Er trennte sich nie von dem blauen Diamanten an seiner linken Hand.«

»Ich habe diese Hand gesehen«, versicherte Ganimard, während er zu dem Opfer trat, »und Sie können sich davon überzeugen, daß er nur einen einfachen Goldring trägt.«

»Sehen Sie auf der Innenseite der Hand nach«, meinte der Diener.

Ganimard öffnete die krampfhaft geschlossene Hand. Die Fassung war nach innen gedreht und in ihrer Mitte leuchtete der blaue Diamant.

»Donnerwetter«, murmelte Ganimard völlig verblüfft, »ich verstehe überhaupt nichts mehr.«

»Und ich hoffe, daß Sie jetzt darauf verzichten, den unglücklichen Lupin zu verdächtigen«, spottete Monsieur Dudouis.

Ganimard ließ sich Zeit, überlegte und antwortete dann ironisch:

»Gerade wenn ich nichts mehr verstehe, verdächtige ich Arsène Lupin.«

Das waren die ersten Feststellungen, die das Gericht am Tag nach diesem seltsamen Verbrechen machte. Vage Vermutungen, die zusammenhanglos waren und denen auch die folgende Untersuchung weder einen Zusammenhang noch Gewißheit gab. Das Kommen und Gehen von Antoinette Bréhat blieb absolut unerklärlich wie das der blonden Dame; noch weniger erfuhr man, wer dieses geheimnisvolle Geschöpf mit den goldenen Haaren war, das Baron d'Hautrec getötet und von seinem Finger nicht den berühmten Diamanten aus der königlichen Krone von Frankreich gezogen hatte.

Vor allen Dingen aber gaben Neugier und Gerücht dem Verbrechen den Glanz einer großen Missetat, durch die die Öffentlichkeit fasziniert wurde.

Baron d'Hautrecs Erben konnte eine derartige Reklame nur von Nutzen sein. Sie organisierten in dem Haus in der Avenue Henri-Martin eine Ausstellung der Möbel und Gegenstände, die im Saal Drouot verkauft werden sollten. Moderne Möbel von mittelmäßigem Geschmack, Gegenstände ohne künstlerischen Wert; aber in der Mitte des Zimmers leuchtete auf einem mit dunkelrotem Samt überzogenen Sockel, durch eine Glasglocke geschützt und von zwei Polizisten bewacht, der Ring mit dem blauen Diamanten.

Ein wunderbarer, riesiger Diamant von unvergleichlicher Reinheit und jenem unbestimmbaren Blau, das klares Wasser unter dem Widerschein des Himmels annimmt, von jenem Blau, das man in weißer Wäsche mehr ahnt als sieht. Man bewunderte ihn, man geriet in Verzückung und man sah sich voll Entsetzen das Zimmer des Opfers an, den Fleck, auf dem die Leiche gelegen hatte, den Fußboden, von dem der blutbefleckte Teppich verschwunden war, und vor allen Dingen die Wände, die undurchdringlichen Wände, durch die die Verbrecherin gekommen und gegangen war. Man überzeugte sich, daß die Marmorplatte auf dem Kamin sich nicht bewegen ließ, daß sich in der Verzierung des Spiegels keine Feder verbarg, durch die er hätte bewegt werden können. Man träumte von gähnenden Löchern, Tunnelöffnungen, Verbindungen mit der Kanalisation oder den Katakomben. Die Versteigerung des blauen Diamanten fand im Haus Drouot statt.

Dicht gedrängt stand die Menschenmasse, und das Fieber der Bietenden steigerte sich bis zum Wahnsinn.

Die Premierentiger der oberen Zehntausend waren versammelt, alle diejenigen, die kaufen, und alle, die glauben machen wollen, daß sie kaufen könnten, Börsenspekulanten, Künstler, Damen aus allen Gesellschaftsschichten, zwei Minister, ein italienischer Sänger, ein König im Exil, der, um seinen Kredit zu festigen, sich den Luxus leistete, mit viel Dreistigkeit und vibrierender Stimme das Angebot auf hunderttausend Francs zu steigern. Hunderttausend Francs! Er konnte sie bieten, ohne sich zu kompromittieren. Der italienische Sänger riskierte hundertundfünfzig, eine Schauspielerin hundertfünfundsiebzig.

Bei zweihunderttausend Francs wurden die Liebhaber jedoch mutlos. Bei zweihundertfünfzigtausend blieben nur noch zwei übrig: Herschmann, der berühmte Finanzier, der König der Goldminen, und Gräfin de Crozon, die überaus reiche Amerikanerin, deren Diamanten- und Edelsteinsammlung einen weltweiten Ruf hatte.

»Zweihundertsechzigtausend, zweihundertsiebzigtausend . . .

fünfundsiebzig ... achtzig ...« verkündete der Auktionator, der abwechselnd die beiden Bewerber mit den Blicken fragte ... »Zweihundertachtzigtausend für Madame ... Niemand bietet mehr? ...«

»Dreihunderttausend«, murmelte Herschmann.

Schweigen. Man beobachtete die Gräfin de Crozon. Aufrecht, lächelnd, aber von einer Blässe, die ihre Verwirrung verriet, stützte sie sich auf die Rücklehne des vor ihr stehenden Stuhls. In Wirklichkeit wußte sie genausogut wie alle Anwesenden, daß der Ausgang des Duells eindeutig war: Logisch, unausweichlich mußte es zum Vorteil des Finanziers enden, hinter dessen Launen ein Vermögen von über einer halben Milliarde stand. Trotzdem sagte sie:

»Dreihundertundfünftausend.«

Wieder Totenstille. Man wendete sich zu dem König der Minen in der Erwartung des unvermeidlichen Übergebots. Es war sicher, daß es kommen mußte, stark, brutal, endgültig.

Es kam nicht. Herschmann blieb kaltblütig, seine Augen waren auf ein Stück Papier geheftet, das er in seiner rechten Hand hielt, während seine andere die Fetzen eines zerrissenen Umschlags zerknüllte.

»Dreihundertundfünftausend«, wiederholte der Auktionator. »Zum ersten? ... zum zweiten! ... noch ist Zeit ... niemand bietet mehr? ich wiederhole: zum ersten? ... zum zweiten? ...«

Herschmann rührte sich nicht. Eine letzte Stille. Der Hammer fiel.

»Vierhunderttausend!« rief Herschmann auffahrend, als risse ihn das Geräusch des Hammers aus seiner Erstarrung.

Zu spät. Der Zuschlag war unwiderruflich.

Man drängte sich um ihn. Was war geschehen? Warum hatte er nicht eher gerufen?

Er begann zu lachen.

»Was passiert ist? Bei Gott, ich weiß es nicht. Ich war eine Minute lang zerstreut.«

»Ist das möglich?«

»Aber ja, ein Brief, den man mir übergeben hat.«

»Und dieser Brief hat ausgereicht . . .«

»Mich zu verwirren, ja, für einen Augenblick.«

Ganimard war da. Er hatte der Versteigerung des Ringes beigewohnt. Er trat zu einem der Saaldiener.

»Zweifellos waren Sie es, der Monsieur Herschmann einen Brief überbracht hat?«

»Ja.«

»Von wem?«

»Von einer Dame.«

»Wo ist sie?«

»Wo sie ist? . . . dort, Monsieur, da hinten . . . die Dame mit dem dichten Schleier.«

»Die gerade fortgeht?«

»Ja.«

Ganimard stürzte zur Tür und sah die Dame die Treppe hinuntergehen. Er lief hinterher. Die Menschenmenge verstellte ihm den Ausgang. Draußen fand er sie nicht wieder.

Er kehrte in den Saal zurück, sprach Herschmann an, stellte sich vor und fragte ihn nach dem Brief. Herschmann gab ihm diesen. Er enthielt folgende mit Bleistift eilig in einer Handschrift, die der Finanzier nicht kannte, hingeworfene Notiz:

»Der blaue Diamant bringt Unglück. Denken Sie an Baron d'Hautrec.«

Die Beunruhigung über den blauen Diamanten war damit noch nicht zu Ende, und wenige Monate später sollte er, der durch den Mord an Baron d'Hautrec und die Zwischenfälle im Haus Drouot bekannt geworden war, große Berühmtheit erlangen. Im Sommer wurde der Gräfin de Crozon tatsächlich das kostbare Schmuckstück, das sie mit soviel Mühe erworben hatte, gestohlen.

Wir wollen diese seltsame Affäre, deren aufregende und dramatische Ausmaße uns alle leidenschaftlich interessierten und die ich endlich aufklären kann, zusammenfassend berichten.

Am Abend des 10. August waren die Gäste von Graf und

Gräfin de Crozon im Salon des wunderbaren Schlosses versammelt, das eine Flußschleife der Somme beherrscht. Man musizierte. Die Gräfin setzte sich ans Klavier und legte ihren Schmuck, unter dem sich der Ring des Baron d'Hautrec befand, auf ein kleines Schränkchen neben das Instrument.

Nach einer Stunde zog sich der Graf mit den Vettern d'Andelle und der Madame de Réal, einer intimen Freundin der Gräfin de Crozon, zurück. Die Gräfin blieb allein mit Herrn Bleichen, dem österreichischen Konsul, und seiner Frau.

Sie unterhielten sich; dann löschte die Gräfin eine große Lampe auf dem Tisch des Salons. Im gleichen Augenblick löschte Herr Bleichen die beiden Lampen auf dem Klavier. Einen Augenblick lang herrschte Dunkelheit und ein wenig Erschrekken, dann zündete der Konsul eine Kerze an, und alle drei begaben sich auf ihre Zimmer. Kaum war die Gräfin in ihrem Zimmer, als sie sich an ihren Schmuck erinnerte und dem Zimmermädchen auftrug, ihn zu holen. Diese kehrte zurück und legte ihn auf den Kamin, ohne daß ihre Herrin ihn überprüfte. Am nächsten Morgen stellte Gräfin de Crozon fest, daß ein Ring fehlte, der Ring mit dem blauen Diamanten.

Sie benachrichtigte ihren Mann. Sie zogen sofort eine Schlußfolgerung: Da das Zimmermädchen über jeden Verdacht erhaben war, konnte der Schuldige nur Herr Bleichen sein.

Der Graf benachrichtigte den Hauptkommissar von Amiens, der eine Untersuchung einleitete und diskret eine aktive Überwachung anordnete, so daß der österreichische Konsul den Ring weder verkaufen noch irgendwie versenden konnte.

Tag und Nacht bewachten Polizeibeamte das Schloß.

Zwei Wochen vergehen ohne den geringsten Zwischenfall. Herr Bleichen kündigt seine Abreise an. An diesem Tag wird gegen ihn Anzeige erstattet. Der Kommissar greift offiziell ein und ordnet die Durchsuchung des Gepäcks an. In einem kleinen Beutel, dessen Schlüssel der Konsul niemals aus der Hand gibt, findet man ein Fläschchen mit Seifenpulver, in diesem Fläschchen den Ring.

Frau Bleichen fällt in Ohnmacht; ihr Mann wird verhaftet.

Man wird sich an die Art der Verteidigung des Beschuldigten erinnern. Er kann sich, so behauptet er, das Vorhandensein des Ringes nur so erklären, daß sich Graf de Crozon rächen wollte. »Der Graf ist brutal und macht seine Frau unglücklich. Ich habe eine lange Unterredung mit ihr gehabt und sie mit allen Mitteln zur Scheidung überredet. Nachdem der Graf das erfahren hat, rächte er sich, indem er den Ring nahm und ihn kurz vor meiner Abreise in mein Reisenecessaire steckte.« Der Graf und die Gräfin hielten ihre Klage energisch aufrecht. Zwischen ihrer Erklärung und der des Konsuls, die beide gleich möglich, gleich wahrscheinlich waren, brauchte die Öffentlichkeit nur zu wählen. Keine neue Tatsache brachte eine der Waagschalen zum Nachgeben. Ein Monat voll von Geschwätz, Vermutungen und Nachforschungen führte zu keinem einzigen sicheren Beweis.

Durch das Aufsehen verärgert und unfähig, den offensichtlichen Schuldbeweis zu liefern, der ihre Anzeige gerechtfertigt hätte, forderten Graf und Gräfin de Crozon einen Beamten vom Sicherheitsdienst aus Paris an, der fähig wäre, das Problem zu lösen. Man schickte ihnen Ganimard.

Vier Tage lang schnüffelte der alte Oberinspektor herum, schwatzte mit den Leuten, ging in dem Park spazieren, hatte lange Unterredungen mit dem Hausmädchen, dem Chauffeur, den Gärtnern, den Angestellten der benachbarten Postgebäude, durchsuchte die Wohnungen von Bleichen, den Vettern d'Andelle und Madame de Réal. Dann verschwand er eines Morgens, ohne sich von seinen Gastgebern verabschiedet zu haben.

Eine Woche später erhielten sie jedoch das folgende Telegramm: »Bitte, morgen, Freitag, fünf Uhr abends in das japanische Teehaus, Rue Boissy-d'Anglas, zu kommen. Ganimard.«

Punkt fünf Uhr hielt ihr Auto am Freitag vor der Nummer 9 in der Rue Boissy-d'Anglas. Ohne ein Wort der Erklärung führte sie der alte Inspektor, der sie auf dem Gehweg erwartete, in die erste Etage des Teehauses. In einem der Säle trafen sie auf zwei Personen, die Ganimard ihnen vorstellte:

»Monsieur Gerbois, Lehrer am Gymnasium von Versailles, dem Arsène Lupin, wie Sie sich erinnern werden, eine halbe Million stahl – Monsieur Léonce d'Hautrec, Neffe und Universalerbe von Baron d'Hautrec.«

Sie setzten sich. Wenige Minuten später kam noch jemand. Es war der Chef der Sicherheitspolizei.

Monsieur Dudouis schien ziemlich schlecht gelaunt zu sein. Er grüßte und sagte:

»Was ist denn los, Ganimard? Man hat mir in der Präfektur Ihre telefonische Nachricht überbracht. Ist es ernst?«

»Sehr ernst, Chef. In spätestens einer Stunde wird die letzte Aufgabe, an deren Aufklärung ich mitgearbeitet habe, gelöst sein. Mir schien Ihre Anwesenheit unbedingt notwendig zu sein.«

»Wie auch die Anwesenheit von Dieuzy und Folenfant, die ich unten in der Nähe der Tür gesehen habe?«

»Ja, Chef.«

»Und warum? Handelt es sich um eine Verhaftung? Was für ein Theater! Los, Ganimard, wir hören.«

Ganimard zögerte einige Augenblicke, dann sagte er, sichtlich in der Absicht, seine Zuhörer zu verblüffen:

»Zunächst möchte ich behaupten, daß Herr Bleichen nichts mit dem Diebstahl des Ringes zu tun hat.«

»Oho!« sagte Monsieur Dudouis, »das ist nur eine lapidare Behauptung, eine sehr schwerwiegende noch dazu.«

Und der Graf fragte:

»Beschränken sich Ihre Bemühungen auf diese Entdeckung?«

»Nein, mein Herr. Am übernächsten Tag nach dem Diebstahl unternahmen drei Ihrer Gäste einen Autoausflug zum Schloß von Crécy. Während zwei dieser Personen das berühmte Schlachtfeld besichtigten, begab sich die dritte eilig zur Post und gab eine kleine zugebundene Schachtel auf, die ordnungsgemäß frankiert war und für die ein Wert von hundert Francs angegeben wurde.«

»Daran finde ich nichts Unnatürliches«, warf Graf de Crozon ein.

»Vielleicht wird es Ihnen weniger natürlich erscheinen, wenn ich Ihnen sage, daß diese Person, anstatt ihren wirklichen Namen anzugeben, das Päckchen unter dem Namen Rousseau abgeschickt hat und daß der Empfänger, ein Monsieur Beloux, der in Paris wohnte, am Abend des Tages, als er die Schachtel, das heißt den Ring, erhielt, ausgezogen ist.«

»Es handelt sich vielleicht um einen meiner Vettern d'Andelle?« fragte der Graf.

»Es handelt sich nicht um diese Herren.«

»Also um Madame de Réal.«

»Ja.«

»Sie beschuldigen meine Freundin Madame de Réal?« rief die Gräfin bestürzt.

»Nur eine Frage, gnädige Frau«, erwiderte Ganimard. »War Madame de Réal bei der Versteigerung des blauen Diamanten dabei?«

»Ja, aber für sich. Wir waren nicht zusammen.«

»Hatte sie Ihnen geraten, den Ring zu kaufen?«

Die Gräfin versuchte, sich zu erinnern.

»Ja ... in der Tat ... ich glaube sogar, daß sie mir als erste davon erzählt hat.«

»Ich notiere Ihre Antwort, gnädige Frau. Es steht fest, daß Madame de Réal Ihnen als erste von diesem Ring erzählt und Ihnen geraten hat, ihn zu kaufen.«

»Doch ... meine Freundin ist unfähig ...«

»Pardon, Pardon, Madame de Réal ist noch nicht lange Ihre Freundin und nicht Ihre intime Freundin, wie die Zeitungen behaupten, was den Verdacht von ihr ablenkte. Sie kennen sie erst seit diesem Winter. Jetzt will ich mich bemühen, Ihnen zu beweisen, daß alles, was sie Ihnen über sich erzählt hat, über ihre Vergangenheit, ihre Verbindungen, falsch ist, daß Madame Blanche de Réal, bevor sie Sie getroffen hat, nicht existierte und daß es sie gegenwärtig nicht mehr gibt.«

»Und?«

»Und?« fragte Ganimard.

»Ja, diese ganze Geschichte ist sehr eigenartig, aber was hat sie mit unserem Fall zu tun? Wenn es tatsächlich so ist, daß Madame de Réal den Ring genommen hat, was durch nichts bewiesen ist, warum hat sie ihn in dem Seifenpulver von Herrn Bleichen versteckt? Zum Teufel! Wenn man sich die Mühe macht, den blauen Diamanten zu stehlen, dann behält man ihn. Was haben Sie hierauf zu erwidern?«

»Ich nichts, aber Madame de Réal wird hierauf antworten.«

»Sie existiert also?«

»Sie existiert ... ohne zu existieren. In wenigen Worten folgendes: Als ich vor drei Tagen wie üblich die Zeitung las, sah ich oben auf der Liste der Fremden in Trouville, im Hotel Beaurivage, Madame de Réal. Sie werden verstehen, daß ich noch am selben Abend in Trouville war und den Direktor des Beaurivage aushorchte. Nach ihrer Beschreibung und einigen Hinweisen, die ich sammelte, war diese Madame de Réal genau die Person, die ich suchte; sie hatte jedoch das Hotel verlassen und ihre Pariser Adresse, Rue de Colisée Nummer 3, hinterlassen.

Gestern bin ich dorthin gegangen und habe erfahren, daß dort auf der zweiten Etage keine Madame de Réal, sondern eine einfache Madame Réal wohne, die den Beruf einer Diamantenmaklerin ausübe und oft nicht da wäre. Am gleichen Abend kehrte sie von einer Reise zurück. Gestern habe ich bei ihr geklingelt und ihr unter einem falschen Namen meine Dienste als Vermittler bei Personen angeboten, die in der Lage wären, kostbare Steine zu kaufen. Heute haben wir hier eine Verabredung, um unser erstes Geschäft zu machen.«

»Wie! Sie erwarten sie?«

»Um halb sechs Uhr.«

»Und Sie sind sicher ...«

»Daß es Madame de Réal vom Schloß de Crozon ist? Ich habe unwiderlegbare Beweise. Aber ... hören Sie ... Folenfants Zeichen ...« Ein Pfiff ertönte; Ganimard stand schnell auf.

»Wir dürfen keine Zeit verlieren. Graf und Gräfin de Crozon, würden Sie bitte ins Nebenzimmer gehen. Sie auch, Monsieur d'Hautrec ... und auch Sie, Monsieur Gerbois ... Die Tür bleibt offen, ich bitte Sie, beim ersten Zeichen einzugreifen. Bleiben Sie, Chef, ich bitte Sie darum.«

»Und wenn andere Leute kommen?« sagte Monsieur Dudouis.

»Diese Etage ist neu, und der Hausherr, der ein Freund von mir ist, wird keine lebende Seele hinaufkommen lassen ... außer der blonden Dame.«

»Die blonde Dame! Was sagen Sie?«

»Die blonde Dame persönlich, Chef, die Komplizin und Freundin Arsène Lupins, die geheimnisvolle blonde Dame, gegen die ich sichere Beweise habe, gegen die ich aber außerdem vor Ihnen die Zeugenaussagen aller, die sie beraubt hat, vereinen will.«

Er lehnte sich ans Fenster.

»Sie kommt ... Sie tritt ins Haus ... Keine Möglichkeit mehr, daß sie entkommt. Folenfant und Dieuzy bewachen die Tür ... Die blonde Dame gehört uns, Chef.«

Fast im gleichen Augenblick erschien eine große, schlanke Frau auf der Schwelle, ihr Gesicht war sehr blaß, ihr Haar von strahlendem Gold.

Ganimard überkam eine solche Erregung, daß er stumm blieb, unfähig, auch nur ein Wort herauszubringen. Sie war da, vor ihm, in seinen Händen! Was für ein Sieg über Arsène Lupin! Und was für eine Revanche! Zugleich wurde ihm klar, daß er diesen Sieg mit solcher Leichtigkeit davongetragen habe, und er fragte sich, ob ihm die blonde Dame nicht zwischen den Fingern hindurchgleiten würde dank eines jener Wunder, mit denen Lupin meistens spielte.

Sie wartete, überrascht über das Schweigen, sah sich um und bemühte sich nicht, ihre Unruhe zu verbergen.

Sie wird fortgehen! Sie wird verschwinden! dachte Ganimard entsetzt.

Mit einem plötzlichen Schritt stellte er sich zwischen sie und die Tür. Sie drehte sich um und wollte hinausgehen.

»Nein, nein«, sagte er, »warum wollen Sie fort?«

»Nun, mein Herr, ich begreife Ihr Betragen nicht. Lassen Sie mich . . .«

»Es gibt keinen Grund, der Sie zum Gehen zwingt, Madame, viele dagegen, daß Sie bleiben.«

»Trotzdem . . .«

»Unnötig. Sie werden nicht gehen.«

Totenbleich ließ sie sich auf einen Stuhl fallen und stammelte: »Was wollen Sie?«

Ganimard war der Sieger. Er hatte die blonde Dame. Beherrscht sagte er:

»Ich möchte Ihnen den Freund vorstellen, von dem ich Ihnen erzählt habe und der Schmuck kaufen möchte . . . hauptsächlich Diamanten. Haben Sie sich den beschafft, den Sie mir versprachen?«

»Nein . . . nein . . . ich weiß nicht . . . ich erinnere mich nicht.«

»Aber natürlich . . . Erinnern Sie sich . . . Jemand aus Ihrem Bekanntenkreis sollte Ihnen einen gleichmäßig gefärbten Diamanten übergeben . . . ›so etwas wie den blauen Diamanten‹, habe ich lachend gesagt, und Sie haben mir geantwortet: ›Genau, ich werde Ihnen vielleicht helfen können.‹ Erinnern Sie sich?«

Sie schwieg. Eine kleine Handtasche, die sie in der Hand hielt, fiel zu Boden. Sie hob sie schnell auf und drückte sie an sich. Ihre Finger zitterten ein wenig.

»Ich sehe, daß Sie kein Vertrauen zu uns haben, Madame de Réal«, sagte Ganimard, »ich werde Ihnen mit gutem Beispiel vorangehen und Ihnen zeigen, was ich besitze.«

Er zog ein Blatt Papier aus seiner Brieftasche, das er auseinanderfaltete, und zeigte ihr eine Haarlocke.

»Hier sind zunächst einige Haare von Antoinette Bréhat, die der Baron ihr ausgerissen hat und die ich in der Hand des Toten fand. Ich bin zu Mademoiselle Gerbois gegangen; sie hat die Farbe der Haare von der blonden Dame wiedererkannt – übrigens dieselbe Farbe Ihrer Haare . . . genau dieselbe Farbe.«

Madame Réal sah ihn verständnislos an, als begriffe sie wirklich nicht den Sinn seiner Worte. Er fuhr fort: »Und hier habe ich jetzt zwei Riechfläschchen, ohne Etikett, das ist wahr, und leer, die aber noch so stark riechen, daß Mademoiselle Gerbois heute morgen das Parfüm jener blonden Dame erkennen konnte, die zwei Wochen lang ihre Reisegefährtin war. Das eine Fläschchen stand in dem Zimmer, das Madame de Réal im Schloß de Crozon bewohnte, und das andere stammt aus dem Zimmer, in dem Sie im Hotel Beaurivage untergebracht waren.«

»Was sagen Sie? ... Die blonde Dame ... Schloß de Crozon ...«

Ohne ihr zu antworten, legte der Inspektor vier Blatt Papier auf den Tisch.

»Endlich sehen Sie hier vier Blatt Papier, eine Probe der Handschrift von Antoinette Bréhat, eine andere der Dame, die während der Versteigerung des blauen Diamanten an Baron Herschmann schrieb, eine weitere von Madame de Réal während ihres Aufenthalts in Crozon und viertens ... von Ihnen selbst, gnädige Frau ... nämlich Ihr Name und Ihre Adresse, die Sie dem Portier im Hotel Beaurivage in Trouville gegeben haben. Jetzt vergleichen Sie die vier Handschriften. Sie sind identisch.«

»Sie sind ja verrückt, Monsieur! Sie sind verrückt! Was soll das alles bedeuten?«

»Das bedeutet, Madame«, rief Ganimard großartig, »daß die blonde Dame, die Freundin und Komplizin Arsène Lupins, keine andere als Sie sind.«

Er stieß die Tür zum Nebenzimmer auf, stürzte sich auf Monsieur Gerbois, stieß ihn an den Schultern vorwärts und zog ihn vor Madame Réal:

»Monsieur Gerbois, erkennen Sie die Person, die Ihre Tochter entführte und die Sie bei Rechtsanwalt Detinan gesehen haben, wieder?«

»Nein.«

Es durchfuhr sie wie ein elektrischer Schlag. Ganimard wankte.

»Nein? . . . Ist das möglich? . . . Los, überlegen Sie . . .«

»Es ist mir vollkommen klar . . . die gnädige Frau ist blond wie die blonde Dame . . . blaß wie sie . . . aber sie ähnelt ihr in keiner Weise.«

»Ich kann es nicht glauben . . . ein derartiger Irrtum ist einfach nicht zulässig . . . Monsieur d'Hautrec, Sie erkennen aber Antoinette Bréhat?«

»Ich habe Antoinette Bréhat bei meinem Onkel gesehen . . . sie ist es nicht.«

»Und die Dame ist auch nicht Madame de Réal«, bestätigte Graf de Crozon.

Das war der Gnadenstoß. Ganimard war überwältigt und rührte sich nicht mehr; sein Kopf war gesenkt, sein Blick wirr. Von seinen schönen Kombinationen blieb nichts übrig. Das Gebäude stürzte zusammen.

Monsieur Dudouis erhob sich.

»Sie müssen entschuldigen, Madame, es handelt sich um eine bedauerliche Verwechslung; ich möchte Sie bitten, sie zu vergessen. Doch was ich noch nicht ganz begreife, ist Ihre Verwirrung, Ihr seltsames Verhalten seit Ihrer Ankunft.«

»Mein Gott, Monsieur, ich hatte Angst . . . in meiner Tasche befinden sich Schmuckstücke, die einen Wert von mehr als hunderttausend Francs haben, und die Art und Weise Ihres Freundes war wenig beruhigend.«

»Aber Ihre fortgesetzten Reisen?«

»Erfordert das nicht mein Beruf?«

Monsieur Dudouis hatte nichts mehr zu sagen. Er wandte sich an seinen Mitarbeiter.

»Sie haben Ihre Informationen mit einer bedauernswerten Leichtfertigkeit eingeholt, Ganimard, und gegen die Dame haben Sie sich vorhin wie ein Dummkopf aufgeführt. Sie werden mir in meinem Büro Rechenschaft darüber ablegen.«

Die Unterredung war beendet, und der Chef der Sicherheitspolizei wollte gerade gehen, als etwas wirklich Verblüffendes geschah. Madame Réal trat zum Inspektor und fragte:

»Ich höre gerade, daß Sie sich Ganimard nennen ... Ich irre mich nicht?«

»Nein.«

»In diesem Fall muß dieser Brief für Sie sein; ich habe ihn heute morgen mit dieser Adresse erhalten: ›Monsieur Justin Ganimard, per Adresse Madame Réal.‹ Ich dachte an einen Scherz, denn ich kannte Sie nicht unter diesem Namen, aber der unbekannte Briefschreiber mußte zweifellos von unserem Rendezvous wissen.«

Durch eine sonderbare Eingebung war Justin Ganimard nahe daran, den Brief zu ergreifen und zu vernichten. Er wagte es nicht vor seinem Vorgesetzten und riß den Umschlag auf. Der Brief enthielt folgende Zeilen, die er mit kaum verständlicher Stimme vorlas:

Es waren einmal eine blonde Dame, ein Lupin und ein Ganimard. Der schlechte Ganimard aber wollte der hübschen blonden Dame Böses tun, und der gute Lupin wollte das nicht. Daher ließ sie der gute Lupin, der wollte, daß die blonde Dame die Freundin der Gräfin de Crozon wurde, den Namen Madame de Réal annehmen, der derjenige – oder wenigstens in etwa – einer ehrlichen Händlerin ist, die goldene Haare und ein blasses Gesicht hat. Und der gute Lupin sagte sich: Wenn der böse Ganimard jemals auf die Spur der blonden Dame kommt, kann es mir sehr viel nützen, ihn auf die Fährte der ehrlichen Händlerin abzulenken! Eine weise Voraussicht, die ihre Früchte trägt. Eine kleine an die Zeitung des bösen Ganimard geschickte Notiz, ein von der wirklichen blonden Dame mit Absicht vergessenes Parfümfläschen im Hotel Beaurivage, der von der echten blonden Dame geschriebene Name und die Adresse von Madame Réal im Hotelverzeichnis, und das Spiel ist gewonnen. Was meinen Sie dazu, Ganimard? Ich wollte Ihnen das Abenteuer in allen Einzelheiten erzählen, denn ich weiß, daß Sie bei Ihrem Geist als erster darüber lachen werden. Es ist tatsächlich pikant, und ich gestehe, daß ich mich köstlich amüsiert habe.

Ich danke Ihnen, lieber Freund, und beste Empfehlungen an den ausgezeichneten Monsieur Dudouis.

Arsène Lupin.

»Aber er weiß auch alles!« stöhnte Ganimard, der keineswegs daran dachte, zu lachen, »er weiß Dinge, die ich niemandem gesagt habe! Wie konnte er wissen, daß ich Sie bitten würde zu kommen, Chef? Wie konnte er von meiner Entdeckung des ersten Fläschchens wissen? Wie konnte er wissen . . .?«

Er stampfte mit den Füßen auf, riß sich die Haare aus, er war das Opfer der tragischen Verzweiflung.

Monsieur Dudouis hatte Mitleid mit ihm.

»Los, Ganimard, trösten Sie sich, Sie werden versuchen, es das nächste Mal besser zu machen.«

Und der Chef der Sicherheitspolizei, begleitet von Madame Réal, entfernte sich.

Minuten vergingen. Ganimard las immer wieder Lupins Brief. In einer Ecke unterhielten sich erregt Graf und Gräfin de Crozon, Monsieur d'Hautrec und Monsieur Gerbois. Schließlich trat der Graf zu dem Inspektor und sagte:

»Das Ergebnis dieser ganzen Geschichte, mein Herr, ist, daß wir nicht weiter sind als vorher.«

»Verzeihung. Meine Ermittlung hat ergeben, daß die blonde Dame unbestreitbar der Mittelpunkt dieser Abenteuer ist und daß Lupin sie führt. Das ist ein riesiger Schritt.«

»Der zu nichts gut ist. Vielleicht ist das Problem sogar noch dunkler. Die blonde Dame tötet, um den blauen Diamanten zu stehlen, und sie stiehlt ihn nicht. – Sie stiehlt ihn dann, und zwar, um sich seiner zum Vorteil eines anderen zu entledigen.«

»Ich kann nichts dafür.«

»Sicher, aber vielleicht könnte ein anderer . . .«

»Was wollen Sie damit sagen?«

Der Graf zögerte, aber die Gräfin sagte deutlich:

»Es gibt einen Mann, einen einzigen, jedenfalls finde ich es, der nach Ihnen fähig wäre, es mit Lupin aufzunehmen und ihm beizukommen. Monsieur Ganimard, wäre es Ihnen unangenehm, wenn wir Herlock Sholmes um Hilfe bitten?«

Er war aus der Fassung gebracht.

»Aber nein ... nur ... ich verstehe nicht recht ...«

»Diese Geheimnisse ärgern mich. Ich will klarsehen. Monsieur Gerbois und Monsieur d'Hautrec wollen dasselbe; wir sind übereingekommen, uns an den berühmten englischen Detektiv zu wenden.«

»Sie haben recht, Madame«, sagte der Inspektor mit einer Ehrlichkeit, der man Achtung zollen mußte. »Sie haben recht; der alte Ganimard hat nicht die Kraft, gegen Arsène Lupin zu kämpfen. Wird es Herlock Sholmes gelingen? Ich wünsche es, denn ich bewundere ihn aus tiefstem Herzen ... trotzdem ... es ist kaum wahrscheinlich ...«

»Es ist kaum wahrscheinlich, daß er Erfolg hat?«

»Das ist meine Ansicht. Ich glaube, daß der Ausgang des Duells zwischen Herlock Sholmes und Arsène Lupin im voraus feststeht. Der Engländer wird geschlagen.«

»Kann er in jedem Fall auf Sie zählen?«

»Vollkommen, Madame. Meine Hilfe ist ihm sicher.«

»Kennen Sie seine Adresse?«

»Ja, Parker Street, 219.«

Am gleichen Abend zogen Graf und Gräfin de Crozon ihre Anzeige gegen Konsul Bleichen zurück, und ein gemeinsamer Brief wurde an Herlock Sholmes geschickt.

Herlock Sholmes eröffnet den Feldzug

»Was wünschen die Herren?«

»Was Sie wollen«, erwiderte Arsène Lupin als ein Mensch, den diese Einzelheiten der Ernährung wenig interessieren. »Was Sie wollen, aber weder Fleisch noch Alkohol.«

Der Kellner entfernte sich hochmütig.

»Wie! Immer noch Vegetarier?« fragte ich.

»Immer mehr«, bestätigte Lupin.

»Wegen des Geschmacks, des Glaubens oder der Gewohnheit?«

»Der Hygiene.«

»Und nie eine Übertretung?«

»Oh, sicher ... wenn ich zu Gesellschaften gehe ... um mich nicht als Sonderling aufzuspielen.«

Wir aßen zusammen in einem kleinen Restaurant in der Nähe des Nordbahnhofs, in das mich Arsène Lupin bestellt hatte. Von Zeit zu Zeit machte es ihm Spaß, durch ein Telegramm am frühen Morgen in irgendeiner Ecke von Paris ein Rendezvous mit mir zu vereinbaren. Dann zeigte er sich immer von einer unerschöpflichen Begeisterung, glücklich zu leben, einfach und gutmütig, und immer handelte es sich um eine unvorhergesehene Anekdote, eine Erinnerung, die Erzählung eines Abenteuers, das ich noch nicht kannte.

An jenem Abend erschien er mir noch überschwenglicher als gewöhnlich. Er lachte und plauderte mit einem besonderen Elan und jener feinen Ironie, über die nur er verfügt, einer Ironie ohne Bitterkeit, leicht und spontan. Es war ein Vergnügen, ihn so zu sehen, und ich konnte mir nicht versagen, ihm meine Freude darüber zu gestehen.

»Na, und«, rief er, »ich habe Tage, an denen mir alles köstlich erscheint, wo das Leben wie ein nicht endenwollender Überfluß in mir ist, den ich nie werde erschöpfen können. Und ich lebe, weiß Gott, darauf los.«

»Vielleicht zu sehr.«

»Der Überfluß ist unendlich, sage ich Ihnen! Ich kann mich verausgaben und mich verschwenden, ich kann meine Kräfte und meine Jugend in alle vier Himmelsrichtungen werfen, ich mache den lebhafteren und jüngeren Kräften Platz . . . Und außerdem, mein Leben ist wirklich so schön! Ich brauchte nur zu wollen, nicht wahr, um von einem Tag zum anderen, was weiß ich, zu werden: Redner, Chef einer Fabrik, Politiker . . . Ich schwöre Ihnen, niemals würde mir der Gedanke kommen! Arsène Lupin, das bin ich, Arsène Lupin, das bleibe ich! Und ich suche vergeblich in der Geschichte ein Schicksal, das mit dem meinen verglichen werden könnte, ausgefüllter, intensiver wäre . . . Napoleon? Ja, vielleicht . . . Aber dann der Napoleon am Ende seiner kaiserlichen Karriere, während des Feldzugs der hundert Tage, als Europa ihn niedertrampelte und er sich bei jeder Schlacht fragte, ob es nicht seine letzte sein würde.«

Sprach er im Ernst? Scherzte er? Der Ton seiner Stimme hatte sich erhitzt, und er fuhr fort:

»Darauf kommt alles an, auf die Gefahr! Auf die ununterbrochene Empfindung der Gefahr! Man muß sie atmen wie die Luft, die man atmet, man muß sie um sich erkennen, sehen wie sie sich bläht, schnaubt, lauert, sich nähert . . . Und inmitten des Sturms ruhig bleiben, sich nicht rühren! . . . Sonst ist man verloren . . . Es gibt nur ein Gefühl, das diesem gleichkommt, das eines Rennfahrers während eines Rennens! Aber das Rennen dauert nur einen Morgen, und mein Rennen dauert das ganze Leben!«

»Was für ein Überschwang!« rief ich. »Und Sie wollen mir weismachen, daß Sie keinen besonderen Grund für Ihre Erregung haben?« Er lächelte.

»Sie sind ein feinsinniger Psychologe«, sagte er. »Ich habe tatsächlich einen Grund.«

Er schenkte sich ein großes Glas frisches Wasser ein, trank es in einem Zug aus und sagte dann:

»Haben Sie ›Le Temps‹ von heute gelesen?«

»Mein Gott, nein.«

»Herlock Sholmes hat den Ärmelkanal überquert und ist heute nachmittag um sechs Uhr angekommen.«

»Teufel! Und warum?«

»Eine kleine Reise, die ihm die Crozons, der Neffe d'Hautrec und Monsieur Gerbois angeboten haben. Sie haben sich am Nordbahnhof getroffen und sind von da aus zu Ganimard gegangen. In diesem Augenblick beratschlagen sie alle sechs.«

Trotz der großen Neugier, die mich ihm gegenüber beherrscht, erlaube ich es mir niemals, Arsène Lupin nach den Taten seines Privatlebens auszufragen, bevor er mir nicht selbst davon erzählt hat. Das ist eine Frage der Zurückhaltung, über die ich mir keine Rechenschaft ablege. Zu jenem Zeitpunkt war sein Name übrigens noch nicht, wenigstens nicht offiziell, mit dem Thema des blauen Diamanten in Zusammenhang gebracht worden. Ich geduldete mich also. Er fuhr fort:

»›Le Temps‹ veröffentlich außerdem ein Interview mit dem ausgezeichneten Ganimard, nach dem eine gewisse blonde Dame, die meine Freundin sein soll, Baron d'Hautrec getötet und versucht haben soll, Gräfin de Crozon den berühmten Ring zu stehlen. Und natürlich beschuldigt er mich, der Anstifter dieser Gewalttat zu sein.«

Mich durchfuhr ein leichter Schreck. War es wahr? Mußte ich glauben, daß die Gewohnheit zu stehlen, seine Art zu leben, der Zwang der Ereignisse diesen Mann zum Verbrecher gemacht hatten? Ich beobachtete ihn. Er schien so ruhig zu sein; seine Augen schauten einen so offen an.

Ich studierte seine Hände: sie waren wie modelliert, wirklich unschuldige Hände, die Hände eines Künstlers.

»Ganimard hat Halluzinationen«, murmelte ich.

Er protestierte: »Aber nein, aber nein, Ganimard hat Scharfsinn . . . manchmal sogar Geist.«

»Geist?«

»Doch, doch. Dieses Interview zum Beispiel war ein Meisterstück. Erstens verkündet er die Ankunft seines englischen Rivalen, um mir zur Vorsicht zu raten und ihm die Aufgabe zu erschweren. Zweitens gibt er den genauen Stand an, bei dem er in der Affäre angelangt ist, damit Sholmes nur den Gewinn seiner eigenen Entdeckungen hat. Das ist mit ehrlichen Waffen gekämpft.«

»Wie dem auch sei, Sie haben jetzt zwei Gegner am Hals, und was für Gegner!«

»Oh, der eine zählt nicht.«

»Und der andere?«

»Sholmes? Ich muß zugeben, daß er Format hat. Aber gerade das begeistert mich, und deswegen sehen Sie mich in so fröhlicher Laune. Zunächst ist es eine Frage der Eigenliebe: Man findet den berühmten Engländer für wert, mit mir fertig zu werden. Dann denken Sie an das Vergnügen, das ein Kämpfer meiner Art bei dem Gedanken an ein Duell mit Herlock Sholmes empfinden muß. Schließlich werde ich gezwungen sein, mich mit allen meinen Kräften zu verteidigen, denn ich kenne den Kerl. Er wird nicht eine Handbreit zurückweichen.«

»Er ist stark.«

»Sehr stark. Ich glaube nicht, daß es einen ähnlichen Kriminalbeamten gegeben hat oder gibt. Nur habe ich einen Vorteil vor ihm: er greift mich an, und ich verteidige mich. Meine Rolle ist einfacher. Außerdem . . .«

Er lächelte undurchdringlich und vollendete seinen Satz:

»Außerdem kenne ich seine Art zu kämpfen, und er kennt nicht die meine. Und ich kann einige Finten schlagen, die ihn zum Nachdenken zwingen werden . . .«

Er trommelte mit dem Finger auf den Tisch, und mit begeistertem Gesicht sprach er abgehackte Sätze:

»Arsène Lupin kontra Herlock Sholmes . . . Frankreich kontra England . . . Endlich Revanche für Trafalgar . . . Oh! Der Unglückliche! Er ahnt nicht, daß ich vorbereitet bin . . . und ein gewarnter Lupin . . .«

Plötzlich unterbrach er sich, von einem heftigen Hustenanfall geschüttelt; er versteckte sein Gesicht in seiner Serviette wie jemand, dem etwas in den falschen Hals geraten ist.

»Ein Brotkrümel? Trinken Sie doch etwas Wasser.«

»Nein, das ist es nicht«, sagte er mit erstickter Stimme.

»Was dann?«

»Der Wunsch nach Luft.«

»Soll ich das Fenster öffnen lassen?«

»Nein, ich gehe hinaus ... schnell, geben Sie mir meinen Mantel und den Hut, ich verschwinde ...«

»Oho, das ist stark, was soll das heißen?«

»Diese beiden Herren, die gerade hereingekommen sind ... sehen Sie den größeren ... beim Hinausgehen halten Sie sich an meiner linken Seite, so daß er mich nicht erkennen kann.«

»Der, der sich hinter Sie setzt?«

»Genau der ... Aus persönlichen Gründen ziehe ich es vor ... Draußen werde ich es Ihnen erklären.«

»Aber wer ist es denn?«

»Herlock Sholmes.«

Er machte eine gewaltige Anstrengung, als schäme er sich seiner Erregung, legte seine Serviette auf den Tisch zurück, stürzte ein Glas Wasser hinunter und sagte, vollkommen wiederhergestellt: »Das ist komisch, nicht? Ich errege mich nicht so leicht, aber dieser unvorhergesehene Anblick ...«

»Was befürchten Sie denn, da niemand Sie in all Ihren Verkleidungen erkennen kann? Ich selbst habe jedesmal, wenn wir uns treffen, das Gefühl, vor einem unbekannten Menschen zu stehen.«

»Er wird mich wiedererkennen«, sagte Arsène Lupin. »Er hat mich nur einmal gesehen, aber ich habe gefühlt, daß er mich sein Leben lang wiedererkennen würde, daß er nicht meine immer veränderliche Erscheinung sah, sondern das Wesen selbst, das ich bin. Und außerdem ... und außerdem ... ich war nicht darauf gefaßt! ... Was für ein seltsames Zusammentreffen! ... In diesem kleinen Restaurant!«

»Also gut«, fragte ich, »wollen wir gehen?«

»Nein . . . nein . . .«

»Was wollen Sie tun?«

»Das beste wäre, offen zu handeln, mich ihm zu erkennen zu geben.«

»Sie denken doch nicht im Ernst daran?«

»Aber sicher, ich denke daran . . . Außerdem hätte ich den Vorteil, ihn auszuhorchen, zu erfahren, was er weiß. Sehen Sie, ich habe das Gefühl, daß sich seine Augen auf meinen Nacken heften, meine Schultern . . . und daß er sucht . . . sich erinnert . . .«

Er überlegte. Ich bemerkte ein pfiffiges Lächeln in seinen Mundwinkeln. Ich glaube, wie so oft gehorchte er seiner impulsiven Phantasie mehr als den Notwendigkeiten der Situation. Plötzlich stand er auf, drehte sich um, verbeugte sich und rief strahlend: »Was für ein Zufall! Das ist wirklich ein unbeschreibliches Glück . . . Darf ich Ihnen einen Freund vorstellen . . .«

Eine oder zwei Sekunden lang war der Engländer verblüfft, dann machte er eine instinktive Bewegung, bereit, sich auf Arsène Lupin zu stürzen. Dieser schüttelte den Kopf:

»Sie wären im Unrecht . . . davon abgesehen, daß diese Geste nicht schön wäre . . . und so unnütz!«

Der Engländer wandte sich nach links und rechts, als suche er Hilfe.

»Auch das nicht«, sagte Lupin. »Sind Sie überhaupt sicher, das Recht zu haben, Hand an mich zu legen? Zeigen Sie sich als fairer Spieler!«

Sich als fairer Spieler zu zeigen, war in diesem Augenblick wenig verführerisch. Trotzdem schien dem Engländer dieser Zug der beste, denn er stand halb auf und stellte kühl vor:

»Mister Wilson, mein Freund und Mitarbeiter – Monsieur Arsène Lupin.«

Wilsons Verblüffung rief Heiterkeit hervor. Seine hervorquellenden Augen, sein weit offen stehender Mund strafften sein blühendes Gesicht mit der leuchtenden Haut wie einen Apfel, umrahmt von einem Bürstenhaarschnitt und einem kurzen Bart aus dichten, starken, wie Grashalme dastehenden Stoppeln.

»Wilson, Sie verbergen Ihr Erstaunen über die natürlichsten Dinge der Welt nicht genug«, spottete Herlock Sholmes mit einem Anflug von Scherz.

»Warum verhaften Sie ihn nicht?« stammelte Wilson.

»Haben Sie nicht bemerkt, Wilson, daß der Gentleman zwischen mir und der Tür steht, und zwar zwei Schritte von der Tür entfernt? Ich hätte nicht einmal Zeit, den kleinen Finger zu rühren, und er wäre schon draußen.«

»Wenn es weiter nichts ist?« sagte Lupin.

Er ging um den Tisch und setzte sich so, daß der Engländer zwischen ihm und der Tür saß. Er gab sich seiner Willkür preis. Wilson sah Sholmes an, um in seinem Gesicht zu lesen, ob er das Recht hätte, diesen kühnen Streich zu bewundern. Der Engländer blieb undurchdringlich. Nach einem Augenblick rief er:

»Kellner!«

Der Kellner kam an den Tisch. Sholmes bestellte:

»Soda, Bier und Whisky.«

Der Friedensvertrag war unterzeichnet ... bis auf weiteres. Bald danach saßen wir alle an demselben Tisch und unterhielten uns in aller Ruhe.

Herlock Sholmes ist ein Mann, wie man sie alle Tage trifft. In den Fünfzigern, glich er einem braven Bürger, der sein Leben vor einem Schreibtisch mit Buchhaltungsarbeiten hätte verbringen können. Nichts unterschied ihn von einem ehrenwerten Londoner Bürger, weder sein rötlicher Backenbart noch sein glattrasiertes Kinn, noch sein etwas schwerfälliges Aussehen – nichts, wenn nicht seine fürchterlich scharfen, lebhaften und durchdringenden Augen gewesen wären.

Das ist Herlock Sholmes, ein Phänomen von Intuition, Beobachtungsgabe, Hellsichtigkeit und Scharfsinn. Man könnte glauben, daß sich die Natur einen Spaß gemacht hat, aus den beiden außergewöhnlichsten Typen von Kriminalbeamten, die die Phantasie je erfunden hat, dem Dupin von Edgar Allan Poe und dem Lecoq von Gaboriau, einen nach ihrer Art zu schaffen, der noch außergewöhnlicher, noch unwirklicher ist. Und man fragt sich wirklich, wenn man die Erzählung der Heldentaten hört, die ihn in der ganzen Welt berühmt gemacht haben, ob dieser Herlock Sholmes keine legendäre Person sei, ein Held, der lebend aus dem Gehirn eines großen Romanschriftstellers, eines Conan Doyle zum Beispiel, entsprungen sei.

Als Arsène Lupin ihn nach der Dauer seines Aufenthalts fragte, brachte er die Unterhaltung sofort auf die Geschehnisse.

»Mein Aufenthalt hängt von Ihnen ab, Monsieur Lupin.«

»Oh!« rief dieser lachend, »wenn es von mir abhängt, würde ich Sie bitten, noch heute abend das Postschiff zu nehmen.«

»Heute abend ist ein bißchen zu früh, aber ich hoffe in acht oder zehn Tagen.«

»Sie haben es also so eilig?«

»Ich habe so viele Sachen in Arbeit, den Diebstahl in der englisch-chinesischen Bank, die Entführung der Lady Eccleston . . . Glauben Sie, Monsieur Lupin, daß eine Woche reichen wird?«

»Auf alle Fälle, wenn Sie sich an die doppelte Affäre des blauen Diamanten halten. Das ist übrigens genau der Zeitraum, den ich benötige, um meine Vorsichtsmaßnahmen zu treffen für den Fall, daß die Lösung dieser doppelten Affäre Ihnen mir gegenüber gewisse für meine Sicherheit gefährliche Vorteile verschaffen würde.«

»Ich rechne aber damit, diese Vorteile innerhalb von acht bis zehn Tagen zu erhalten«, sagte der Engländer.

»Und mich am elften zu verhaften, vielleicht?«

»Am zehnten, das ist die äußerste Grenze.«

Lupin überlegte und schüttelte dann den Kopf:

»Schwierig . . . schwierig . . .«

»Schwierig, ja, aber möglich, also sicher . . .«

»Absolut sicher«, sagte Wilson, als erkenne er selbst deutlich die lange Reihe von Maßnahmen, die seinen Meister zum angekündigten Resultat führen würden.

Herlock Sholmes lächelte.

»Wilson, der sich darin auskennt, ist hier, um es zu bezeugen.«

Und er fuhr fort:

»Natürlich habe ich nicht alle Trümpfe in der Hand, denn es handelt sich um Affären, die mehrere Monate zurückliegen. Es fehlen mir die Gründe, die Hinweise, auf die ich gewöhnlich meine Untersuchungen stütze.«

»Wie Schmutzflecke und Zigarettenasche«, sagte Wilson wichtig.

»Aber außer den bemerkenswerten Schlußfolgerungen von Monsieur Ganimard stehen mir alle über diesen Fall geschriebenen Artikel zur Verfügung, alle gesammelten Beobachtungen und einige persönliche Gedanken über die Affäre.«

»Einige Gesichtspunkte, die uns durch Analyse und Hypothese klar wurden«, fügte Wilson geziert hinzu.

»Ist es indiskret«, warf Arsène Lupin ein, in jenem höflichen Ton, den er Sholmes gegenüber angeschlagen hatte, »Sie nach der allgemeinen Meinung zu fragen, die Sie sich gebildet haben?«

Es war wirklich ein faszinierendes Erlebnis, diese beiden Männer einander gegenübersitzen zu sehen; die Ellbogen auf den Tisch gestützt, diskutierten sie ernst und bedächtig, als müßten sie ein schwieriges Problem lösen oder sich über einen strittigen Punkt einigen. Sie genossen beide die hohe Ironie dieses Zusammentreffens. Wilson barst vor Wohlbehagen.

Herlock stopfte langsam seine Pfeife, zündete sie an und sagte dann:

»Ich glaube, daß diese Affäre sehr viel weniger verwickelt ist, als sie auf den ersten Blick aussieht.«

»Sehr viel weniger, in der Tat«, sagte Wilson, das getreue Echo.

»Ich sage die Affäre, denn für mich gibt es nur eine. Der Tod des Barons d'Hautrec, die Geschichte des Ringes und, wir wollen es nicht vergessen, das Geheimnis der Nummer 514 der

Serie 23 sind nur verschiedene Gesichtspunkte dessen, was man als das Rätsel der blonden Dame bezeichnen könnte. So handelt es sich meiner Meinung nach nur darum, das Motiv zu finden, das diese drei Episoden derselben Geschichte miteinander verbindet, die Tatsache, die die Einheit der drei Vorfälle beweist. Ganimard, dessen Urteil ein wenig oberflächlich ist, sieht diese Einheit in der Fähigkeit des Verschwindens, in der Möglichkeit, zu kommen und zu gehen und dabei unsichtbar zu bleiben. Diese Intervention des Wunders befriedigt mich nicht.«

»Was dann?«

»Meiner Meinung nach«, sagte Sholmes klar, »besteht das Kennzeichen dieser drei Abenteuer darin, daß es Ihre klare, offensichtliche, obgleich bisher unbemerkte Absicht ist, die Affäre auf das von Ihnen im voraus gewählte Gebiet zu lenken. Es besteht Ihrerseits mehr als ein Plan, eine Notwendigkeit, eine conditio sine qua non des Gelingens.«

»Können Sie das näher erklären?«

»Sicher. Ist es nicht vom Beginn Ihres Streites mit Monsieur Gerbois an offenbar, daß die Wohnung von Rechtsanwalt Detinan der von Ihnen gewählte Ort ist, der unvermeidliche Ort, an dem man sich versammeln muß? Es gibt keinen, der Ihnen sicherer erscheint, so daß Sie sich dort öffentlich, könnte man sagen, mit der blonden Dame und Mademoiselle Gerbois treffen können.«

»Der Tochter des Lehrers«, setzte Wilson hinzu.

»Jetzt wollen wir von dem blauen Diamanten sprechen. Haben Sie versucht, ihn sich anzueignen, solange Baron d'Hautrec ihn besaß? Nein. Aber der Baron übernimmt das Haus seines Bruders: Ein halbes Jahr später der Versuch von Antoinette Bréhat, ein erster Anlauf. Der Diamant entkommt Ihnen, und seine Versteigerung wird mit großem Aufsehen im Haus Drouot veranstaltet. Wird diese Versteigerung frei sein? Ist der reichste Liebhaber sicher, das Schmuckstück zu erwerben? Keineswegs. In dem Augenblick, als der Bankier Herschmann meint, gesiegt zu haben, läßt ihm eine Dame einen Drohbrief übergeben, und

Gräfin de Crozon, die von derselben Dame vorbereitet und beeinflußt wurde, kauft den Diamanten. Wird er gleich verschwinden? Nein, Ihnen fehlen die Mittel. Also ein Zwischenspiel. Aber die Gräfin bezieht ihr Schloß. Darauf hatten Sie gewartet. Der Ring verschwindet.«

»Um im Seifenpulver des Konsul Bleichen wieder zu erscheinen, eine eigenartige Ungewöhnlichkeit«, warf Lupin ein.

»Gehen Sie mir doch«, rief Herlock und schlug mit der Faust auf den Tisch, »mir brauchen Sie das doch nicht weiszumachen. Sollen die Dummköpfe darauf hereinfallen, gut, aber nicht ich alter Fuchs.«

»Das bedeutet?«

»Das bedeutet . . .«

Sholmes machte eine Pause, als wollte er die Wirkung vergrößern. Schließlich sagte er:

»Der blaue Diamant, den man in dem Seifenpulver entdeckte, ist ein falscher Diamant. Den echten haben Sie behalten.«

Arsène Lupin blieb einen Augenblick lang still, dann erwiderte er schlicht, den Blick auf den Engländer geheftet:

»Sie sind ein toller Kerl, Monsieur.«

»Ein toller Kerl, nicht wahr?« bestätigte Wilson mit vor Verwunderung offenem Mund.

»Ja«, versicherte Lupin, »alles wird deutlicher, alles bekommt seinen wirklichen Sinn. Kein einziger Untersuchungsrichter, kein einziger Sonderbeauftragter der Zeitungen, die sich auf diese Affären gestürzt haben, waren der Wahrheit so nahe. Es ist ein Wunder an Scharfsinn und Logik.«

»Pah!« machte der Engländer, geschmeichelt über die Huldigung dieses Kenners, »es genügt zu überlegen.«

»Es genügt, überlegen zu können, und das können eben nur wenige! Aber jetzt, da das Feld der Vermutungen enger geworden ist und die Richtung klar . . .«

»Na, und jetzt brauche ich nur noch den Grund für die drei Abenteuer in der Rue Clapeyron Nummer 25, in der Avenue Henri-Martin Nummer 134 und zwischen den Mauern des

Schlosses Crozon. Darauf beruht die ganze Affäre. Der Rest ist Zeitvertreib und Puppenspiel für Kinder. Ist das nicht auch Ihre Ansicht?«

»Es ist meine Ansicht.«

»Habe ich in diesem Fall unrecht, Monsieur Lupin, zu wiederholen, daß meine Aufgabe in zehn Tagen erledigt sein wird?«

»Nein, in zehn Tagen werden Sie die ganze Wahrheit kennen.«

»Und Sie werden verhaftet sein.«

»Nein.«

»Nein?«

»Um mich zu verhaften, müssen die Umstände so unwahrscheinlich zusammentreffen, eine Reihe von so unglücklichen Zufällen erscheinen, daß ich diese Möglichkeit nicht zugebe.«

»Was weder die Umstände noch die widrigen Zufälle bewirken können, das können der Wille und der Eigensinn eines Mannes, Monsieur Lupin.«

»Wenn der Wille und der Eigensinn eines anderen Mannes diesem Vorhaben nicht ein unüberwindbares Hindernis in den Weg legen, Mister Sholmes.«

»Es gibt kein unüberwindbares Hindernis, Monsieur Lupin.«

Ihr Blick, den sie tauschten, war unergründlich, ohne Herausforderung des einen oder des anderen, sondern ruhig und kühn. Wie zwei Fechter, die zunächst spielend die Klingen kreuzen. Es klang klar und offen.

»Großer Gott!« rief Lupin, »das ist jemand. Ein Gegner, ein seltener Vogel, Herlock Sholmes! Wir werden uns amüsieren.«

»Haben Sie keine Angst?« fragte Wilson.

»Ein bißchen, Mister Wilson«, sagte Lupin, während er aufstand, »und der Beweis dafür ist, daß ich mein Rückzugsgefecht vorbereiten werde, sonst laufe ich Gefahr, in meinem Unterschlupf gefangen zu werden. Sagen wir also in zehn Tagen, Mister Sholmes?«

»In zehn Tagen. Heute haben wir Sonntag. Mittwoch in acht Tagen ist alles zu Ende.«

»Und ich bin hinter Schloß und Riegel?«

»Ohne den geringsten Zweifel.«

»Teufel! Ich, der ich mich über mein friedliches Leben freute. Kein Ärger, ein guter Geschäftsverlauf, die Polizei beim Teufel und der tröstende Eindruck der mich allgemein umgebenden Sympathie. Das alles soll geändert werden? Es ist eben die Kehrseite der Medaille. Nach dem schönen Wetter kommt Regen. Das ist kein Spaß mehr. Adieu!«

»Beeilen Sie sich«, sagte Wilson voll Fürsorge für einen Menschen, dem Sholmes sichtliche Anerkennung einflößte, »verlieren Sie keine Minute.«

»Keine Minute, Mister Wilson, nur gerade die Zeit, um Ihnen zu sagen, wie glücklich ich über dieses Treffen bin und wie sehr ich den Meister beneide, einen so kostbaren Mitarbeiter wie Sie zu haben.«

Man begrüßte sich höflich, wie es zwei Gegner vor dem Duell tun, die kein Haß trennt, die aber das Schicksal zwingt, sich erbarmungslos zu schlagen. Lupin ergriff mich am Arm und zog mich hinaus.

»Was sagen Sie dazu, mein Lieber? Das war eine Sache, die sich mit allem Drum und Dran in den Memoiren, die Sie über mich schreiben, sehr gut ausnehmen wird.«

Er schloß die Tür des Restaurants und blieb einige Schritte weiter stehen.

»Rauchen Sie?«

»Nein, aber Sie auch nicht, scheint mir.«

»Ich auch nicht.«

Er steckte sich eine Zigarette an und schwenkte das Wachsstreichholz mehrmals in die Luft, um es auszulöschen. Fast im gleichen Augenblick warf er die Zigarette fort, lief über die Straße und stieß auf zwei Männer, die, wie durch ein Zeichen gerufen, aus der Dunkelheit auftauchten. Er unterhielt sich einige Minuten lang mit ihnen auf dem gegenüberliegenden Gehweg und kehrte dann zu mir zurück.

»Ich bitte Sie um Verzeihung, aber dieser verdammte Sholmes

wird mir eine harte Nuß zu knacken geben. Aber ich schwöre Ihnen, er ist noch nicht fertig mit Lupin. Oho! Der Kerl wird sehen, mit wem er es zu tun hat ... Auf Wiedersehen ... Der unausstehliche Wilson hat recht, ich darf keine Minute verlieren.«

Mit schnellen Schritten entfernte er sich.

So endete dieser seltsame Abend oder wenigstens der Teil des Abends, den ich miterlebte. Denn in den folgenden Stunden ereigneten sich noch viele andere Dinge, die ich im einzelnen glücklicherweise dank der vertraulichen Mitteilungen der anderen Beteiligten an dieser Unterredung erzählen kann.

Im gleichen Augenblick, als Lupin mich verließ, zog Herlock Sholmes seine Uhr hervor und stand auf.

»Zwanzig Minuten vor neun Uhr. Um neun Uhr soll ich den Grafen und die Gräfin am Bahnhof treffen.«

»Dann aber nichts wie los!« rief Wilson, indem er noch zwei Gläser Whisky hinunterstürzte.

Sie traten auf die Straße.

»Drehen Sie sich nicht um, Wilson. Vielleicht werden wir verfolgt; deswegen wollen wir so tun, als machte es uns nichts aus. Sagen Sie, Wilson, was ist Ihre Meinung, warum war Lupin in jenem Restaurant?«

Wilson zögerte keine Sekunde.

»Um zu essen.«

»Wilson, je mehr wir zusammenarbeiten, desto mehr bemerke ich Ihre unaufhörlichen Fortschritte. Ehrenwort, Sie werden erstaunlich.«

Im Dunkel errötete Wilson vor Vergnügen. Sholmes fuhr fort: »Um zu essen, gut, und dann wahrscheinlich, um sich zu überzeugen, daß ich nach Crozon gehe, wie Ganimard es in seinem Interview angekündigt hat. Ich gehe also hin, um ihm nicht zu widersprechen. Aber da wir Zeit gewinnen müssen, gehe ich nicht hin.«

»Ah!« sagte Wilson verwirrt.

»Sie, mein Freund, verschwinden durch diese Straße. Nehmen Sie einen Wagen, zwei oder drei Wagen. Holen Sie das Gepäck, das wir bei der Aufbewahrung gelassen haben, und dann im Eiltempo zum Elysée-Palast-Hotel.«

»Und dort?«

»Verlangen Sie ein Zimmer und gehen zu Bett, dort schlafen Sie wie ein Murmeltier und warten auf meine Anweisungen.«

Wilson, ganz stolz über die ihm zugeteilte Rolle, ging fort. Herlock Sholmes nahm seine Fahrkarte und begab sich zum Eilzug nach Amiens, in dem schon der Graf und die Gräfin de Crozon saßen.

Er begrüßte sie kurz, zündete sich eine zweite Pfeife an, stellte sich in den Gang und rauchte in aller Seelenruhe.

Der Zug setzte sich in Bewegung. Nach zehn Minuten kehrte er ins Abteil zurück und setzte sich neben die Gräfin.

»Haben Sie Ihren Ring hier, Madame?«

»Ja.«

»Würden Sie ihn mir bitte für einen Augenblick geben?«

Er nahm ihn in die Hand und untersuchte ihn.

»Es ist genau so, wie ich vermutete. Es ist ein synthetischer Diamant.«

»Ein synthetischer Diamant?«

»Ein neues Verfahren, das darin besteht, Diamantenstaub so sehr zu erhitzen, daß er schmilzt und man ihn zu einem einzigen Stein zusammengießt.«

»Wie! Aber mein Diamant ist echt.«

»Ihr Diamant ja, aber das hier ist nicht der Ihre.«

»Wo ist denn meiner?«

»In Arsène Lupins Händen.«

»Ja, und dieser hier?«

»Dieser wurde gegen Ihren Diamanten vertauscht und in das Fläschchen von Herrn Bleichen gesteckt, wo Sie ihn fanden.«

»Er ist also falsch?«

»Vollkommen falsch.«

Sprachlos, verstört schwieg die Gräfin, während ihr Mann ungläubig das Schmuckstück immer wieder nach allen Seiten drehte.

Schließlich stammelte sie:

»Ist es möglich! Aber warum hat man ihn denn nicht ganz einfach nur gestohlen? Und wie hat man ihn gestohlen?«

»Genau das will ich versuchen herauszubringen.«

»Im Schloß Crozon?«

»Nein, ich steige in Creil aus und kehre nach Paris zurück. Dort muß sich die Partie zwischen Arsène Lupin und mir abspielen. Zwar wird das eine so gut wie das andere sein, aber es ist besser, daß Lupin mich unterwegs glaubt.«

»Und doch . . .«

»Es ist für Sie unwichtig, Madame, die Hauptsache ist doch Ihr Diamant?«

»Ja.«

»Na also. Seien Sie unbesorgt. Vorhin mußte ich ein Versprechen geben, das sehr viel schwerer zu halten ist. Jetzt schwört Herlock Sholmes, daß er Ihnen den echten Diamanten beschaffen wird.«

Der Zug wurde langsamer. Er steckte den falschen Diamanten in die Tasche und öffnete die Tür. Der Graf rief:

»Aber Sie steigen auf dem falschen Gleis aus!«

»So verliert man meine Spur, falls Lupin mich überwachen läßt. Adieu.«

Ein Bahnangestellter protestierte. Vergebens. Der Engländer ging zum Büro des Bahnhofvorstehers. Fünfzig Minuten später sprang er auf einen Zug, der ihn kurz vor Mitternacht nach Paris zurückbrachte.

Laufend durchquerte er den Bahnhof, ging durch die Gaststätte, verließ sie durch eine andere Tür und stürzte sich in eine Kutsche. »Kutscher, Rue Clapeyron.«

Nachdem er sicher war, daß er nicht verfolgt wurde, ließ er den Wagen am Anfang der Straße halten und begann das Haus des Rechtsanwalts Detinan und die beiden Nachbarhäuser sorgfältig zu untersuchen. Mit gleich großen Schritten maß er verschiedene Entfernungen ab und schrieb Notizen und Ziffern in sein Notizbuch.

»Kutscher, Avenue Henri-Martin.«

An der Ecke der Avenue und der Rue de la Pompe entließ er den Wagen und ging auf dem Fußweg bis zur Nummer 134; dort wiederholte er dieselben Arbeiten vor dem alten Haus des Barons d'Hautrec und den beiden Mietshäusern, die es einschlossen. Er maß die Breite der Fassaden und berechnete die Tiefe der kleinen Gärten vor der Häuserfront.

Die Avenue lag verlassen und sehr dunkel unter den vier Baumreihen, zwischen denen in regelmäßigen Abständen Gaslaternen vergeblich gegen die dichte Dunkelheit kämpften. Eine Flamme warf ein fahles Licht auf einen Teil des Hauses, und Sholmes sah das Schild »Zu vermieten« an der Pforte hängen, sah die beiden gepflegten Wege, die den kleinen Rasen einrahmten, und die großen leeren Fenster des unbewohnten Hauses. Es ist wahr, sagte er sich, seit dem Tod des Barons gibt es keinen Mieter mehr ... Wenn ich doch eindringen und einen ersten Besuch machen könnte.

Es genügte, daß ihm diese Idee kam, um sie ausführen zu wollen. Aber wie? Das hohe Gitter schloß jeden Kletterversuch aus. Er zog eine Taschenlampe aus seiner Tasche und einen Dietrich, den er niemals aus der Hand gab. Zu seiner großen Überraschung stellte er fest, daß einer der Flügel einen Spalt breit offenstand. Er schlich in den Garten, wobei er darauf achtete, daß der Flügel nicht hinter ihm zuschlug. Aber er hatte noch keine drei Schritte getan, als er innehielt. An einem der Fenster in der zweiten Etage hatte er ein Licht gesehen.

Das Licht erschien in einem zweiten und dritten Fenster, ohne daß er etwas anderes sehen konnte als einen Schatten, der sich auf den Wänden der Zimmer abzeichnete. Von der zweiten Etage stieg das Licht in die erste und irrte lange Zeit von einem Zimmer in das nächste.

Wer zum Teufel kann zu dieser frühen Morgenstunde in dem Haus spazierengehen, in dem Baron d'Hautrec getötet wurde? fragte sich Herlock ungeheuer interessiert.

Es gab nur eine Möglichkeit, es zu erfahren; er mußte selbst hineingehen. Er zögerte nicht. Aber in dem Augenblick, da er durch den Lichtschein ging, den die Gasflamme warf, um zur Freitreppe zu gelangen, mußte der Mann ihn gesehen haben, denn das Licht ging plötzlich aus, und Herlock Sholmes sah es nicht wieder.

Leise drückte er gegen die Tür der Freitreppe. Auch sie war offen. Als er kein Geräusch vernahm, wagte er sich in die Dunkelheit, stieß auf die Treppe und stieg eine Etage hinauf. Immer noch die gleiche Stille, die gleiche Finsternis.

Er kam auf den Flur, betrat ein Zimmer und näherte sich dem Fenster, das das Licht der Straßenlaterne ein wenig erhellte. Da sah er draußen den Mann, der zweifellos über eine andere Treppe heruntergekommen und durch eine zweite Tür nach draußen gelangt war; jetzt schlich er links an den Büschen entlang, die an der Mauer, die die beiden Gärten voneinander trennte, wuchsen.

»Verdammt«, rief Sholmes, »er wird mir entwischen.«

Er stolperte die Treppe hinunter und lief über die Freitreppe, um ihm den Rückweg abzuschneiden. Aber er sah niemanden mehr, und er brauchte einige Sekunden, um in dem Gewirr von Sträuchern eine noch dunklere Masse zu erkennen, die nicht ganz unbeweglich war.

Der Engländer überlegte. Warum hatte der Kerl nicht versucht zu fliehen, was ihm so leicht gelungen wäre? Blieb er dort, um seinerseits den Eindringling zu überwachen, der ihn bei seiner geheimnisvollen Arbeit gestört hatte?

Auf keinen Fall ist es Lupin, dachte er. Lupin wäre geschickter. Es ist einer von seiner Bande.

Endlose Minuten verstrichen. Herlock rührte sich nicht, sein Blick war auf den Gegner gerichtet, der ihn belauerte. Aber da sich dieser Gegner ebenfalls nicht rührte und da der Engländer nicht der Mann war, sich auf Untätigkeit zu beschränken, prüfte er, ob die Trommel seines Revolvers funktionierte, zog seinen Dolch aus der Scheide und ging geradewegs auf den Feind los mit jenem kühlen Mut und der Verachtung vor der Gefahr, die ihn so gefürchtet machten.

Ein trockenes Geräusch: der Kerl entsicherte seinen Revolver. Herlock warf sich mit einem plötzlichen Sprung in die Masse. Der andere hatte nicht die Zeit sich umzudrehen; schon war der Engländer auf ihm. Es gab einen heftigen, verzweifelten Kampf, bei dem Herlock die Anstrengung des Mannes erriet, sein Messer zu ziehen. Aber Sholmes, den der Gedanke an seinen nahen Sieg reizte, wie auch der irre Wunsch, sich sofort dieses Komplizen Arsène Lupins zu bemächtigen, fühlte unüberwindliche Kräfte in sich. Er warf seinen Gegner zu Boden, legte sich mit seinem ganzen Gewicht auf ihn, und während er seine fünf Finger wie die Klauen eines Raubvogels um die Kehle des Unglücklichen drückte und ihn so unfähig machte, sich zu rühren, suchte er mit seiner freien Hand seine Taschenlampe, drückte auf den Knopf und ließ den Strahl auf das Gesicht seines Gefangenen fallen.

»Wilson!« heulte er entsetzt auf.

»Herlock Sholmes!« stammelte eine erstickte Grabesstimme.

Lange Zeit blieben sie nebeneinander liegen, wortlos, am Boden zerschmettert, mit leerem Gehirn. Der Klang einer Autohupe zerriß die Stille. Ein leichter Wind bewegte die Blätter. Sholmes rührte sich nicht; seine fünf Finger umklammerten noch immer Wilsons Kehle, dessen Röcheln langsam schwächer wurde.

Und plötzlich ließ Herlock, von Wut gepackt, seinen Freund los, um seine Schultern zu umklammern und ihn in einem Anfall von Raserei zu schütteln.

»Was machen Sie hier? Antworten Sie ... Was? ... Habe ich Ihnen gesagt, Sie sollten in dem Gebüsch herumkriechen und hinter mir herspionieren?«

»Hinter Ihnen herspionieren«, stöhnte Wilson, »ich wußte doch nicht, daß Sie es waren.«

»Also los! Was machen Sie hier? Sie sollten ins Bett gehen.«

»Ich bin ins Bett gegangen.«

»Sie sollten schlafen.«

»Ich habe geschlafen.«

»Sie sollten nicht aufwachen.«

»Ihr Brief . . .«
»Mein Brief?«
»Ja, den der Bote mir von Ihnen ins Hotel gebracht hat . . .«
»Von mir? Sie sind verrückt.«
»Ich schwöre es Ihnen.«
»Wo ist dieser Brief?«
Sein Freund reichte ihm ein Blatt Papier. Im Schein seiner Lampe las er verblüfft:

Wilson, raus aus dem Bett, auf zur Avenue Henri-Martin. Das Haus ist leer. Gehen Sie hinein, untersuchen Sie es, machen Sie einen genauen Plan und gehen Sie wieder ins Bett. – Herlock Sholmes.

»Ich war gerade dabei, die Zimmer auszumessen«, sagte Wilson, »als ich einen Schatten im Garten sah. Ich hatte nur einen Gedanken . . .«

»Sich des Schattens zu bemächtigen. Der Gedanke war ausgezeichnet. Nur, sehen Sie«, sagte Sholmes, indem er seinem Gefährten half, aufzustehen, und ihn mit sich zog, »ein anderes Mal, wenn Sie wieder einen Brief von mir bekommen, überzeugen Sie sich davon, daß meine Schrift nicht nachgeahmt ist.«

»Aber dann«, fragte Wilson, der zu begreifen begann, »dann war der Brief also nicht von Ihnen?«

»Verflixt! Nein.«

»Von wem?«

»Von Arsène Lupin.«

»Aber was für einen Zweck hat er damit verfolgt?«

»Das weiß ich nicht, und gerade das beunruhigt mich. Warum zum Teufel hat er sich die Mühe gemacht, Sie im Schlaf zu stören? Wenn es sich um mich handeln würde, könnte ich es noch verstehen, aber es handelt sich nur um Sie. Und ich frage mich, welches Interesse . . .«

»Ich möchte schnell ins Hotel zurück.«

»Ich auch, Wilson.«

Sie kamen zum Tor. Wilson, der voranging, ergriff eine Querstange und zog.

»Oh«, sagte er, »Sie haben das Tor geschlossen?«

»Keineswegs, ich habe den Flügel angelehnt gelassen.«

»Und doch . . .«

Herlock zog ebenfalls und stürzte sich dann außer sich auf das Schloß. Er fluchte.

»Verdammter Dreck, es ist verschlossen! Zugeschlossen!«

Er rüttelte mit aller Kraft an der Tür und ließ, da er die Sinnlosigkeit seiner Anstrengung einsah, entmutigt die Arme hängen und stieß hervor:

»Jetzt erkläre ich mir alles, das ist er! Er hat vorausgesehen, daß ich in Creil aus dem Zug steigen würde, und er hat mir hier eine niedliche kleine Falle gestellt für den Fall, daß ich noch heute abend mit meiner Untersuchung beginnen würde. Außerdem hat er die Freundlichkeit gehabt, mir einen Gefährten für die Gefangenschaft zu schicken. Und alles, damit mir ein Tag verlorengeht, und zweifellos auch deswegen, um mir zu beweisen, daß ich besser daran täte, mich um meine eigenen Angelegenheiten zu kümmern.«

»Das heißt, daß wir seine Gefangenen sind?«

»Sie haben es gesagt. Herlock Sholmes und Wilson sind die Gefangenen Arsène Lupins. Das Abenteuer beginnt wunderbar . . . Aber nein, nein, das kann nicht sein . . .«

Eine Hand schlug ihm auf die Schulter, Wilsons Hand.

»Dort oben . . . sehen Sie, dort oben . . . ein Licht . . .«

Tatsächlich war eines der Fenster in der ersten Etage erleuchtet. Sie stürzten beide im Laufschritt los, kletterten jeder eine andere Treppe empor und trafen gleichzeitig vor der Tür des erleuchteten Zimmers zusammen. Inmitten des Raumes brannte ein Kerzenstummel. Daneben stand ein Korb, aus dem der Hals einer Flasche, die Beine eines Hühnchens und ein halbes Brot herausragten.

Sholmes brach in schallendes Gelächter aus.

»Herrlich, man bietet uns ein Essen. Dies ist ein Zauberpalast.

Eine wahre Zauberei. Los, Wilson, machen Sie nicht so eine Leichenbittermiene. Es ist alles so furchtbar komisch.«

»Sind Sie sicher, daß es so komisch ist?« stöhnte Wilson unheilahnend.

»Ja, ich bin sicher«, rief Sholmes mit einer Fröhlichkeit, die ein wenig zu lärmend war, als daß sie hätte natürlich sein können, »das heißt, daß ich nie etwas Komischeres gesehen habe. Es ist eine reine Komödie ... Was für ein Meister der Ironie, dieser Lupin! ... Er führt einen an der Nase herum, aber so anmutig. Ich würde meinen Platz bei diesem Schmaus nicht für alles Gold der Welt hergeben ... Wilson, mein alter Freund, Sie machen mich traurig. Sollte ich mich geirrt haben, sollten Sie nicht den Adel des Charakters haben, der das Mißgeschick zu ertragen hilft? Worüber beklagen Sie sich? In dieser Minute könnten Sie meinen Dolch in der Kehle haben ... oder ich den Ihren ... denn das versuchten Sie, schlechter Freund.«

Mit seinem Humor und Spott gelang es ihm schließlich, den armen Wilson zu beleben, so daß er ein Hühnerbein und ein Glas Wein zu sich nahm. Als aber die Kerze abgebrannt war und sie sich, um zu schlafen, auf dem Fußboden ausstrecken und mit der Mauer als Kopfkissen vorliebnehmen mußten, erkannten sie das Peinliche und Lächerliche ihrer Lage. Ihr Schlaf wurde traurig. Am nächsten Morgen wachte Wilson wie gerädert und halb erfroren auf. Ein leichtes Geräusch ließ ihn aufmerken: Herlock Sholmes kniete zusammengekrümmt auf dem Boden und studierte mit einer Lupe Staubkörner; er entdeckte Zeichen von weißer Kreide, die fast verwischt waren, die aber noch Zahlen bildeten; er schrieb sie in sein Notizbuch.

Von Wilson begleitet, den diese Arbeit ganz besonders interessierte, untersuchte er jedes Zimmer und fand in zwei anderen ebenfalls Kreidestriche. Außerdem notierte er zwei Kreise auf Platten aus Eichenholz, einen Pfeil auf einer Täfelung und vier Ziffern auf vier Treppenstufen.

Nach einer Stunde fragte ihn Wilson:

»Die Ziffern sind richtig, nicht wahr?«

»Richtig? Ich weiß es nicht«, erwiderte Herlock, dem diese Entdeckungen seine gute Laune wiedergegeben hatten, »auf jeden Fall bedeuten sie etwas.«

»Etwas sehr Klares«, sagte Wilson, »sie stellen die Anzahl der Fußbodenplatten dar.«

»Ah!«

»Ja. Und die beiden Kreise zeigen an, daß die Platten falsch sind. Sie können sich davon überzeugen, und der Pfeil zeigt in die Richtung des Geschirraufzugs.«

Herlock Sholmes sah ihn begeistert an.

»Toll! Woher wissen Sie das alles, mein Bester? Ihre Hellsichtigkeit beschämt mich fast.«

»Oh! Das ist ganz einfach«, erwiderte Wilson ganz stolz vor Freude, »ich selbst habe gestern abend nach Ihren Anweisungen diese Zeichen aufgemalt . . . oder vielmehr nach Lupins Anweisungen, da der Brief, den Sie mir geschickt haben, von ihm ist.«

Vielleicht befand sich Wilson in dieser Minute in einer größeren Gefahr als während seines Kampfes mit Sholmes im Gebüsch. Dieser spürte nur das wilde Verlangen, ihn zu erwürgen. Er beherrschte sich jedoch und zog eine Grimasse, die ein Lächeln sein sollte, und sagte:

»Tadellos, tadellos, eine ausgezeichnete Arbeit, die uns ein großes Stück weiterbringt. Erstreckt sich Ihr bewundernswerter Geist für Analyse und Beobachtung auch noch auf andere Punkte? Ich würde aus den gewonnenen Ergebnissen Nutzen ziehen.«

»Mein Gott, nein, das ist alles.«

»Schade! Der Anfang war vielversprechend. Aber da dem so ist, brauchen wir nur noch fortzugehen.«

»Fortgehen? Und wie?«

»Auf die gewöhnliche Art von ehrlichen Menschen, die fortgehen: durch die Tür.«

»Sie ist verschlossen.«

»Man wird sie öffnen.«

»Wer?«

»Rufen Sie bitte die beiden Polizisten dort, die auf der Avenue herumspazieren.«

»Aber . . .«

»Aber was?«

»Es ist so demütigend . . . Was wird man sagen, wenn man erfährt, daß Sie, Herlock Sholmes, und ich, Wilson, Gefangene Arsène Lupins gewesen sind?«

»Was wollen Sie, mein Lieber, man wird sich die Seiten halten vor Lachen«, erwiderte Herlock mit barscher Stimme und verschlossenem Gesicht. »Wir können jedenfalls nicht dieses Haus zu unserem ständigen Wohnsitz machen.«

»Und Sie wollen nichts versuchen?«

»Nichts.«

»Der Mann, der uns den Korb mit den Lebensmitteln gebracht hat, hat aber den Garten weder bei seiner Ankunft noch bei seinem Weggang durchquert. Es gibt also einen anderen Ausgang. Wir wollen ihn suchen, dann brauchen wir nicht die Polizisten um Hilfe bitten.«

»Außerordentlich gut gefolgert. Nur vergessen Sie, daß die ganze Polizei von Paris diesen Ausgang seit einem halben Jahr sucht und daß ich selbst, während Sie schliefen, das Haus von oben bis unten durchsucht habe. Oh! Mein lieber Wilson, Arsène Lupin ist ein Wild, das wir nicht gewohnt sind. Er hinterläßt keine Spur, der Kerl.«

Um elf Uhr wurden Herlock Sholmes und Wilson befreit und zur nächsten Polizeistation gebracht, wo der Kommissar sie, nachdem er sie nachdrücklich verhört hatte, mit aufreizend gekünstelter Ehrerbietung freiließ.

»Ich bin untröstlich über Ihr Erlebnis, meine Herren. Sie werden eine traurige Meinung von der französischen Gastfreundschaft bekommen haben. Mein Gott, was für eine Nacht Sie verbracht haben müssen! Oh, dieser Lupin hat wirklich keine Ehrfurcht.«

Ein Wagen brachte sie zum Elysée-Palast-Hotel. In der Vorhalle bat Wilson um den Schlüssel für sein Zimmer.

Nachdem er eine Weile gesucht hatte, erwiderte der Angestellte sehr erstaunt:

»Aber, Monsieur, Sie haben das Zimmer doch abbestellt.«

»Ich? Und wie?«

»Durch Ihren Brief von heute morgen, den uns Ihr Freund überbrachte.«

»Welcher Freund?«

»Der Herr, der uns Ihren Brief übergeben hat. Hier, Ihre Visitenkarte ist sogar dabei. Sehen Sie.«

Wilson nahm den Brief. Es war eine seiner Visitenkarten, und der Brief war mit seiner Handschrift geschrieben.

»Großer Gott«, murmelte er, »noch so ein ekelhafter Streich.«

Und besorgt fügte er hinzu:

»Und das Gepäck?«

»Aber Ihr Freund hat es mitgenommen.«

»Aha, und Sie haben es ihm gegeben?«

»Natürlich, da Ihre Karte uns das Recht dazu gab.«

»In der Tat . . . in der Tat . . .«

Sie gingen beide aufs Geratewohl über die Champs-Elysées, schweigend und langsam. Eine freundliche Herbstsonne strahlte auf die Avenue. Die Luft war rein und mild.

Beim Rond-Point zündete Herlock seine Pfeife an und beschleunigte seinen Schritt. Wilson rief:

»Ich verstehe Sie nicht, Sholmes, Sie haben eine Ruhe! Man führt Sie an der Nase herum, man spielt mit Ihnen wie die Katze mit der Maus . . . Und Sie sagen überhaupt nichts dazu!«

Sholmes blieb stehen und antwortete:

»Wilson, ich denke an Ihre Visitenkarte.«

»Na und?«

»Jemand hat sich im Hinblick auf eine mögliche Auseinandersetzung mit uns Proben von Ihrer und meiner Handschrift besorgt und hält eine Ihrer Visitenkarten in seiner Brieftasche bereit. Denken Sie daran, was darin an Voraussicht, scharfsinnigem Willen, Methode und Organisation steckt.«

»Das bedeutet?«

»Das bedeutet, Wilson, daß man, um einen so gut bewaffneten, so wunderbar vorbereiteten Feind zu bekämpfen – und zu schlagen –, daß man ich sein muß. Und doch sehen Sie, Wilson«, fügte er lachend hinzu, »daß es einem auf den ersten Schlag nicht gelingt.«

Um sechs Uhr veröffentlichte die Zeitung ›Echo de France‹ in ihrer Nachtausgabe folgenden Artikel:

»Heute morgen hat Monsieur Thénard, Polizeikommissar des XVI. Arrondissements, die Herren Herlock Sholmes und Wilson befreit, die von Arsène Lupin im Haus des verstorbenen Barons d'Hautrec eingeschlossen worden waren, wo sie eine ausgezeichnete Nacht verbracht hatten.

Da sie außerdem um ihr Gepäck erleichtert wurden, haben sie gegen Arsène Lupin Klage eingereicht.

Arsène Lupin, der sich dieses Mal damit begnügt hat, ihnen eine kleine Lektion zu erteilen, bittet sie sehr, ihn nicht zu ernsteren Maßnahmen zu zwingen.«

»Pah!« sagte Herlock Sholmes, indem er die Zeitung zusammenknüllte, »Dummejungenstreiche! Das ist der einzige Vorwurf, den ich Lupin mache . . . ein wenig zuviel Kindereien . . . Das Publikum zählt zuviel für ihn . . . In diesem Mann steckt ein Pariser Straßenjunge!«

»So bewahren Sie immer noch die gleiche Ruhe, Herlock?«

»Immer noch die gleiche Ruhe«, erwiderte Sholmes mit einer Betonung, in der finstere Wut lag. »Warum soll ich mich aufregen? *Ich bin sicher, daß ich das letzte Wort spreche!*«

Etwas Licht in der Dunkelheit

So gestählt der Charakter eines Mannes auch sein mag – und Sholmes gehört zu jenen Menschen, denen ein Mißgeschick nichts anhaben kann –, so gibt es doch Umstände, bei denen auch der Härteste das Bedürfnis verspürt, seine Kräfte zu sammeln, bevor er sich den Zufällen einer Schlacht von neuem aussetzt.

»Ich gebe mir heute frei«, sagte er.

»Und ich?«

»Sie, Wilson, Sie werden Kleider und Wäsche kaufen, um unsere Garderobe aufzufrischen. Währenddessen ruhe ich mich aus.«

»Ruhen Sie sich aus, Sholmes. Ich wache.«

Wilson betonte diese beiden Worte mit der ganzen Inbrunst eines Getreuen, der auf Vorposten steht und folglich den schlimmsten Gefahren ausgesetzt ist. Sein Körper blähte sich auf. Seine Muskeln strafften sich. Mit einem scharfen Blick durchmaß er den Raum des kleinen Hotelzimmers, das sie als Wohnsitz gewählt hatten.

»Wachen Sie, Wilson. Ich werde das ausnutzen und einen Feldzug vorbereiten, der dem Gegner, den wir zu bekämpfen haben, besser Rechnung trägt. Sehen Sie, Wilson, wir haben uns in Lupin geirrt. Wir müssen die Dinge vom Anfang her aufrollen.«

»Sogar noch davor, wenn es möglich ist. Aber haben wir genug Zeit dazu?«

»Neun Tage, alter Freund! Das sind fünf zuviel!«

Den ganzen Nachmittag verbrachte der Engländer mit Rauchen und Schlafen. Erst am nächsten Morgen begann er mit seiner Arbeit.

»Wilson, ich bin bereit, jetzt geht's los.«

»Los geht's«, rief Wilson voll morgendlichen Eifers. »Ich gestehe, daß ich ein Prickeln in den Beinen habe.«

Sholmes führte drei lange Gespräche – mit Rechtsanwalt Detinan zunächst, dessen Wohnung er gründlich untersuchte; dann mit Suzanne Gerbois, die er durch ein Telegramm bestellt hatte und die er über die blonde Dame aushorchte; und schließlich mit Schwester Auguste, die sich nach dem Mord an Baron d'Hautrec ins Kloster des Ordens der Heimsuchung Mariae zurückgezogen hatte.

Bei jedem Besuch wartete Wilson draußen, und jedesmal fragte er: »Zufrieden?«

»Sehr zufrieden.«

»Ich war sicher; wir sind auf dem richtigen Weg. Gehen wir.«

Sie marschierten viel. Sie statteten den beiden Gebäuden einen Besuch ab, die das Haus in der Avenue Henri-Martin umgaben. Dann gingen sie bis zur Rue Clapeyron, und während sie die Fassade von Nummer 25 untersuchten, fuhr Sholmes fort:

»Es ist klar, daß zwischen diesen ganzen Häusern ein geheimer Durchgang existiert. Aber was ich nicht weiß, ist . . .«

Im geheimen zweifelte Wilson zum erstenmal an der Allmacht seines genialen Meisters. Warum sprach er so viel und handelte so wenig?

»Warum?« rief Sholmes und antwortete so auf Wilsons geheimste Gedanken: »Weil man bei diesem Teufel Lupin in die Luft hinein arbeitet, zufällig, und anstatt die Wahrheit aus genauen Tatsachen zu ziehen, muß man sie aus seinem eigenen Gehirn nehmen, um dann nachzuprüfen, ob sie sich wohl den Ereignissen anpaßt.«

»Aber die geheimen Gänge?«

»Ja und? Selbst wenn ich sie kennen würde, wenn ich den Gang kennen würde, der es Lupin ermöglicht hat, bei seinem Rechtsanwalt zu erscheinen, oder den, den die blonde Dame nach dem Mord an Baron d'Hautrec genommen hat, wäre ich damit weiter? Gäbe mir das Waffen in die Hand, um ihn anzugreifen?«

»Wir müssen ihn aber doch angreifen«, erklärte Wilson.

Er hatte die Worte noch nicht zu Ende gesprochen, als er mit einem Schrei zurückwich. Vor ihnen fiel etwas zu Boden, ein mit Sand halb gefüllter Sack, der sie schwer hätte verletzen können.

Sholmes hob den Kopf; über ihnen arbeiteten Männer auf einem am Balkon der fünften Etage befestigten Baugerüst.

»Wir haben Glück gehabt«, rief er, »ein Schritt weiter, und wir hätten den Sack dieser ungeschickten Leute auf den Schädel bekommen. Man könnte wirklich meinen . . .«

Er unterbrach sich, stürzte plötzlich zum Haus, kletterte die fünf Etagen hinauf, klingelte, drang in die Wohnung, zum großen Entsetzen des Hausdieners, und lief zum Balkon. Dort war niemand.

»Die Arbeiter, die dort waren?« fragte er den Diener.

»Sie sind gerade fortgegangen.«

»Auf welchem Weg?«

»Über die Hintertreppe.«

Sholmes beugte sich über das Geländer. Er sah zwei Männer aus dem Haus gehen; sie schoben ihre Fahrräder neben sich her. Sie stiegen schließlich auf und verschwanden.

»Arbeiten sie schon lange auf diesem Gerüst?«

»Erst seit heute morgen. Sie waren neu.«

Sholmes kehrte zu Wilson zurück.

Melancholisch begaben sie sich in ihr Hotel zurück. Dieser zweite Tag endete in düsterem Schweigen.

Am nächsten Tag ein ähnliches Programm. Sie setzten sich auf dieselbe Bank in der Avenue Henri-Martin. Es wurde zu Wilsons großer Verzweiflung, der sich keineswegs amüsierte, ein nicht enden wollender Aufenthalt vor den drei Gebäuden.

»Was erhoffen Sie, Sholmes? Daß Lupin aus diesen Häusern kommt?«

»Nein.«

»Daß die blonde Dame erscheint?«

»Nein.«

»Also dann?«

»Ich hoffe, daß ein kleines Ereignis eintritt, ein ganz kleines Ereignis, das mir als Anhaltspunkt dienen kann.«

»Und wenn es nicht eintritt?«

»In diesem Fall wird etwas in mir geschehen, ein Funke aufsprühen, der das Pulver in Flammen setzt.«

Ein einziger Zwischenfall unterbrach die Monotonie dieses Morgens, aber eher auf eine unangenehme Weise.

Das Pferd eines Herrn, der auf dem Reitweg zwischen den beiden Straßen der Avenue ritt, schlug aus und stieß an die Bank, auf der sie saßen, so daß seine Hinterhand Sholmes Schulter streifte.

»Oho!« spottete dieser, »ein wenig mehr Kraft und meine Schulter wäre gebrochen.«

Der Herr kämpfte mit seinem Pferd. Der Engländer zog seinen Revolver und zielte. Aber Wilson packte ihn schnell am Arm. »Sie sind verrückt, Herlock! Sehen Sie denn nicht, daß Sie den Herrn töten werden?«

»Lassen Sie mich doch los, Wilson . . . lassen Sie mich los!«

Sie kämpften miteinander, während der Herr sein Pferd bändigte und ihm die Sporen gab.

»Und jetzt schießen Sie«, rief Wilson triumphierend, als der Reiter in einiger Entfernung war.

»Sie dreifacher Idiot, begreifen Sie denn nicht, daß es ein Komplize Arsène Lupins war?«

Sholmes zitterte vor Wut. Wilson stammelte jämmerlich:

»Was sagen Sie? Dieser Gentleman . . .«

»Ein Komplize Lupins wie die Arbeiter, die uns den Sack fast auf den Kopf geworfen haben.«

»Wer glaubt Ihnen das?«

»Glauben oder nicht, das wäre eine Möglichkeit gewesen, einen Beweis zu bekommen.«

»Indem Sie diesen Gentleman töteten?«

»Indem ich ganz einfach nur sein Pferd zusammenschoß. Ohne Sie hätte ich einen Komplizen Lupins gehabt. Begreifen Sie Ihre Dummheit?«

Der Nachmittag verlief mürrisch. Sie redeten kein Wort miteinander. Um fünf Uhr, als sie in der Rue Clapeyron auf und ab gingen und darauf achteten, einen gehörigen Abstand zu den Häusern einzuhalten, rempelten sie drei junge Arbeiter an, die sangen und sich untergehakt hatten und weitergehen wollten, ohne sich loszulassen. Sholmes, der schlecht gelaunt war, widersetzte sich dem. Es gab einen kurzen Zusammenstoß. Sholmes sprang in die Haltung eines Boxers, landete einen Faustschlag auf eine Brust, einen Faustschlag in ein Gesicht und schlug zwei der drei jungen Leute zusammen, die sich, ohne noch weiter auf ihrem Vorhaben zu bestehen, mit ihren Gefährten entfernten.

»Oh!« rief Sholmes, »das hat mir gutgetan ... Meine Nerven waren gerade zum Zerreißen gespannt ... eine ausgezeichnete Arbeit ...«

Als er aber Wilson gegen eine Wand gelehnt sah, unterbrach er sich und fragte:

»Was ist los, alter Kamerad, Sie sind ganz bleich.«

Der alte Kamerad zeigte ihm seinen Arm, der leblos herabhing, und stammelte:

»Ich weiß nicht, was ich habe ... einen Schmerz im Arm.«

»Einen Schmerz im Arm? Ernsthaft?«

»Ja ... ja ... der rechte Arm.«

Trotz seiner Anstrengungen gelang es ihm nicht, ihn zu bewegen. Herlock betastete ihn, zunächst sanft, dann fester, »um den genauen Grad des Schmerzes festzustellen«, sagte er. Der genaue Grad des Schmerzes war so groß, daß er sehr beunruhigt in eine nahe Apotheke ging, wo Wilson das Bedürfnis verspürte, in Ohnmacht zu fallen.

Der Apotheker und seine Gehilfen bemühten sich um ihn. Man stellte fest, daß der Arm gebrochen sei, und sofort war die Rede von einem Chirurgen, einer Operation und einem Krankenhaus. In der Zwischenzeit entkleidete man den Patienten, der, von Schmerzen geschüttelt, in lautes Geheul ausbrach.

»Gut ... gut ... tadellos«, sagte Sholmes, der den Arm hielt, »ein wenig Geduld, mein alter Kamerad ... in fünf oder sechs

Wochen ist das vorbei ... Aber das sollen sie mir bezahlen, die Lumpen! Hören Sie ... überhaupt er ... denn wieder ist es der unglückselige Lupin gewesen, der diesen Coup ausgeführt hat ... Oh! ich schwöre Ihnen, wenn ich jemals ...«

Er unterbrach sich plötzlich, ließ den Arm los, was Wilson einen derart schmerzhaften Stich versetzte, daß der Unglückliche wieder in Ohnmacht fiel ... er tippte sich an die Stirn und sagte: »Wilson, ich habe eine Idee ... sollte zufällig ...?«

Er rührte sich nicht, seine Augen waren starr, er murmelte kleine Satzfetzen:

»Aber ja, das ist es ... alles würde geklärt ... man sucht in der Ferne, was so nahe liegt ... Teufel, ich wußte, daß ich nur zu überlegen brauchte ... Oh, mein guter Wilson, ich glaube, daß Sie zufrieden sein werden.«

Er ließ seinen alten Kameraden im Stich, sprang auf die Straße und lief zur Nummer 25.

Oben auf der rechten Seite der Tür stand auf einem der Steine geschrieben: Destange, Architekt, 1875.

Bei der Nummer 23 dieselbe Inschrift.

Bis dahin war alles ganz natürlich. Aber was würde er in der Avenue Henri-Martin lesen?

Ein Wagen fuhr vorüber.

»Kutscher, Avenue Henri-Martin, Nummer 134, schnell.«

Im Wagen stehend, feuerte er das Pferd an, bot dem Kutscher ein Trinkgeld. »Schneller ... Noch schneller!«

Wie groß war seine Aufregung an der Ecke der Rue de la Pompe! Hatte er einen Teil des Geheimnisses entdeckt?

Auf einem der Steine des Hauses waren folgende Worte eingraviert: Destange, Architekt, 1874.

An den Nachbarhäusern dieselbe Inschrift: Destange, Architekt, 1874.

Die Nachwirkung seiner Entdeckung war so groß, daß er einige Minuten lang in seinem Wagen zusammensank, überwältigt vor Freude. Endlich erhellte ein kleines Licht die Dunkelheit. In dem großen dunklen Wald, in dem sich tausend Pfade kreuzten, fand er das erste Zeichen einer vom Feind gegangenen Fährte!

In einer Post verlangte er die Telephonverbindung mit dem Schloß Crozon. Die Gräfin antwortete ihm persönlich.

»Hallo ... sind Sie es, Madame?«

»Mister Sholmes, nicht wahr? Geht es Ihnen gut?«

»Sehr gut, aber würden Sie mir schnell sagen ... hallo! Nur ein Wort ...«

»Ich höre ...«

»Wann wurde das Schloß Crozon gebaut?«

»Es ist vor dreißig Jahren abgebrannt und wurde wieder aufgebaut.«

»Von wem? Und in welchem Jahr?«

»Über der Freitreppe steht folgende Inschrift: Lucien Destange, Architekt, 1877.«

»Danke, Madame, auf Wiedersehen.«

Er verließ murmelnd die Zelle:

»Destange ... Lucien Destange ... dieser Name ist mir nicht unbekannt.«

Als er eine öffentliche Bibliothek gefunden hatte, schlug er in einem modernen biographischen Lexikon nach und schrieb die Notiz ab: »Lucien Destange, geboren im Jahre 1840, Großer Preis von Rom, Offizier der Ehrenlegion, Autor von sehr geschätzten Werken über die Architektur ... usw.«

Dann begab er sich zur Apotheke und von da aus zum Krankenhaus, wohin man Wilson transportiert hatte. Auf seinem Leidensbett, den Arm im Gipsverband, vor Fieberfrost zitternd, phantasierte der alte Kamerad.

»Sieg! Sieg!« rief Sholmes. »Ich habe das Ende eines Fadens.«

»Was für ein Faden?«

»Der mich zum Ziel führen wird! Ich werde auf festem Boden gehen, auf dem es Spuren, Hinweise gibt ...«

»Zigarettenasche?« fragte Wilson, den das Interesse an der Situation belebte.

»Und vieles andere mehr! Denken Sie doch, Wilson. Ich habe

das geheimnisvolle Band gelöst, das die verschiedenen Abenteuer der blonden Dame miteinander verband. Warum wurden die drei Wohnungen, in denen sich die drei Abenteuer abspielten, von Lupin ausgewählt?«

»Ja, warum?«

»Weil diese drei Wohnungen, Wilson, von demselben Architekten gebaut worden sind. Das war einfach zu erraten, werden Sie sagen? Sicher . . . Daher dachte auch niemand daran.«

»Niemand, außer Ihnen.«

»Außer mir, der jetzt weiß, daß derselbe Architekt analoge Pläne aufgestellt und dadurch die Durchführung von drei Handlungen möglich gemacht hat, die dem Anschein nach wie ein Wunder, in Wirklichkeit aber einfach und leicht sind.«

»Was für ein Glück!«

»Und es wurde Zeit, alter Freund; ich begann, die Geduld zu verlieren . . . Wir haben heute schon den vierten Tag.«

»Von zehn.«

»Oh! Von nun an . . .«

Ganz gegen seine Gewohnheit kraftvoll und fröhlich, konnte er nicht stillsitzen.

»Nein, aber wenn ich daran denke, daß die Lumpen vorhin auf der Straße genausogut mir den Arm hätten brechen können wie Ihnen! Was sagen Sie dazu, Wilson?«

Wilson begnügte sich, diese entsetzliche Vermutung hinzunehmen.

Und Sholmes fuhr fort:

»Diese Lektion soll uns eine gute Lehre sein! Sehen Sie, Wilson, unser großer Fehler war, Lupin offen zu bekämpfen und uns gefällig seinen Anschlägen auszusetzen. Es ist nur ein halbes Übel geschehen, da es ihm nur gelungen ist, Sie zu erwischen . . .«

»Und ich mit einem gebrochenen Arm davongekommen bin«, stöhnte Wilson.

»Während beide gebrochen sein könnten. Aber keine Prahlerei mehr. Am hellichten Tag und bewacht, bin ich besiegt. Im

Dunkel und frei in meinen Bewegungen habe ich einen Vorteil, wie stark der Feind auch sein mag.«

»Ganimard könnte Ihnen helfen.«

»Niemals. An dem Tag, an dem ich sagen kann: Arsène Lupin ist da, hier ist sein Schlupfwinkel, und so muß man sich seiner bemächtigen, werde ich Ganimard an einer der beiden Adressen auftreiben, die er mir angegeben hat: in seiner Wohnung in der Rue Pergolèse oder in der Schweizer Taverne am Place du Châtelet. Bis dahin arbeite ich allein.«

Er ging zu dem Bett, legte Wilson die Hand auf die Schulter – natürlich auf die kranke – und sagte liebevoll zu ihm:

»Pflegen Sie sich, bester Freund. Ihre Rolle besteht von nun an darin, zwei oder drei von Arsène Lupins Leuten zu beschäftigen, die vergeblich darauf warten werden, meine Spur wiederzufinden, dadurch daß ich nach Ihrem Befinden frage. Es ist eine Vertrauensrolle.«

»Eine Vertrauensrolle, ich danke Ihnen«, erwiderte Wilson von Dankbarkeit durchdrungen, »ich werde alle Sorgfalt darauf verwenden, sie gewissenhaft zu erfüllen. Aber nach dem, was ich verstanden habe, werden Sie nicht wiederkommen?«

»Wozu?« fragte Sholmes kalt.

»In der Tat ... in der Tat ... Mir geht es den Umständen entsprechend gut. Eine letzte Bitte, Herlock: Könnten Sie mir nicht etwas zu trinken geben?«

»Zu trinken?«

»Ja, ich verdurste, und mit dem Fieber ...«

»Aber natürlich! Sofort ...«

Er vermanschte den Inhalt aus zwei oder drei Flaschen, griff nach einem Paket Tabak, zündete seine Pfeife an und ging plötzlich, als hätte er nicht einmal die Bitte seines Freundes gehört, fort, während der Freund mit den Augen um ein Glas unerreichbaren Wassers bettelte.

»Monsieur Destange?«

Der Diener musterte den Mann, dem er soeben die Tür des

herrschaftlichen Hauses geöffnet hatte, das an der Ecke der Place Malesherbes und der Rue Montchanin steht; beim Anblick dieses kleinen schlecht rasierten Mannes mit den grauen Haaren, dessen langer schwarzer Gehrock von zweifelhafter Sauberkeit schlottrig an ihm herunterhing, erwiderte er mit der entsprechenden Verachtung:

»Monsieur Destange ist anwesend oder auch nicht. Das kommt ganz darauf an. Der Herr hat eine Karte?«

Der Herr hatte keine Karte, aber ein Empfehlungsschreiben, das der Diener Monsieur Destange bringen mußte, und Monsieur Destange gab Anweisung, den Ankömmling zu ihm zu führen. So wurde er in ein riesiges Rundzimmer geleitet, das einen ganzen Flügel des Hauses einnahm und dessen Wände voll von Büchern waren. Der Architekt fragte:

»Sie sind Monsieur Stickmann?«

»Ja, Monsieur.«

»Mein Sekretär teilte mir mit, daß er krank ist und Sie schickt, um den Gesamtkatalog der Bücher weiter aufzustellen, mit dem er unter meiner Leitung begonnen hat, und ganz besonders den Katalog der deutschen Bücher. Haben Sie in derartigen Arbeiten Erfahrung?«

»Ja, Monsieur, eine lange Erfahrung«, erwiderte Monsieur Stickmann mit sehr starkem deutschem Akzent.

Unter diesen Voraussetzungen wurde das Abkommen schnell geschlossen, und Monsieur Destange machte sich unverzüglich mit seinem neuen Sekretär an die Arbeit.

Herlock Sholmes war an Ort und Stelle.

Um Lupins Beobachtung zu entgehen und in das Haus zu gelangen, das Lucien Destange mit seiner Tochter Clotilde bewohnte, hatte der berühmte Detektiv einen Kopfsprung ins Ungewisse machen müssen, hatte Kriegslisten anwenden, unter den verschiedensten Namen die Güte und das Vertrauen einer Reihe von Leuten erwerben, kurz während achtundvierzig Stunden die kompliziertesten Wege gehen müssen.

Als Ausgangspunkt wußte er folgendes: Monsieur Destange,

der nicht sehr gesund war und den Wunsch nach Ruhe hatte, lebte, von seinen Geschäften zurückgezogen, zwischen den Büchern, die er über die Architektur gesammelt hatte. Er fand an keinen Vergnügungen mehr Gefallen außer am Schauspiel und an den alten staubigen Bänden. Seine Tochter Clotilde galt als Original. Sie schloß sich wie ihr Vater, allerdings in einem anderen Teil des Hauses, ein und ging nie aus.

Das alles, sagte sich Sholmes, während er die Buchtitel, die Monsieur Destange ihm diktierte, in ein Register schrieb, das alles ist noch nicht entscheidend, aber ein Schritt vorwärts! Es ist unmöglich, daß ich nicht die Lösung eines dieser Probleme entdecke: Ist Monsieur Destange ein Verbündeter Arsène Lupins? Sieht er ihn weiterhin? Gibt es Papiere, die sich auf den Bau der drei Häuser beziehen? Geben mir diese Papiere die Adresse anderer Häuser, die in der gleichen Art eingerichtet sind und die sich Lupin für sich und seine Bande vorbehalten hat?

Monsieur Destange ein Komplize Arsène Lupins? Dieser ehrwürdige Mann, Offizier der Ehrenlegion, der mit einem Einbrecher zusammenarbeitet – diese Hypothese war kaum haltbar. Wie hätte übrigens Monsieur Destange, wenn man diese Mittäterschaft einmal annahm, vor dreißig Jahren die Machenschaften Arsène Lupins, der damals noch ein Baby war, voraussehen können? Egal! Der Engländer ereiferte sich. Mit seinem ungewöhnlichen Spürsinn, mit seinem ihm eigenen Instinkt fühlte er ein Geheimnis. Das erkannte er aus kleinen Dingen, die er nicht hätte präzisieren können, die er aber seit seinem Eintritt in das Haus spürte.

Am Morgen des zweiten Tages hatte er immer noch keine interessante Entdeckung gemacht. Um zwei Uhr sah er zum erstenmal Clotilde Destange, die sich ein Buch aus der Bibliothek holte. Sie war eine Frau in den Dreißigern, dunkel, mit langsamen, leisen Bewegungen, ihr Gesicht prägte jener gleichgültige Ausdruck von Menschen, die viel mit sich allein leben. Sie wechselte einige Worte mit Monsieur Destange und zog sich zurück, ohne Sholmes überhaupt angesehen zu haben.

Der Nachmittag verlief monoton. Um fünf Uhr erklärte Monsieur Destange, daß er ausgehen würde. Sholmes blieb allein auf der Balustrade zurück, die sich in halber Höhe des Rundgebäudes befand. Der Tag ging zu Ende. Auch er wollte gerade gehen, als er ein Knacken hörte; im gleichen Augenblick hatte er das Gefühl, daß jemand im Raum wäre. Minuten vergingen. Plötzlich zuckte er zusammen: ein Schatten tauchte aus dem Halbdunkel auf, dicht neben ihm auf dem Balkon. War es möglich? Wie lange schon leistete ihm diese unsichtbare Gestalt Gesellschaft?

Der Mann stieg die Stufen hinunter und ging auf einen großen Schrank aus Eichenholz zu. Hinter den Vorhängen, die bis auf den Boden reichten, versteckt, beobachtete Sholmes kniend weiter, und er sah den Mann in den Papieren, mit denen der Schrank überfüllt war, herumwühlen. Was suchte er?

Plötzlich öffnete sich die Tür, und Mademoiselle Destange trat lebhaft ein, während sie zu jemandem, der ihr folgte, sagte: »Du gehst also wirklich nicht aus, Vater? ... Dann will ich Licht machen ... Eine Sekunde ... warte ...«

Der Mann stieß die Schranktür zu und versteckte sich in einer Fensternische, deren Vorhänge er zuzog. Wieso sah Mademoiselle Destange ihn nicht? Wieso hörte sie ihn nicht? Sehr ruhig drehte sie am Lichtschalter und gab ihrem Vater den Weg frei. Sie setzten sich nebeneinander. Sie nahm ein Buch, das sie mitgebracht hatte, in die Hand und begann zu lesen.

»Ist der Sekretär nicht mehr da?« fragte sie nach einer Weile.

»Nein ... wie du siehst ...«

»Bist du immer noch mit ihm zufrieden?« fuhr sie fort, als wüßte sie nichts von der Krankheit des eigentlichen Sekretärs und seinem Ersatz durch Stickmann.

»Immer noch ... immer noch ...«

Monsieur Destanges Kopf schwankte von einer Seite auf die andere. Er schlief ein.

Eine Weile verging. Das junge Mädchen las. Plötzlich wurde

der eine Fenstervorhang zur Seite geschoben, und der Mann schlich an der Wand entlang zur Tür, so daß er hinter Monsieur Destange, aber gegenüber von Clotilde zu stehen kam und auch Sholmes ihn deutlich sehen konnte. Es war Arsène Lupin. Der Engländer zitterte vor Freude. Seine Berechnungen waren richtig, er war ins Herz der geheimnisvollen Affäre gedrungen, und Lupin befand sich an dem vermuteten Fleck.

Clotilde rührte sich nicht, obgleich es ausgeschlossen war, daß ihr auch nur eine Bewegung des Mannes entging. Lupin hatte die Tür fast erreicht; schon streckte er die Hand nach dem Türgriff aus, als er, ein wenig unachtsam, etwas vom Tisch herunterriß.

Monsieur Destange fuhr hoch. Arsène Lupin, den Hut in der Hand, stand schon vor ihm und lächelte.

»Maxime Bermond«, rief Monsieur Destange voll Freude aus. »Der liebe Maxime! Welch glücklicher Zufall führt Sie her?«

»Der Wunsch, Sie und Mademoiselle zu sehen.«

»Sie sind also von der Reise zurückgekehrt?«

»Gestern.«

»Sie bleiben doch zum Essen?«

»Nein, ich esse mit Freunden im Restaurant.«

»Dann also morgen? Clotilde, bitte ihn, daß er morgen kommt. Ach, der gute Maxime ... Ich habe gerade in den letzten Tagen an Sie gedacht.«

»Wirklich?«

»Ja, ich ordnete meine Papiere von früher in diesem Schrank, und dabei habe ich unsere letzte Rechnung gefunden.«

»Welche Rechnung?«

»Die von der Avenue Henri-Martin.«

»Wie! Sie bewahren diesen Papierkram auf? Wozu?«

Sie ließen sich alle drei in einem kleinen Salon nieder, der durch eine breite Türöffnung mit der Bibliothek verbunden war.

Ist es Lupin? fragte sich Sholmes, von plötzlichen Zweifeln befallen.

Ja, er war es ganz offensichtlich; aber genausogut konnte es ein anderer Mann sein, der Arsène Lupin in gewissen Dingen ähnelte, dabei jedoch deutlich dessen Individualität bewies, dessen persönliche Züge, den Blick, die Haarfarbe . . .

Er trug einen Anzug und eine weiße Krawatte; das enge Hemd schmiegte sich an seinen Körper; er sprach fröhlich, erzählte Geschichten, über die Monsieur Destange von Herzen lachte und die ein Lächeln auf Clotildes Lippen lockten. Jedes Lächeln von ihr erschien wie eine Belohnung, die Arsène Lupin suchte und über die er sich freute. Er verdoppelte seinen Witz und die Fröhlichkeit, und unmerklich belebte sich beim Ton dieser glücklichen und hellen Stimme Clotildes Gesicht und verlor jenen Ausdruck von Kälte, der sie so wenig sympathisch machte.

Sie lieben sich, dachte Sholmes, aber was zum Teufel kann es Gemeinsames zwischen Clotilde Destange und Maxime Bermond geben? Weiß sie, daß Maxime Arsène Lupin ist?

Bis sieben Uhr horchte er aufmerksam. Ihm entging nicht die kleinste Andeutung. Schließlich stieg er unendlich vorsichtig hinunter und durchquerte das Zimmer auf der Seite, auf der er vom Salon aus nicht gesehen werden konnte.

Draußen überzeugte sich Sholmes, daß weder ein Auto noch eine Kutsche vor dem Haus hielten, und er entfernte sich hinkend auf dem Boulevard Malesherbes. In einer Nebenstraße legte er sich seinen Mantel über den Rücken, den er bis dahin über dem Arm getragen hatte, deformierte seinen Hut, richtete sich auf und kehrte, so verwandelt, zurück, dann wartete er, mit dem Blick auf die Tür des Hauses Destange.

Arsène Lupin kam wenig später heraus und ging durch die Rue de Constantinople und die Rue de Londres in Richtung der Stadtmitte von Paris. Hundert Schritte hinter ihm ging Herlock.

Welch köstliche Minuten für den Engländer! Er schnüffelte gierig wie ein Hund, der eine ganz frische Fährte entdeckt hat. Einem Gegner zu folgen, erschien ihm die köstlichste Sache von der Welt. Nicht mehr er wurde überwacht, sondern Arsène Lupin, der unsichtbare Lupin. Er hielt ihn mit seinen Blicken fest, als wäre er durch unzerreißbare Bande an ihn gefesselt. Es ergötzte ihn, unter den Spaziergängern diese Beute zu betrachten, die ihm gehörte.

Aber etwas verblüffte ihn plötzlich: in dem Abstand, der ihn von Arsène Lupin trennte, gingen andere Leute in derselben Richtung, ihm fielen besonders zwei große Burschen mit runden Hüten auf dem linken Gehweg und zwei andere mit Mützen und Zigaretten im Mund auf dem rechten Gehweg auf.

Das war vielleicht nur ein Zufall. Aber Sholmes geriet noch mehr in Erstaunen, als die vier Männer stehenblieben, während Lupin in einen Tabakladen ging, und noch mehr, als sie gleichzeitig mit ihm ihren Weg fortsetzten, jeder für sich auf der Chaussée d'Antin.

Verdammter Mist, dachte Sholmes, er wird also verfolgt!

Der Gedanke, daß andere auf Arsène Lupins Spur waren, daß andere ihm nicht den Ruhm gönnten, das kümmerte ihn wenig – aber daß sie ihm das ungeheure Vergnügen, den heißen Wunsch raubten, den geschicktesten Gegner, dem er jemals begegnet war, allein zu bezwingen, erbitterte ihn. Und doch war kein Irrtum möglich: die Männer trugen jene gelöste Miene zur Schau, jene zu natürliche Miene von Leuten, die ihren Spaziergang einer anderen Person anpassen und nicht bemerkt werden wollen.

»Sollte Ganimard mehr wissen, als er behauptet?« murmelte Sholmes. »Führt er mich an der Nase herum?«

Er hatte Lust, einen der vier Männer anzureden, um sich Gewißheit zu verschaffen. Aber da das Menschengewühl in der Nähe des Boulevards immer dichter wurde, fürchtete er, Lupin aus den Augen zu verlieren, und ging schneller. Er sah ihn in dem Augenblick wieder, als Lupin die Freitreppe des ungarischen Restaurants hinaufstieg, das an der Ecke der Rue du Helder lag. Die Tür stand offen, so daß Sholmes, der auf einer Bank auf der anderen Seite der Straße saß, sehen konnte, wie er an einem vollgedeckten Tisch mit Blumen Platz nahm, an dem schon drei gutangezogene Herren und zwei mit großer Eleganz gekleidete Damen saßen, die ihn mit Sympathiebezeugungen empfingen.

Herlock suchte mit den Augen die vier Männer und sah sie in

der Menge, die dem Zigeunerorchester eines danebenliegenden Cafés zuhörten. Merkwürdig war nur, daß sie sich nicht um Arsène Lupin, sondern sehr viel mehr um die umstehenden Leute zu kümmern schienen.

Plötzlich zog einer von ihnen eine Zigarette aus der Tasche und bat einen Herrn in Gehrock und Zylinder um Feuer. Der Herr reichte ihm seine Zigarre, und Sholmes hatte den Eindruck, als sprächen sie miteinander, und zwar länger, als es das Anzünden einer Zigarette erfordert hätte. Schließlich stieg der Herr die Stufen der Freitreppe hinauf und warf einen Blick in den Saal des Restaurants. Als er Lupin bemerkte, ging er zu ihm hin und unterhielt sich einige Augenblicke lang mit ihm; dann suchte er sich einen Nebentisch, und Sholmes stellte fest, daß der Herr kein anderer als der Reiter aus der Avenue Henri-Martin war.

Jetzt begriff er. Arsène Lupin war nicht nur nicht entwischt, sondern jene Männer gehörten auch noch zu seiner Bande! Jene Männer wachten über seine Sicherheit! Sie waren seine Leibgarde, seine Schergen, seine aufmerksame Eskorte. Überall da, wo der Meister Gefahr lief, waren die Komplizen da, bereit, ihn zu warnen, bereit, ihn zu verteidigen. Die vier Männer waren Komplizen! Komplize auch der Herr im Gehrock!

Ein Schauder durchfuhr den Engländer. Würde es möglich sein, daß er sich jemals dieses unerreichbaren Wesens bemächtigte? Was für eine unbegrenzte Macht stellte eine derartige Bande dar, die von solch einem Chef geführt wurde!

Er riß ein Blatt Papier aus seinem Notizbuch, schrieb einige Zeilen mit Bleistift darauf, steckte es in einen Umschlag und sagte zu einem Jungen von etwa fünfzehn Jahren, der sich auf die Bank gelegt hatte:

»Hier, Bursche, nimm dir einen Wagen und bring diesen Brief der Kassiererin von der Schweizer Taverne an der Place du Châtelet. Schnell . . .«

Er gab ihm ein Fünffrancstück. Der Bengel verschwand.

Eine halbe Stunde verging. Das Gewühl war noch dichter geworden, und Sholmes sah von Zeit zu Zeit nur noch Lupins

Gehilfen. Plötzlich stieß ihn jemand an und flüsterte ihm ins Ohr:

»Na! Was ist los, Mister Sholmes?«

»Sind Sie es, Monsieur Ganimard?«

»Ja, ich habe Ihre Nachricht in der Taverne bekommen. Was ist los?«

»Er ist dort.«

»Was sagen Sie?«

»Dort hinten ... im Restaurant ... lehnen Sie sich nach rechts hinüber ... Sehen Sie ihn?«

»Nein.«

»Er schenkt seiner Nachbarin Champagner ein.«

»Aber das ist er nicht.«

»Er ist es.«

»Ich sage Ihnen ... Oh! Doch ... Tatsächlich, es könnte ... Oh! Der Lump, wie er sich ähnelt!« murmelte Ganimard naiv. »Und die anderen? Komplizen?«

»Nein, seine Nachbarin ist Lady Cliveden, die andere ist die Herzogin de Cleath, und gegenüber sitzt der spanische Botschafter in London.«

Ganimard machte einen Schritt vorwärts. Herlock hielt ihn zurück.

»Wie unklug. Sie sind allein.«

»Er auch.«

»Nein, er hat Männer auf dem Boulevard, die ihn bewachen ... Außerdem im Innern des Restaurants jenen Herrn ...«

»Aber ich werde, wenn ich Arsène Lupin am Kragen gepackt habe und laut seinen Namen rufe, den ganzen Saal, alle Kellner auf meiner Seite haben.«

»Ich hätte lieber ein paar Polizisten.«

»Dann würden Arsène Lupins Freunde mit einem Schlag munter werden. Nein, sehen Sie, Mister Sholmes, wir haben keine Wahl.«

Er hatte recht; Sholmes wußte es. Es war besser, das Abenteuer zu versuchen und die besonderen Umstände auszunutzen. Er empfahl Ganimard nur noch:

»Versuchen Sie, daß man Sie so spät wie möglich erkennt . . .«

Er selbst versteckte sich hinter einem Zeitungsstand, ohne Arsène Lupin aus den Augen zu verlieren, der dort hinten seiner Nachbarin zulächelte.

Der Inspektor überquerte die Straße, die Hände in den Taschen, wie ein Mann, der vor sich hin geht. Kaum hatte er jedoch den gegenüberliegenden Gehweg erreicht, richete er sich auf und sprang mit einem Satz die Freitreppe hinauf.

Ein schriller Pfiff . . . Ganimard stieß mit dem Hotelbesitzer zusammen, der plötzlich die Tür mit seiner ganzen Breite ausfüllte und ihn verächtlich zurückstieß, wie er es mit einem Eindringling gemacht haben würde, dessen zweideutige Kleidung den Luxus des Restaurants entehrt hätte. Ganimard schwankte. Im gleichen Augenblick verließ der Herr im Gehrock das Restaurant. Er ergriff Partei für den Inspektor, und beide, der Hotelbesitzer und er, stritten heftig miteinander, beide hingen an Ganimard, der eine hielt ihn zurück, der andere stieß ihn vor, so daß der Unglückliche trotz all seiner Bemühungen, trotz seines wütenden Protestes bis unten an die Freitreppe geschoben wurde.

Sofort lief eine Menschenmenge zusammen. Zwei durch den Lärm herbeigerufene Polizisten versuchten, die Menge auseinanderzubringen; aber ein unverständlicher Widerstand lähmte sie, ohne daß es ihnen gelang, sich von den Schultern, die sie drückten, den Schultern, die ihnen den Weg versperrten, zu befreien.

Und plötzlich ist wie durch einen Zauber der Weg frei! Der Hotelbesitzer, der seinen Irrtum eingesehen hat, ergeht sich in Entschuldigungen, der Herr im Gehrock verzichtet darauf, den Inspektor zu verteidigen, die Menge geht auseinander, die Polizisten passieren, Ganimard stürzt sich auf den Tisch mit den sechs Gästen . . . Es sind nur noch fünf! Er sieht sich um . . . kein anderer Ausgang als die Tür.

»Der Mann, der hier saß?« schrie er die fünf verblüfften Gäste an. »Ja, Sie waren zu sechst ... Wo ist die sechste Person?«

»Monsieur Destro?«

»Aber nein, Arsène Lupin!«

Ein Kellner kam hinzu:

»Der Herr ist gerade in den Zwischenstock gestiegen.«

Ganimard eilte weiter. Der Zwischenstock ist in Privatsalons aufgeteilt und hat einen eigenen Ausgang auf den Boulevard!

»Suche ihn, wer will«, stöhnte Ganimard , »er ist längst über alle Berge!«

Er war nicht über alle Berge, sondern höchstens zweihundert Meter entfernt in dem Omnibus Madeleine–Bastille. Der Omnibus rollte friedlich im Trott seiner drei Pferde, überquerte die Place de l'Opéra und fuhr auf dem Boulevard des Capucines weiter. Auf der Plattform unterhielten sich zwei große Burschen, die Melonen trugen. Auf dem Oberdeck schlummerte ein kleines altes Männchen: Herlock Sholmes!

Mit hin und her wackelndem Kopf, gewiegt durch die Bewegungen des Fahrzeugs, führte der Engländer Selbstgespräche:

»Wenn mich mein guter Wilson sehen würde, wie stolz wäre er auf seinen Mitarbeiter! ... Pah! ... es war einfach, zu ahnen, daß die Partie beim Pfiff verloren war und daß es nichts Besseres zu tun gäbe, als die Umgebung des Restaurants zu überwachen. Man muß ehrlich sein, das Leben ist interessant mit diesem Teufel von Kerl!«

An der Endstation beugte sich Herlock hinaus und sah Arsène Lupin, der an seiner Leibwache vorbeiging und ihnen zumurmelte: »Zum Etoile.«

»Zum Etoile, wunderbar, man verabredet sich. Ich werde dort sein. Lassen wir ihn in dem Auto abhauen und folgen wir den beiden Gefährten im Wagen.«

Die beiden Genossen gingen zu Fuß, kamen zum Etoile und klingelten an der Tür eines kleinen Hauses mit der Nummer 40 in der Rue Chalgrin. Sholmes konnte sich an der Biegung dieser wenig belebten Straße im Schatten einer Mauernische verbergen. Eines der beiden Fenster im Erdgeschoß wurde geöffnet, ein Mann mit einem runden Hut schloß die Läden. Oberhalb der Läden erhellte sich das Gesims.

Nach zehn Minuten klingelte ein Herr an derselben Tür und gleich darauf ein weiterer. Endlich hielt ein Auto, aus dem Sholmes zwei Personen steigen sah: Arsène Lupin und eine in einen Mantel und einen dichten Schleier gehüllte Dame.

Zweifellos die blonde Dame, sagte sich Sholmes, während sich der Wagen entfernte.

Er ließ eine Weile verstreichen, näherte sich dann dem Haus, kletterte auf den Fenstersims und konnte auf den Fußspitzen stehend über die Läden einen Blick in den Raum werfen.

Arsène Lupin, gegen den Kamin gelehnt, sprach erregt. Um ihn herum stehend hörten ihm die anderen aufmerksam zu. Unter ihnen erkannte Sholmes den Herrn im Gehrock wieder und glaubte auch den Hotelbesitzer zu erkennen. Die blonde Dame drehte ihm den Rücken zu, sie saß in einem Sessel.

Man hält Rat, dachte er. Die Ereignisse dieses Nachmittags haben sie beunruhigt, und sie fühlen das Bedürfnis, sich zu beratschlagen. Oh! Wenn ich sie alle zusammen mit einem Schlag fassen könnte! ...

Als sich einer der Komplizen bewegte, sprang er zu Boden und drückte sich ins Dunkel. Der Herr im Gehrock und der Hotelbesitzer verließen das Haus. Gleichzeitig wurde die erste Etage erleuchtet, und jemand zog die Fensterläden zu. Dann war es im ganzen Haus dunkel.

Sie ist mit ihm im Erdgeschoß geblieben, sagte sich Herlock. Die beiden Komplizen wohnen in der ersten Etage.

Er wartete die halbe Nacht, ohne sich vom Fleck zu rühren, da er befürchtete, daß Arsène Lupin während seiner Abwesenheit fortgehen könnte. Um vier Uhr sah er zwei Polizisten am anderen Ende der Straße; er ging zu ihnen, erklärte ihnen die Situation und betraute sie mit der Überwachung des Hauses.

Dann begab er sich zu Ganimards Wohnung in der Rue Pergolèse und ließ ihn wecken.

»Ich habe ihn.«

»Arsène Lupin?«

»Ja.«

»Wenn Sie ihn so haben wie vorhin, kann ich mich gleich wieder hinlegen. Na gut, gehen wir zum Kommissariat.«

Sie gingen zur Rue Mesnil und von da aus zur Wohnung des Kommissars Decointre. Dann kehrten sie, von einem halben Dutzend Männer begleitet, in die Rue Chalgrin zurück.

»Was Neues?« fragte Sholmes die beiden Polizisten, die Wache hielten.

»Nichts.«

Es begann zu tagen, als der Kommissar, nachdem er seine Anweisungen gegeben hatte, klingelte und zur Loge der Pförtnerin ging. Durch diese Invasion erschreckt, erwiderte die Frau zitternd, daß im Erdgeschoß keine Mieter wohnten.

»Wieso, keine Mieter!« rief Ganimard.

»Aber nein, es gehört den Herren Leroux aus der ersten Etage. Sie haben das Erdgeschoß für Verwandte aus der Provinz möbliert.«

»Ein Herr und eine Dame?«

»Ja.«

»Die gestern abend mit ihnen gekommen sind?«

»Vielleicht . . . ich schlief . . . Doch glaube ich nicht . . . hier ist der Schlüssel . . . sie haben ihn nicht verlangt . . .«

Der Kommissar öffnete die Tür mit dem Schlüssel, die sich auf der anderen Seite der Vorhalle befand. Das Erdgeschoß umfaßte nur zwei Zimmer; sie waren leer.

»Unmöglich!« sagte Sholmes. »Ich habe sie gesehen, sie und ihn.«

Der Kommissar spottete:

»Das bezweifle ich nicht, aber sie sind nicht mehr hier.«

»Gehen wir in die erste Etage. Sie müssen dort sein.«

»Die erste Etage wird von den Herren Leroux bewohnt.«

»Wir werden die Herren Leroux aushorchen.«

Sie stiegen alle die Treppe hinauf, und der Kommissar klingelte. Beim zweiten Mal erschien ein Mann, einer der Leibwächter, in Hemdsärmeln und mit wütendem Gesicht.

»Was ist los! So ein Lärm ... weckt man die Leute ...«

Aber verwirrt schwieg er.

»Gott verzeih mir ... träume ich wirklich nicht? Monsieur Decointre! Und Sie auch, Monsieur Ganimard? Was kann ich für Sie tun?«

Ein dröhnendes Gelächter erfolgte. Ganimard platzte fast und krümmte sich vor Heiterkeit, sein Gesicht wurde feuerrot.

»Sie sind es, Leroux«, stammelte er. »Oh! Ist das komisch ... Leroux, der Komplize Arsène Lupins ... Oh! Ich sterbe ... Und Ihr Bruder, Leroux, kann man ihn sehen?«

»Edmond, bist du da? Monsieur Ganimard besucht uns ...«

Ein anderer Mann erschien, bei dessen Anblick Ganimard noch fröhlicher wurde.

»Ist das die Möglichkeit! Man macht sich keine Idee davon! Na, meine Freunde, Sie sitzen schön in der Patsche! Wer hätte das geahnt! Nur gut, daß der alte Ganimard wacht und daß er Freunde hat, die ihm helfen ... Freunde, die von weit her kommen!«

Und sich an Sholmes wendend, stellte er vor:

»Victor Leroux, Inspektor der Sicherheitspolizei, einer der guten unter den Besten der alten Garde ... Edmond Leroux, Beamter der Verbrecherkartei ...«

Eine Entführung

Herlock Sholmes sagte nichts. Protestieren? Die beiden Männer beschuldigen? Es war zwecklos. Ohne Beweise, die er nicht hatte und mit deren Suche er nicht seine Zeit verlieren wollte, würde ihm niemand glauben.

Krampfhaft beherrscht, mit zusammengepreßten Fäusten, dachte er nur daran, nicht seine Wut und seine Enttäuschung vor dem triumphierenden Ganimard zu verraten. Er grüßte höflich die Brüder Leroux, die Stützen der Gesellschaft, und zog sich zurück.

In der Vorhalle ging er zu einer niedrigen Tür, dem Eingang zum Keller, und hob einen kleinen roten Stein auf; es war ein Granat.

Draußen drehte er sich um und las neben der Nummer 40 des Hauses die Inschrift: Lucien Destange, Architekt, 1877.

Dieselbe Inschrift an Nummer 42.

Immer der doppelte Ausgang, dachte er. Nummer 40 und 42 stehen miteinander in Verbindung. Warum habe ich nicht daran gedacht? Ich hätte mit den beiden Polizisten heute nacht hier bleiben sollen.

Zu seinen Leuten sagte er:

»Während meiner Abwesenheit sind zwei Personen durch diese Tür gekommen, nicht wahr?«

Und er wies auf die Tür des Nebenhauses.

»Ja, ein Herr und eine Dame.«

Er faßte den Arm des Oberinspektors und zog ihn mit sich:

»Monsieur Ganimard, Sie haben zu sehr gelacht, um über die kleine Störung, die ich Ihnen verursacht habe, böse zu sein . . .«

»Oh! Ich bin Ihnen deswegen keineswegs böse.«

»Nicht wahr? Aber die besten Scherze dauern nur eine

bestimmte Zeit, und ich bin der Ansicht, daß man sie beenden sollte.«

»Ich teile Ihre Ansicht.«

»Wir haben heute den siebten Tag. In drei Tagen muß ich unbedingt in London sein.«

»Oh! Oh!«

»Ich werde dort sein, Monsieur, und ich bitte Sie, sich in der Nacht von Dienstag auf Mittwoch bereitzuhalten.«

»Für einen ähnlichen Ausflug?« fragte Ganimard spöttisch.

»Ja, Monsieur, für einen ähnlichen.«

»Und wie wird der enden?«

»Mit Lupins Verhaftung.«

»Glauben Sie?«

»Ich schwöre es Ihnen auf meine Ehre, Monsieur.«

Sholmes verabschiedete sich, um sich im nächsten Hotel ein wenig auszuruhen; danach kehrte er, wieder munter geworden und auf sich selbst vertrauend, in die Rue Chalgrin zurück, ließ zwei Louis in die Hand der Pförtnerin fallen, überzeugte sich, daß die Brüder Leroux ausgegangen waren, erfuhr, daß das Haus einem Monsieur Harmingeat gehörte, und stieg mit einer Kerze in der Hand durch die kleine Tür, neben der er den Granat gefunden hatte, in den Keller.

Unten an der Treppe hob er einen zweiten Stein von der gleichen Form auf.

Ich habe mich nicht geirrt, dachte er, hier ist die Verbindung. Wir wollen einmal sehen, ob mein Dietrich den Nebenkeller öffnet, der den Mietern des Erdgeschosses vorbehalten ist. Ja ... ausgezeichnet ... Jetzt wollen wir die Weinständer untersuchen. Oho, hier sind Stellen, an denen kein Staub liegt ... und auf dem Boden Fußspuren ...

Ein leichtes Geräusch ließ ihn aufhorchen. Schnell stieß er die Tür zu, blies die Kerze aus und versteckte sich hinter einem Stoß leerer Kästen. Nach einigen Sekunden stellte er fest, daß einer der Eisenständer leicht hin und her schwankte und das Stück Mauer, an dem er befestigt war, mit sich zog. Das Licht einer

Lampe flammte auf. Ein Arm erschien. Ein Mann trat ein. Er war vornübergebeugt wie jemand, der etwas sucht. Mit den Fingerspitzen faßte er in den Staub; mehrmals stand er auf und warf etwas in einen Pappkarton, den er in der linken Hand hielt. Dann verwischte er die Spur seiner Schritte wie auch die, die Lupin und die blonde Dame hinterlassen hatten, und näherte sich dem Weinständer.

Er stieß einen heiseren Schrei aus und sank in sich zusammen. Sholmes hatte sich auf ihn gestürzt. Es war die Sache einer Minute, und auf die einfachste Art der Welt sah sich der Mann am Boden liegen, mit zusammengebundenen Fußgelenken und gefesselten Händen.

Der Engländer beugte sich zu ihm hinunter.

»Wieviel willst du fürs Sprechen? Natürlich nur für das, was du weißt?«

Der Mann antwortete mit einem so ironischen Lächeln, daß Sholmes die Lächerlichkeit seiner Frage einsah.

Er begnügte sich damit, die Taschen seines Gefangenen zu untersuchen; aber seine Bemühungen brachten ihm nur ein Schlüsselbund, ein Taschentuch und den kleinen Pappkarton ein, den der Mann benutzt hatte und der ein Dutzend gleicher Granatsteine enthielt wie die, die Sholmes aufgesammelt hatte. Eine magere Ausbeute!

Was sollte er außerdem mit dem Mann anfangen? Warten, bis seine Freunde ihm zu Hilfe kamen, und sie alle der Polizei ausliefern? Wozu? Was für einen Vorteil hätte er damit gegen Lupin gewonnen?

Er zögerte, als die Untersuchung der Schachtel die Entscheidung brachte. Sie trug die folgende Adresse: Léonard, Juwelier, Rue de la Paix.

Er beschloß, den Mann einfach sich selbst zu überlassen. Er schob den Weinständer an seinen Platz, schloß den Keller und verließ das Haus. Von der Post aus benachrichtigte er Herrn Destange durch einen Rohrpostbrief, daß er erst am nächsten Tag wiederkommen könne. Dann begab er sich zu dem Juwelier, dem er die Granatsteine übergab.

»Madame schickt mich wegen dieser Steine. Sie haben sich von einem Schmuckstück gelöst, das sie hier gekauft hat.«

Sholmes war an der richtigen Adresse. Der Kaufmann erwiderte:

»In der Tat . . . Die Dame hat mich angerufen. Sie wird nachher selbst vorbeikommen.«

Erst um fünf Uhr sah Sholmes, der auf dem Gehweg wartete, eine in einen dichten Schleier gehüllte Dame, deren Aussehen ihm verdächtig erschien. Er konnte durch die Scheibe erkennen, daß sie ein altes Schmuckstück, mit Granatsteinen verziert, auf den Ladentisch legte.

Sie ging fast augenblicklich wieder fort, machte zu Fuß Besorgungen, ging in die Richtung nach Clichy und benutzte Straßen, die der Engländer nicht kannte. Bei einbrechender Nacht drang er hinter ihr, ohne daß die Pförtnerin es bemerkte, in ein fünfstöckiges Haus, das aus zwei Gebäuden bestand und eine Unzahl von Mietern beherbergte. In der zweiten Etage blieb sie stehen und trat ein. Zwei Minuten später versuchte der Engländer sein Glück und probierte nacheinander vorsichtig die Schlüssel aus dem Bund, das er an sich genommen hatte. Beim vierten gab das Schloß nach.

Durch das Dunkel sah er vollkommen leere Zimmer wie in einer unbewohnten Wohnung; alle Türen standen offen. Am Ende des Flurs bemerkte er einen Lichtschein; er näherte sich auf Fußspitzen und sah in einem fast blinden Spiegel, der den Salon von einem anstoßenden Zimmer trennte, die verschleierte Dame, die Mantel und Hut ablegte, sie auf den einzigen Stuhl im Zimmer warf und einen Morgenmantel aus Samt anzog.

Er sah auch, wie sie zum Kamin ging und auf den Knopf einer elektrischen Klingel drückte. Die Hälfte der Fläche, die rechte Seite des Kamins, setzte sich in Bewegung und glitt zur Seite in die danebenliegende Türfüllung.

Sobald die Öffnung groß genug war, trat die Dame hindurch und verschwand mit der Lampe in der Hand.

Das System war einfach. Sholmes probierte es aus.

Er tapste durch die Dunkelheit, sein Gesicht stieß an weiche Gegenstände. Beim Schein eines Streichholzes erkannte er, daß er sich in einem kleinen Raum befand, in dem Kleider und Anzüge an Bügeln hingen. Er bahnte sich einen Weg und blieb vor der Öffnung einer durch eine Tapete verschlossenen Tür stehen. Als sein Streichholz heruntergebrannt war, bemerkte er einen Lichtschein, der durch die leichte und gebrauchte Tapete aus altem Stoff drang.

Er beobachtete.

Die blonde Dame stand vor ihm in Griffnähe.

Sie löschte die Lampe und machte das elektrische Licht an. Zum erstenmal konnte Sholmes ihr Gesicht im vollen Licht sehen. Er zuckte zusammen. Die Frau, die er schließlich nach so vielen Umwegen und Manövern vor sich hatte, war Clotilde Destange. Clotilde Destange, die Mörderin des Barons d'Hautrec und die Diebin des blauen Diamanten! Clotilde, die geheimnisvolle Freundin Arsène Lupins! Kurz und gut: die blonde Dame!

Ja, verdammt, dachte er, ich bin vielleicht ein Dummkopf! Weil die Freundin Arsène Lupins blond ist und Clotilde braunes Haar hat, habe ich nicht daran gedacht, die beiden Frauen in Zusammenhang zu bringen! Als ob die blonde Dame nach dem Mord am Baron und dem Diebstahl des Diamanten blond bleiben könnte!

Sholmes sah einen Teil des Zimmers, ein elegantes Frauengemach mit hellen Tapeten und kostbaren Nippsachen. Ein Kanapee aus Mahagoni stand auf einer niedrigen Stufe. Darauf hatte sich Clotilde gesetzt; sie blieb unbeweglich, den Kopf zwischen den Händen. Nach einer Weile bemerkte er, daß sie weinte. Dicke Tränen rollten über ihre bleichen Wangen, rollten über ihren Mund und fielen tropfenweise auf den Samt ihres Bademantels, unaufhörlich wie aus einer unerschöpflichen Quelle. Diese dumpfe und ergebene Verzweiflung, die durch die langsam rollenden Tränen zutage kam, war ein trauriger Anblick.

Plötzlich wurde hinter ihr eine Tür geöffnet. Arsène Lupin trat ein.

Sie sahen sich lange an, ohne ein Wort zu sagen; dann kniete er vor ihr nieder, legte seinen Kopf in ihren Schoß und schlang die Arme um sie, in seiner Bewegung lag eine tiefe Zärtlichkeit und unendliches Mitleid. Sie rührten sich nicht. Ein inniges Schweigen umgab sie, und die Tränen wurden weniger.

»Ich wollte Sie so gerne glücklich machen!« murmelte er.

»Ich bin glücklich.«

»Nein; denn Sie weinen. Ihre Tränen betrüben mich, Clotilde.«

Trotz ihres Schmerzes ließ sie sich von dem Ton dieser Stimme gefangennehmen und hörte ihm voll Hoffnung und Glück zu. Ein Lächeln machte ihr Gesicht weicher, aber es war ein so trauriges Lächeln! Er flehte sie an:

»Seien Sie nicht traurig, Clotilde. Sie dürfen nicht traurig sein. Sie haben nicht das Recht dazu.«

Sie zeigte ihm ihre weißen, feinen, geschmeidigen Hände und sagte ernst:

»Solange diese Hände meine Hände sind, werde ich traurig sein, Maxime.«

»Aber warum?«

»Sie haben getötet.«

Maxime rief:

»Schweigen Sie! Denken Sie nicht daran ... Die Vergangenheit ist tot, sie zählt nicht.«

Und er küßte ihre langen blassen Hände; sie sah ihn mit einem Lächeln an, das klarer war, so, als hätte jeder Kuß ein wenig von der schrecklichen Erinnerung ausgelöst.

»Sie müssen mich lieben, Maxime. Sie müssen es, weil keine andere Frau Sie so lieben wird wie ich. Ich habe gehandelt, um Ihnen zu gefallen, ich werde weiter handeln, und das nicht nur auf Ihre Befehle, sondern auf Ihre geheimsten Wünsche hin. Ich begehe Handlungen, gegen die sich mein ganzer Instinkt, mein Gewissen auflehnen, aber ich kann nicht widerstehen ... alles, was ich tue, geschieht mechanisch, weil es Ihnen nützlich ist und Sie es wollen ... ich bin bereit, es morgen ebenso zu tun ... immer.«

Er sagte bitter:

»Oh! Clotilde, warum habe ich Sie in mein Abenteurerleben gezogen! Ich hätte der Maxime Bermond bleiben sollen, den Sie vor fünf Jahren liebten, und Sie nicht den anderen Mann, der ich bin, kennenlernen lassen sollen.«

Sehr leise sagte sie:

»Ich liebe auch diesen anderen Mann, und ich bedaure nichts.«

»Doch, Sie bedauern den Verlust Ihres vergangenen Lebens, des Lebens in der Öffentlichkeit.«

»Ich bedaure nichts, wenn Sie da sind«, sagte sie leidenschaftlich. »Es gibt keine Schuld, kein Verbrechen mehr, wenn ich Sie sehe. Was bedeutet es mir, getrennt von Ihnen unglücklich zu sein, zu leiden, zu weinen, Entsetzen zu empfinden vor allem, was ich getan habe! Ihre Liebe löscht alles aus ... ich akzeptiere alles ... Aber Sie müssen mich lieben!«

»Ich liebe Sie nicht, weil ich muß, Clotilde, sondern aus dem einzigen Grund, weil ich Sie liebe.«

»Sind Sie ganz sicher?« fragte sie vertrauensvoll.

»Ich bin meiner ebenso sicher wie Ihrer. Nur ist mein Leben leidenschaftlich und fieberhaft, und ich kann Ihnen nicht immer soviel Zeit widmen, wie ich gerne möchte.«

Sie erschrak.

»Was ist? Eine neue Gefahr? Schnell, sprechen Sie.«

»Oh, noch nichts Ernstes. Doch ...«

»Doch?«

»Also gut, er ist auf unserer Spur.«

»Sholmes?«

»Ja. Er hat Ganimard in die Affäre vom ungarischen Restaurant gebracht. Er hat letzte Nacht die beiden Polizisten in der Rue Chalgrin aufgestellt. Ich habe den Beweis dafür. Ganimard hat heute morgen das Haus durchsucht, und Sholmes begleitete ihn. Außerdem ...«

»Außerdem?«

»Noch etwas, uns fehlt ein Mann, Jeanniot.«

»Der Pförtner?«

»Ja.«

»Aber ich habe ihn heute früh in die Rue Chalgrin geschickt, um die Granatsteine einzusammeln, die ich aus meiner Brosche verloren hatte.«

»Dann besteht kein Zweifel daran, daß er Sholmes in die Falle gegangen ist.«

»Keineswegs. Die Granatsteine sind dem Juwelier in der Rue de la Paix gebracht worden.«

»Was ist dann aus ihm geworden?«

»Oh, Maxime, ich habe Angst.«

»Es besteht kein Grund sich aufzuregen. Aber ich gebe zu, daß die Situation sehr ernst ist. Was weiß er? Wo versteckt er sich? Seine Macht besteht in seinem Alleingang. Nichts kann ihn verraten.«

»Was haben Sie beschlossen?«

»Äußerste Vorsicht, Clotilde. Seit langem bin ich schon entschlossen, meine Wohnung zu wechseln und die Möbel in das unangreifbare Asyl zu bringen, das Sie kennen. Sholmes Eingreifen beschleunigt die Dinge. Wenn ein Mann wie er auf einer Fährte ist, muß man sich unbedingt sagen, daß er ans Ende dieser Fährte gelangt. Deswegen habe ich alles vorbereitet. Übermorgen, also Mittwoch, findet der Umzug statt. Mittags bin ich damit fertig. Um zwei Uhr kann auch ich den Ort verlassen, nachdem ich die letzten Spuren unserer Einrichtung beseitigt habe, was keine Kleinigkeit ist. Bis dahin . . .«

»Bis dahin?«

»Dürfen wir uns nicht sehen, niemand darf Sie sehen, Clotilde. Gehen Sie nicht aus. Für mich fürchte ich nichts. Aber ich fürchte alles, sobald es sich um Sie handelt.«

»Es ist unmöglich, daß der Engländer bis zu mir vordringt.«

»Bei ihm ist alles möglich, ich mißtraue ihm. Gestern, als mich Ihr Vater beinahe überrascht hat, wollte ich den Schrank mit

Monsieur Destanges alten Registern durchsuchen. Sie sind gefährlich. Überall lauert die Gefahr. Ich wittere den Feind, der im Schatten umherschleicht und sich immer mehr nähert. Ich fühle, daß er uns bewacht . . . daß er seine Netze über uns spannt. Das ist eine von den Eingebungen, die mich niemals täuschen.«

»Dann gehen Sie, Maxime, und denken Sie nicht mehr an meine Tränen. Ich werde stark sein, und ich werde warten, bis die Gefahr vorbei ist. Adieu, Maxime.«

Sie umarmte ihn lange. Dann schob sie ihn hinaus. Sholmes hörte den Klang ihrer Stimmen, die sich entfernten.

Beherzt und unter dem Zwang, auf jeden Fall zu handeln, der ihn seit dem Vorabend beherrschte, gelangte er in ein Vorzimmer, an dessen einem Ende eine Treppe hinabführte. In dem Augenblick jedoch, als er hinuntergehen wollte, hörte er den Lärm einer Unterhaltung im unteren Stockwerk, und er hielt es für wichtiger, einen gebogenen Flur entlangzugehen, der ihn an eine andere Treppe führte. Er war sehr überrascht, als er am Fuß der Treppe Möbel stehen sah, deren Form und Platz er schon kannte. Eine Tür stand einen Spalt offen. Er kam in ein großes rundes Zimmer. Es war Monsieur Destanges Bibliothek.

»Ausgezeichnet, wunderbar«, murmelte er, »ich verstehe alles. Das Schlafzimmer von Clotilde, das heißt der blonden Dame, steht mit einer der Wohnungen im Nebenhaus in Verbindung, und dieses Nebenhaus hat seinen Ausgang nicht auf die Place Malesherbes, sondern auf eine Nebenstraße der Rue Montchanin, soweit ich mich erinnern kann . . . Herrlich! Jetzt kann ich mir erklären, wie Clotilde Destange ihren Geliebten trifft, während sie sich den Ruf eines Menschen bewahrt, der nie ausgeht. Und ich kann mir ebenfalls erklären, wieso Arsène Lupin gestern abend neben mir auf dem Balkon erscheinen konnte: Es muß noch eine andere Verbindung zwischen dem Nachbarhaus und dieser Bibliothek geben.«

Und er schloß:

»Noch so ein Haus mit einem Kniff. Noch einmal Destange, zweifellos, der Architekt! Jetzt muß ich die Situation hier ausnutzen und den Inhalt des Schrankes prüfen, um über die anderen Häuser Klarheit zu gewinnen.«

Sholmes ging auf den Balkon und versteckte sich hinter den Vorhängen. Dort blieb er bis zum Einbruch der Nacht. Ein Diener kam, um das elektrische Licht zu löschen. Eine Stunde später steckte der Engländer seine Lampe an und ging zum Schrank.

Wie er vermutet hatte, enthielt der Schrank alte Papiere des Architekten, Akten, Kostenvoranschläge, Buchhaltungsakten. Im Hintergrund eine Reihe Register, nach Jahrgängen geordnet.

Er nahm nacheinander die der letzten Jahre heraus; er untersuchte die Inhaltsangaben und besonders den Buchstaben H. Nachdem er endlich das Wort »Harmingeat« mit der Nummer 63 gefunden hatte, schlug er Seite 63 auf und las:

»Harmingeat, 40, Rue Chalgrin.«

Darauf folgte eine Aufzählung der Arbeiten, die für diesen Klienten ausgeführt worden waren im Hinblick auf die Einrichtung eines Heizapparates in seiner Wohnung. Und am Rand die Notiz: Siehe Akte M. B.

»Ich weiß genau«, sagte er sich, »daß die Akte M. B. die ist, die ich brauche. Durch sie werde ich die gegenwärtige Wohnung von Lupin erfahren.«

Erst gegen Morgen fand er in der zweiten Hälfte eines Registers diese berühmte Akte.

Sie enthielt fünfzehn Seiten. Eine Seite enthielt die Informationen für Monsieur Harmingeat in der Rue Chalgrin. Eine andere Einzelheiten über die für Monsieur Vatinel ausgeführten Arbeiten, den Eigentümer des Hauses Nr. 25 in der Rue Clapeyron. Eine andere war Baron d'Hautrec in der Avenue Henri-Martin Nr. 134 vorbehalten, eine weitere dem Schloß Crozon, und die elf letzten schließlich verschiedenen Eigentümern in Paris.

Sholmes schrieb die Liste mit den elf Namen und Adressen ab; dann stellte er alles an seinen Platz zurück, öffnete ein Fenster und sprang auf den verlassenen Platz und stieß die Fensterläden hinter sich zu.

In seinem Hotelzimmer zündete er sich mit allem Ernst, den er dieser Handlung zollte, eine Pfeife an und erwog, in Rauchwolken gehüllt, die Schlußfolgerungen, die man aus der Akte M. B. ziehen konnte, oder, besser gesagt, aus der Akte Maxime Bermond alias Arsène Lupin.

Um acht Uhr schickte er folgenden Rohrpostbrief an Ganimard: »Ich werde heute früh bestimmt in der Rue Pergolèse vorbeikommen und Ihnen eine Person anvertrauen, deren Gefangennahme von größter Wichtigkeit ist. Seien Sie auf jeden Fall diese Nacht und morgen, Mittwoch, bis mittags zu Hause und richten Sie es so ein, daß Sie ungefähr dreißig Männer zu Ihrer Verfügung haben.«

Dann nahm er sich auf dem Boulevard ein Taxi, dessen Chauffeur ihm auf Grund seines fröhlichen, aber wenig intelligenten Gesichts gefiel, und ließ sich so schnell wie möglich zur Place Malesherbes bis fünfzig Schritte vor das Haus Destange fahren.

»Schließen Sie die Fenster, mein Junge«, sagte er zu dem Fahrer, »schlagen Sie den Kragen Ihres Pelzes hoch, denn der Wind ist kalt, und warten Sie geduldig. In eineinhalb Stunden stellen Sie Ihren Motor an. Sobald ich komme, fahren Sie in die Rue Pergolèse.«

Als er die Schwelle des Hauses überschritt, zögerte er ein letztes Mal. War es nicht ein Fehler, sich so mit der blonden Dame zu beschäftigen, während Lupin die Vorbereitungen zu seiner Abreise beendete? Hätte er nicht besser daran getan, an Hand der Liste mit den Wohnungen zunächst die Wohnung seines Gegners zu suchen?

Pah, sagte er sich, wenn die blonde Dame meine Gefangene ist, bin ich Herr der Situation. Er klingelte.

Monsieur Destange befand sich schon in der Bibliothek. Sie arbeiteten einen Augenblick, und Sholmes suchte einen Vorwand, um in Clotildes Zimmer zu gelangen, als das junge Mädchen eintrat, ihrem Vater guten Tag wünschte, sich in den kleinen Salon setzte und zu schreiben begann.

Von seinem Platz aus konnte Sholmes sie sehen, wie sie über

den Tisch gebeugt saß, wie sie von Zeit zu Zeit mit erhobener Feder und nachdenklichem Gesicht überlegte. Er wartete; dann nahm er ein Buch und sagte zu Monsieur Destange:

»Hier ist gerade ein Buch, um das Mademoiselle Destange mich gebeten hat, sobald ich es finde.«

Er begab sich in den kleinen Salon und stellte sich so vor Clotilde, daß ihr Vater ihn nicht sehen konnte, und sagte:

»Ich bin Monsieur Stickmann, der neue Sekretär Monsieur Destanges.«

»Ah!« meinte sie nur, ohne sich stören zu lassen. »Mein Vater hat also einen neuen Sekretär?«

»Ja, Mademoiselle, und ich möchte mit Ihnen sprechen.«

»Nehmen Sie Platz, Monsieur, ich bin fertig.«

Sie fügte noch einige Worte ihrem Brief hinzu, unterschrieb ihn, versiegelte den Umschlag, schob ihre Papiere zur Seite, drückte auf den Knopf eines Telephons, erhielt die Verbindung mit ihrer Schneiderin, bat diese, sich mit der Fertigstellung eines Reisemantels zu beeilen, den sie dringend benötigte, und wandte sich schließlich Sholmes zu:

»Ich stehe zu Ihrer Verfügung. Monsieur. Aber kann unsere Unterhaltung nicht vor meinem Vater stattfinden?«

»Nein, Mademoiselle, ich möchte Sie sogar bitten, nicht laut zu sprechen. Es ist besser, wenn Monsieur Destange uns nicht hört.«

»Für wen ist das besser?«

»Für Sie, Mademoiselle.«

»Ich lasse keine Unterhaltung zu, die mein Vater nicht hören darf.«

»Sie müssen diese jedoch zulassen.«

Sie standen beide auf; ihre Blicke trafen sich.

Sie sagte: »Sprechen Sie, Monsieur.«

Immer noch stehend, begann er:

»Sie werden mir verzeihen, wenn ich mich in einigen nebensächlichen Punkten irre. Ich garantiere jedoch die allgemeine Richtigkeit der Geschehnisse, die ich Ihnen darlegen werde.«

»Keine Phrasen, bitte, Tatsachen.«

An dieser abrupt hingeworfenen Unterbrechung merkte er, daß die junge Frau auf ihrer Hut war, und er fuhr fort:

»Gut, ich werde direkt aufs Ziel zugehen. Vor fünf Jahren hatte Ihr Vater Gelegenheit, einen gewissen Monsieur Maxime Bermond kennenzulernen, der sich ihm als Unternehmer vorstellte . . . oder als Architekt, das weiß ich nicht genau. Jedenfalls gewann Monsieur Destange den jungen Mann lieb, und da ihm sein Gesundheitszustand nicht mehr erlaubte, sich um seine Geschäfte zu kümmern, betraute er Monsieur Bermond mit der Ausführung einiger Bestellungen, die er von alten Klienten angenommen hatte und die den Fähigkeiten seines Mitarbeiters entsprachen.«

Herlock machte eine Pause. Es schien ihm, als wäre das junge Mädchen noch blasser geworden. Trotzdem sprach sie mit der größten Ruhe:

»Ich kenne die Tatsachen nicht, die Sie mir erzählen, Monsieur, vor allen Dingen sehe ich nicht, wieso sie mich interessieren könnten.«

»Weil Monsieur Maxime Bermond mit seinem wirklichen Namen, und das wissen Sie genausogut wie ich, Arsène Lupin heißt, Mademoiselle.«

Sie lachte.

»Nicht möglich! Arsène Lupin? Monsieur Maxime Bermond heißt Arsène Lupin?«

»Da ich die Ehre habe, es Ihnen zu sagen, Mademoiselle, und da Sie sich weigern, meine Andeutungen zu verstehen, füge ich hinzu, daß Arsène Lupin für die Ausführung seiner Pläne hier eine Freundin gefunden hat, mehr noch als eine Freundin, eine blinde Komplizin, die ihm leidenschaftlich ergeben ist.«

Sie stand auf und erklärte ohne Erregung oder wenigstens mit so wenig Erregung, daß Sholmes über eine derartige Beherrschung verblüfft war:

»Ich kenne den Zweck Ihres Verhaltens nicht, Monsieur, ich möchte ihn auch nicht kennen. Ich bitte Sie deswegen, kein Wort mehr zu sagen und hinauszugehen.«

»Ich habe nie die Absicht gehabt, Ihnen meine Anwesenheit unbegrenzt aufzudrängen«, erwiderte Sholmes ebenso ruhig. »Nur habe ich beschlossen, dieses Haus nicht allein zu verlassen.«

»Und wer wird Sie begleiten, Monsieur?«

»Sie!«

»Ich?«

»Ja, Mademoiselle, wir werden dieses Haus zusammen verlassen, Sie werden mir ohne Einwand, ohne ein Wort folgen.«

Das Seltsame an dieser Szene war die absolute Ruhe der beiden Gegner. Statt an ein unversöhnliches Duell zwischen zwei mächtigen Willen hätte man bei ihrer Haltung, dem Ton ihrer Stimmen an eine höfliche Unterhaltung von zwei Menschen denken können, die nicht gleicher Meinung sind.

Durch das offenstehende Fenster sah man in dem Rundbau Monsieur Destange, der mit gemessenen Bewegungen in seinen Büchern blätterte.

Mit einem leichten Schulterzucken setzte sich Clotilde wieder auf ihren Platz. Herlock zog seine Uhr heraus.

»Es ist halb elf Uhr. In fünf Minuten gehen wir.«

»Wenn nicht?«

»Wenn nicht, gehe ich zu Monsieur Destange und erzähle ihm . . .«

»Was?«

»Die Wahrheit. Ich erzähle ihm das lügnerische Leben von Maxime Bermond und das Doppelleben seiner Komplizin.«

»Seiner Komplizin?«

»Ja, der, die man die blonde Dame nennt, der, die einst blond war.«

»Und was für Beweise geben Sie ihm?«

»Ich nehme ihn mit zur Rue Chalgrin und zeige ihm den Durchgang, den Arsène Lupin, der sich die Arbeiten, über die er die Leitung hatte, zunutze machte, sich von seinen Männern zwischen der Nummer 40 und 42 hat einbauen lassen, den

Durchgang, der Ihnen beiden in der vorletzten Nacht gedient hat.«

»Und dann?«

»Danach nehme ich Monsieur Destange mit zu Rechtsanwalt Detinan. Wir steigen die Hintertreppe hinunter, auf der Sie mit Arsène Lupin hinabgestiegen sind, um Ganimard zu entkommen. Und wir suchen zusammen die zweifellos ähnliche Verbindung, die mit dem Nebenhaus besteht, dem Haus, dessen Ausgang auf den Boulevard des Batignolles und nicht auf die Rue Clapeyron geht.«

»Und dann?«

»Danach nehme ich Monsieur Destange mit zum Schloß Crozon, und es wird für ihn, der die von Arsène Lupin ausgeführten Arbeiten bei der Restauration des Schlosses kennt, ein leichtes sein, die heimlichen Durchgänge zu entdecken, die Arsène Lupin von seinen Leuten hat hineinbauen lassen. Er wird feststellen, daß diese Durchgänge es der blonden Dame ermöglicht haben, nachts in das Zimmer der Gräfin einzudringen und den blauen Diamanten vom Kamin zu nehmen, wie auch zwei Wochen später in das Zimmer von Konsul Bleichen zu gelangen und den blauen Diamanten in einem Fläschchen zu verstekken ... ein ziemlich eigenartiges Unterfangen, das muß ich zugeben – vielleicht die kleine Rache einer Frau, ich weiß es nicht, es ist auch unwichtig.«

»Und dann?«

»Danach«, sagte Herlock ernster, »nehme ich Monsieur Destange in die Avenue Henri-Martin Nummer 134 mit, und wir suchen, wie Baron d'Hautrec ...«

»Schweigen Sie, schweigen Sie«, stammelte das junge Mädchen in plötzlichem Entsetzen. »Ich verbiete Ihnen! ... Sie wagen also zu behaupten, daß ich ... Sie beschuldigen mich ...«

»Ich beschuldige Sie, Baron d'Hautrec getötet zu haben.«

»Nein, nein, das ist eine Verleumdung.«

»Sie haben Baron d'Hautrec getötet, Mademoiselle. Unter

dem Namen Antoinette Bréhat sind Sie bei ihm in Stellung gegangen, mit dem Zweck, ihm den blauen Diamanten zu rauben, und Sie haben ihn getötet.«

Wieder murmelte sie erschöpft und flehend:

»Schweigen Sie, Monsieur, ich flehe Sie an. Da Sie so viel in Erfahrung gebracht haben, müßten Sie auch wissen, daß ich den Baron nicht ermordet habe.«

»Ich habe nicht gesagt, daß Sie ihn ermordet haben, Mademoiselle. Baron d'Hautrec hatte Wahnsinnsanfälle, mit denen nur Schwester Auguste fertig werden konnte. Ich habe diese Einzelheit von ihr selbst erfahren. In ihrer Abwesenheit hat er sich wahrscheinlich auf Sie geworfen, und während dieses Kampfes haben Sie ihn, um Ihr Leben zu verteidigen, erstochen. Über diese Tat entsetzt, haben Sie geklingelt und sind geflüchtet, ohne den blauen Diamanten, den Sie holen wollten, vom Finger Ihres Opfers zu reißen. Einen Augenblick später sind Sie mit einem von Lupins Komplizen, einem Diener im Nebenhaus, zurückgekehrt, haben den Baron auf sein Bett gelegt, das Zimmer in Ordnung gebracht . . . aber immer noch, ohne zu wagen, den blauen Diamanten zu nehmen. Das ist passiert. Ich wiederhole also, daß Sie den Baron nicht ermordet haben. Trotzdem sind es Ihre Hände, die ihn erdolchten.«

Sie hatte ihre langen, feinen und blassen Hände gekreuzt und sah sie lange Zeit unbeweglich an. Ihre Finger lösend, bedeckte sie schließlich ihr schmerzverzerrtes Gesicht und sagte:

»Und das wollen Sie alles meinem Vater sagen?«

»Ja, ich werde ihm sagen, daß ich als Zeugin Mademoiselle Gerbois habe, die die blonde Dame wiedererkennen wird, Schwester Auguste, die Antoinette Bréhat wiedererkennen wird, die Gräfin de Crozon, die Madame de Réal wiedererkennen wird. Das werde ich ihm sagen.«

»Das werden Sie nicht wagen«, sagte sie, indem sie vor der Drohung einer direkten Gefahr ihre Kaltblütigkeit wiederfand.

Er stand auf und machte einen Schritt zur Bibliothek. Clotilde hielt ihn zurück:

»Einen Augenblick, Monsieur.«

Sie überlegte; sie war jetzt Herrin ihrer selbst und fragte ihn sehr ruhig:

»Sie sind Herlock Sholmes, nicht wahr?«

»Ja.«

»Was wollen Sie von mir?«

»Was ich will? Ich habe gegen Arsène Lupin ein Duell begonnen, aus dem ich als Sieger hervorgehen muß. Ich rechne mit einer Lösung, die nicht lange auf sich warten lassen wird, und glaube, daß eine so kostbare Geisel wie Sie mir einen beträchtlichen Vorteil über meinen Gegner verschaffen wird. Deswegen werden Sie mir folgen, Mademoiselle. Ich werde Sie einem meiner Freunde anvertrauen. Sobald ich mein Ziel erreicht habe, sind Sie frei.«

»Ist das alles?«

»Das ist alles. Ich gehöre nicht zur Polizei Ihres Landes, und ich habe folglich auch kein Recht, auf eigene Faust eine Verhaftung vorzunehmen.«

Sie schien entschlossen. Trotzdem bat sie um einen Augenblick zur Besinnung. Sie schloß ihre Augen, und Sholmes sah sie plötzlich ruhig, fast gleichgültig den Gefahren gegenüber, die sie umgaben.

Ob sie sich in Gefahr glaubt? überlegte der Engländer. Aber nein, denn Lupin beschützt sie. Mit Lupin kann einem nichts geschehen. Lupin ist allmächtig, Lupin ist unfehlbar.

»Mademoiselle«, sagte er, »ich habe von fünf Minuten gesprochen, und jetzt sind es mehr als dreißig.«

»Gestatten Sie mir, in mein Zimmer zu gehen und meine Sachen zu holen?«

»Wenn Sie es wünschen, Mademoiselle, ich werde Sie in der Rue Montchanin erwarten. Ich bin ein guter Freund des Pförtners Jeanniot.«

»Ah! Sie wissen . . .« sagte sie mit sichtlichem Entsetzen.

»Ich weiß vieles.«

»Gut. Ich werde also klingeln.«

Man brachte ihr Hut und Mantel, und Sholmes sagte:

»Sie müssen Monsieur Destange einen Grund für unseren Weggang angeben; dieser Grund muß gegebenenfalls Ihre Abwesenheit von mehreren Tagen erklären.«

»Das ist unnötig. Ich werde bald zurück sein.«

Wieder kreuzten sich argwöhnisch ihre Blicke, alle beide ironisch lächelnd.

»Wie sicher Sie seiner sind!« sagte Sholmes.

»Blind.«

»Alles, was er tut, ist gut, nicht wahr? Alles, was er will, wird verwirklicht. Und Sie heißen alles gut und sind bereit, alles für ihn zu tun.«

»Ich liebe ihn«, sagte sie leidenschaftlich.

»Und Sie glauben, daß er Sie rettet?«

Sie zuckte mit den Schultern, ging zu ihrem Vater ins Zimmer und teilte ihm mit:

»Ich entführe dir Monsieur Stickmann. Wir gehen in die Nationalbibliothek.«

»Bist du zum Essen zurück?«

»Vielleicht . . . oder wahrscheinlich nein . . . aber mach dir keine Sorgen . . .«

Und fest erklärte sie Sholmes:

»Ich folge Ihnen, Monsieur.«

»Ohne Hintergedanken?«

»Mit geschlossenen Augen.«

»Wenn Sie versuchen, zu entkommen, rufe ich, schreie ich, Sie werden verhaftet werden und kommen ins Gefängnis. Vergessen Sie nicht, daß gegen die blonde Dame ein Haftbefehl erlassen ist.«

»Ich glaube Ihnen. Gehen wir.«

Zusammen, wie er es vorgesehen hatte, verließen sie das Haus. Auf dem Platz wartete das Auto, das gewendet hatte. Man sah den Rücken des Fahrers und seine Mütze, die fast den Kragen seines Pelzes bedeckte. Als er näher kam, hörte Sholmes das Motorengeräusch. Er öffnete die Tür, bat Clotilde einzusteigen, und setzte sich neben sie.

Der Wagen fuhr im gleichen Augenblick an, erreichte die Außenboulevards, die Avenue Hoche, die Avenue de la Grande-Armée. In Gedanken versunken, machte Herlock seine Pläne.

Ganimard ist zu Hause ... ich lasse das junge Mädchen bei ihm ... Soll ich ihm sagen, wer sie ist? Nein, er würde sie sofort verhaften, was alles zerstören würde. Wenn ich dann allein bin, blättere ich die Liste der Akte M. B. durch und gehe auf die Jagd. Und heute nacht oder morgen früh spätestens werde ich wie vereinbart Ganimard aufsuchen und ihm Arsène Lupin und seine Bande ausliefern.

Er rieb sich die Hände, glücklich, das Ziel endlich vor Augen zu haben und festzustellen, daß ihn kein ernsthaftes Hindernis mehr davon trennte. Und indem er dem Bedürfnis nach Mitteilsamkeit, das seiner Natur widersprach, nachgab, rief er:

»Entschuldigen Sie bitte, Mademoiselle, wenn ich soviel Befriedigung zeige. Die Schlacht war mühselig, und der Erfolg ist mir besonders angenehm.«

»Ein legitimer Erfolg, Monsieur, und Sie haben das Recht, sich über ihn zu freuen.«

»Ich danke Ihnen. Aber was für eine eigenartige Straße wir fahren. Hat der Chauffeur denn nicht verstanden?«

Im gleichen Augenblick verließen sie durch die Porte de Neuilly Paris. Teufel! Die Rue Pergolèse befand sich doch nicht außerhalb der Befestigungsmauern.

Sholmes ließ das Fenster herunter.

»Sagen Sie mal, Sie fahren falsch ... Rue Pergolèse ...«

Der Mann erwiderte nichts.

»Ich befehle Ihnen, in die Rue Pergolèse zu fahren!«

Der Mann erwiderte nichts.

»Verflucht! Sie sind taub, mein Freund. Oder Sie wollen nicht hören ... Hier haben wir nichts zu suchen ... Rue Pergolèse ... Ich befehle Ihnen umzukehren, aber schleunigst.«

Das gleiche Schweigen. Der Engländer zitterte vor Unruhe. Er sah Clotilde an: ein undefinierbares Lächeln spielte um ihre Lippen.

»Warum lachen Sie?« fluchte er ... »Dieser Zwischenfall steht in keinem Zusammenhang ... das ändert nichts an der Lage ...«

»Absolut nichts«, antwortete sie.

Mit einem Schlag überfiel ihn ein Gedanke. Halb erhoben sah er sich den Mann, der auf dem Führersitz saß, aufmerksamer an. Die Schultern waren schmaler, die Haltung gelöster ... Auf seinem Körper brach kalter Schweiß aus, seine Hände verkrampften sich, während ihm die schreckliche Überzeugung kam: dieser Mann war Arsène Lupin.

»Na, Mister Sholmes, was sagen Sie zu dieser kleinen Spazierfahrt?«

»Herrlich, Monsieur, einfach herrlich«, erwiderte Sholmes.

Wahrscheinlich hatte ihn niemals etwas eine größere Anstrengung gekostet, als diese Worte ohne Zittern in der Stimme, ohne irgendein Zeichen, das seine Erbitterung verraten hätte, auszudrücken. Fast im gleichen Augenblick brach durch eine fürchterliche Reaktion eine Flut von Wut und Haß die Deiche, setzte sich über seinen Willen hinweg, und mit einer plötzlichen Bewegung zog er seinen Revolver und legte ihn auf Mademoiselle Destange an.

»In dieser Minute, in dieser Sekunde, Lupin, halten Sie, oder ich schieße auf Mademoiselle.«

»Ich empfehle Ihnen, auf die Wange zu zielen, wenn Sie die Schläfe treffen wollen«, erwiderte Lupin, ohne sich umzuwenden. Clotilde sagte:

»Maxime, fahren Sie nicht so schnell, das Pflaster ist rutschig, und ich habe Angst.«

Immer noch lächelte sie; ihr Blick war auf das Pflaster geheftet, das vor ihnen lag.

»Er soll halten! Halten soll er, verflucht!« schrie Sholmes halbverrückt vor Wut, »Sie sehen doch, daß ich zu allem fähig bin!«

Der Revolverlauf streifte ihre Haarlocken.

Sie murmelte: »Maxime ist von einer Unvorsichtigkeit! In diesem Tempo landen wir bestimmt im Graben.«

Sholmes steckte die Waffe in seine Tasche zurück und ergriff den Türgriff, bereit, sich trotz des Wahnsinns einer solchen Handlung hinausfallen zu lassen.

»Vorsicht, Monsieur«, sagte Clotilde, »hinter uns fährt ein Wagen.«

Er beugte sich hinaus. Tatsächlich folgte ihnen ein riesiger Wagen, von gefährlichem Aussehen und einem scharfen Vorderteil. Ich bin gut bewacht, dachte er, nur Geduld.

Er verschränkte seine Arme auf der Brust mit der stolzen Unterwerfung von Menschen, die sich beugen und die abwarten, wenn sich das Schicksal gegen sie wendet. Während sie die Seine überquerten, Suresnes, Rueil, Chatou streiften, dachte er unbeweglich, resigniert, Herr seiner Wut und ohne Bitterkeit, nur noch daran, zu erfahren, durch welches Wunder Arsène Lupin sich an den Platz des Chauffeurs gesetzt hatte. Er glaubte nicht, daß der gute Bursche, den er am Morgen auf dem Boulevard gewählt hatte, ein Komplize sein könnte, der im voraus dort aufgestellt worden war. Trotzdem mußte Arsène Lupin in irgendeiner Weise gewarnt worden sein, und das konnte nur geschehen sein, nachdem er Clotilde bedroht hatte; denn vorher ahnte niemand etwas von seinem Plan. Doch von diesem Zeitpunkt an hatten Clotilde und er sich nicht mehr getrennt. Plötzlich erinnerte er sich: das Telephongespräch des jungen Mädchens, ihre Unterhaltung mit der Schneiderin. Er verstand alles. Bevor er noch gesprochen hatte, allein durch die Ankündigung, daß er als neuer Sekretär des Monsieur Destange eine Unterhaltung mit ihr wünsche, hatte sie die Gefahr gewittert, den Namen und den Zweck des Besuchers erraten und hatte kalt, natürlich, als wollte sie tatsächlich das, was sie sagte, Lupin unter dem Deckmantel eines Lieferanten zu Hilfe gerufen und die zwischen ihnen abgemachten Sätze gebraucht.

Wie Arsène Lupin hergekommen war, warum ihm das haltende Auto, dessen Motor lief, verdächtig erschienen war, wie er den Fahrer gedungen hatte, das alles war unwichtig. Was allein Sholmes so maßlos wunderte, daß seine Wut sich legte, war die

Erinnerung an den Augenblick, als eine einfache Frau, allerdings eine Verliebte, ihre Nerven bezwang, ihren Instinkt unterdrückte, die Züge ihres Gesichtes unbeweglich erscheinen ließ und so den alten Herlock Sholmes hinters Licht geführt hatte.

Was konnte er gegen einen Mann machen, dem solche Helfer dienten, der allein durch den Einfluß seiner Autorität einer Frau in dem Maße Mut und Energie einflößte?

Der Wagen überquerte die Seine und kletterte die Hügel von Saint-Germain hinauf; fünfhundert Meter hinter der Stadt fuhr er langsamer. Der andere Wagen kam in gleiche Höhe, und beide hielten. Niemand war in der Umgebung zu sehen.

»Mister Sholmes«, sagte Lupin, »haben Sie die Güte, den Wagen zu wechseln. Unserer ist wirklich von einer Langsamkeit . . .«

»Warum nicht!« rief Sholmes zuvorkommend, da er keine andere Wahl hatte.

»Sie werden mir auch erlauben, Ihnen diesen Pelz zu leihen, denn wir werden ziemlich schnell fahren, und Ihnen diese beiden Sandwichs anzubieten . . . Doch, doch, nehmen Sie sie nur an, wer weiß, wann Sie etwas anderes essen werden!«

Die vier Männer waren ausgestiegen. Der eine von ihnen näherte sich, und als er die Brille abgenommen hatte, die ihn entstellte, erkannte Sholmes den Herrn im Gehrock des ungarischen Restaurants wieder. Lupin sagte zu ihm:

»Sie werden diesen Wagen dem Chauffeur wiederbringen, von dem ich ihn geliehen habe. Er wartet in der ersten Weinwirtschaft auf der rechten Seite der Rue Legendre. Sie zahlen ihm die zweiten versprochenen tausend Francs. Oh! ich vergaß, geben Sie bitte Ihre Brille Mister Sholmes.«

Er unterhielt sich noch mit Mademoiselle Destange, setzte sich dann ans Lenkrad und fuhr mit Sholmes an seiner Seite und einem seiner Männer hinter sich los.

Lupin hatte nicht übertrieben, als er sagte, sie würden »ziemlich schnell« fahren. Von Anfang an fuhr er in einer schwindelerregenden Geschwindigkeit. Der Horizont kam näher, als würde er durch eine geheimnisvolle Kraft angezogen, und verschwand im gleichen Augenblick wieder wie durch einen Schlund aufgesogen, auf den sogleich andere Dinge, Bäume, Häuser, Ebenen und Wälder mit der rasenden Geschwindigkeit eines Wildbachs, den der Wasserfall anzieht, zustürzten.

Sholmes und Lupin wechselten kein Wort miteinander. Über ihren Köpfen rauschten die Blätter der Pappeln durch den gleichen Abstand der Bäume rhythmisch wie Wellen. Die Städte flogen dahin: Mantes, Vernon, Gaillon. Von einem Hügel zum anderen, von Bon-Secours bis Canteleu, erschien Rouen, seine Vororte, sein Hafen, seine kilometerlangen Kais, nur wie die Straße eines Marktfleckens. Duclair kam, Caudebec, die Landschaft Caux, deren Steigungen sie mit ihren mächtigen Schwingungen berührten, und Lillibonne und Quillebeuf. Und plötzlich befanden sie sich am Ufer der Seine, am Ende eines kleinen Hafendamms, an dem eine stabile Linienjacht lag, aus deren Schornstein Spiralen schwarzen Rauches drangen.

Der Wagen hielt. In zwei Stunden waren sie mehr als vierzig Meilen gefahren.

Ein Mann in blauer Matrosenbluse und mit einer mit goldenen Borten besetzten Mütze trat auf sie zu und grüßte.

»Ausgezeichnet, Kapitän!« rief Lupin. »Sie haben das Telegramm erhalten?«

»Ich habe es erhalten.«

»Die ›Hirondelle‹ ist bereit?«

»Die ›Hirondelle‹ ist bereit.«

»In diesem Fall, Mister Sholmes!«

Der Engländer blickte sich um, bemerkte ein paar Menschen auf der Terrasse eines Cafés, eine andere Gruppe, die etwas näher stand, zögerte einen Augenblick, und als er erkannte, daß er vor jedem Eingreifen geschnappt, an Bord gebracht und in dem untersten Schiffsraum eingeschlossen sein würde, ging er über die Brücke und folgte Lupin in die Kabine des Kapitäns. Sie war groß und von peinlicher Sauberkeit und durch den Lack ihrer Täfelung und das Leuchten des Kupfers sehr hell.

Lupin schloß die Tür hinter sich und sagte ohne Einleitung, fast brutal zu Sholmes: »Was wissen Sie genau?«

»Alles.«

»Alles? Drücken Sie sich genauer aus.«

In dem Tonfall seiner Stimme lag nicht mehr die ein wenig ironische Höflichkeit, die er dem Engländer gegenüber einnahm. Jetzt sprach gebieterisch der Herr, der gewöhnt ist zu befehlen und jeden seinem Willen unterwarf, auch wenn es ein Herlock Sholmes ist.

Sie maßen sich mit Blicken, jetzt als Feinde, erklärte und erbitterte Feinde. Ein wenig gereizt fuhr Lupin fort:

»Jetzt ist es ein paarmal geschehen, Monsieur, daß ich Sie auf meinem Weg treffe. Es waren ebenso viele Male zuviel, und ich habe es satt, meine Zeit damit zu vergeuden, den Fallen, die Sie mir stellen, auszuweichen. Ich sage Ihnen also gleich, daß mein Verhalten Ihnen gegenüber von Ihrer Antwort abhängt. Was wissen Sie genau?«

»Alles, Monsieur, ich wiederhole es.«

Arsène Lupin beherrschte sich und erwiderte kurz:

»Ich will Ihnen sagen, was Sie wissen. Sie wissen, daß ich unter dem Namen Maxime Bermond fünfzehn von Monsieur Destange gebaute Häuser ›verbessert‹ habe.«

»Ja.«

»Von diesen fünfzehn Häusern kennen Sie vier.«

»Ja.«

»Sie haben die Liste mit den elf anderen.«

»Ja.«

»Sie haben diese Liste zweifellos letzte Nacht bei Monsieur Destange geholt.«

»Ja.«

»Und da Sie vermuten, daß es unter diesen elf Häusern unabwendbar eines gibt, das ich für mich, für meine Bedürfnisse und für die meiner Freunde eingerichtet habe, haben Sie Ganimard mit der Aufgabe betraut, nachzuforschen und meinen Unterschlupf zu finden.«

»Nein.«

»Das bedeutet?«

»Das bedeutet, daß ich allein gehandelt habe, daß ich allein nachforschen wollte.«

»Dann habe ich also nichts zu befürchten, da Sie ja in meinen Händen sind.«

»Sie haben nichts zu befürchten, solange ich in Ihren Händen bin.«

»Das heißt, daß Sie nicht in meinen Händen bleiben werden?«

»Nein.«

Arsène Lupin trat noch näher an den Engländer heran und legte ihm sanft die Hand auf die Schulter:

»Hören Sie, Monsieur, ich bin nicht in der Stimmung zu diskutieren, und Sie sind – unglücklicherweise für Sie – nicht in der Lage, mir Verlegenheiten zu bereiten. Machen wir also Schluß.«

»Machen wir Schluß.«

»Sie werden mir Ihr Ehrenwort geben, daß Sie nicht versuchen werden, von diesem Schiff zu fliehen, bevor Sie nicht in englischen Gewässern sind.«

»Ich gebe Ihnen mein Ehrenwort, daß ich mit allen Mitteln versuchen werde zu fliehen«, erwiderte unbeirrbar Sholmes.

»Aber zum Donnerwetter, Sie wissen doch genau, daß ich nur ein Wort zu sagen brauche, um Sie unschädlich zu machen. Alle diese Männer hier gehorchen mir blindlings. Auf ein Zeichen von mir legen sie Ihnen eine Kette um den Hals . . .«

»Ketten lassen sich sprengen.«

». . . und werfen Sie zehn Meilen vor der Küste über Bord.«

»Ich kann schwimmen.«

»Gut geantwortet«, rief Lupin lachend. »Gott verzeih mir, ich war in Wut. Entschuldigen Sie bitte, Meister . . . und kommen wir zum Schluß. Gestatten Sie mir, daß ich die notwendigen Maßnahmen für meine und meiner Freunde Sicherheit anordne.«

»Alle Maßnahmen. Aber sie sind überflüssig.«

»Gut. Aber Sie sind mir nicht böse, daß ich sie treffe?«

»Das ist Ihre Pflicht.«

»Also los.«

Lupin öffnete die Tür und rief den Kapitän und zwei Matrosen. Sie ergriffen den Engländer, und nachdem sie ihn durchsucht hatten, fesselten sie ihm die Beine und banden ihn an die Pritsche des Kapitäns.

»Genug!« befahl Lupin. »In Wirklichkeit liegt es an Ihrem Widerstand, Monsieur, und an dem besonderen Ernst der Umstände, daß ich mir zu erlauben wage ...«

Die Matrosen zogen sich zurück. Lupin sagte zum Kapitän:

»Kapitän, ein Mann der Besatzung bleibt hier zu Mister Sholmes' Verfügung, und Sie selbst werden ihm soviel wie möglich Gesellschaft leisten. Auf ihn sollen alle Rücksichten genommen werden. Er ist kein Gefangener, sondern ein Gast. Wie spät haben Sie es auf Ihrer Uhr, Kapitän?«

»Fünf Minuten nach zwei Uhr.«

Lupin schaute auf seine Uhr, dann auf eine Wanduhr, die an der Holztäfelung der Kabine hing.

»Fünf Minuten nach zwei Uhr ... wir sind uns einig. Wieviel Zeit brauchen Sie bis Southampton?«

»Neun Stunden, ohne uns zu beeilen.«

»Sie werden elf brauchen. Sie dürfen nicht an Land gehen, bevor nicht das Postschiff, das Southampton um Mitternacht verläßt und in Le Havre um acht Uhr morgens ankommt, abgelegt hat. Sie verstehen, Kapitän, nicht wahr. Ich wiederhole: Da es äußerst gefährlich sein würde für uns alle, wenn der Gentleman mit diesem Schiff nach Frankreich zurückkehrt, dürfen Sie nicht vor ein Uhr morgens in Southampton ankommen.«

»Ich habe verstanden.«

»Ich grüße Sie, Meister. Bis zum nächsten Jahr in dieser oder der anderen Welt.«

»Bis morgen.«

Wenige Minuten später hörte Sholmes das Auto wegfahren, gleich darauf erzitterte die ›Hirondelle‹. Das Schiff legte ab.

Gegen drei Uhr hatten sie die Mündung der Seine hinter sich

und gelangten ins offene Meer. Zu diesem Zeitpunkt schlief Herlock Sholmes ausgestreckt auf der Pritsche, an die er gebunden war, den Schlaf der Gerechten.

Am nächsten Morgen, dem zehnten und letzten Tag des Krieges zwischen den beiden großen Rivalen, veröffentlichte die Zeitung ›Echo de France‹ diesen köstlichen Artikel:

»Gestern wurde von Arsène Lupin ein Ausweisungsbefehl gegen Herlock Sholmes, den englischen Detektiv, erlassen. Der Befehl wurde mittags zugestellt und noch am selben Tag ausgeführt. Um ein Uhr morgens wurde Sholmes in Southampton an Land gesetzt.«

Arsène Lupins zweite Verhaftung

Ab acht Uhr standen zwölf Transportwagen in der Rue Crevaux zwischen der Avenue du Bois-de-Boulogne und der Avenue Bugeaud. Monsieur Félix Davey räumte die Wohnung, die er in der vierten Etage von Nummer 8 bewohnt hatte. Und Monsieur Dubreuil, ein Sachverständiger, der die fünfte Etage desselben Hauses und die fünfte Etage der beiden anstoßenden Häuser zu einer einzigen Wohnung vereint hatte, verlud am selben Tag – ein rein zufälliges Zusammentreffen, denn die Herren kannten sich nicht – seine Möbelsammlung, wegen der so viele ausländische Korrespondenten ihn täglich aufsuchten.

Eine Einzelheit, die in dem Viertel bemerkt wurde, über die man aber erst später sprach, war, daß keiner der zwölf Wagen weder Namen noch Adresse des Transportunternehmens trug und daß sich keiner der Männer, die die Wagen begleiteten, in den umliegenden Wirtschaften aufhielt. Sie arbeiteten so flink, daß um elf Uhr alles beendet war. Es blieb nichts mehr übrig als jene Papier- und Lumpenhaufen, die man in den Ecken leerer Zimmer zurückläßt.

Monsieur Félix Davey, ein junger eleganter, nach der raffiniertesten Mode gekleideter Mann mit einem überschweren Spazierstock, der auf einen ungewöhnlich kräftigen Arm schließen ließ, ging ruhig fort und setzte sich auf eine Bank in der Querallee, die die Avenue vom Bois de Boulogne trennt und der Rue Pergolèse gegenüberliegt. Neben ihm las eine Frau in der Kleidung einer Kleinbürgerin ihre Zeitung, während ein Kind spielte und mit seiner Schaufel in einem Sandhaufen grub.

Nach einer Weile sprach Félix Davey, ohne den Kopf zu wenden, die Frau an:

»Ganimard?«

»Heute morgen um neun Uhr fortgegangen.«

»Wohin?«

»Zum Polizeipräsidium.«

»Allein?«

»Allein.«

»Kein Telegramm heute nacht?«

»Nein.«

»Hat man in dem Haus noch immer Vertrauen zu Ihnen?«

»Immer noch. Ich leiste Madame Ganimard kleine Dienste, und sie erzählt mir alles, was ihr Mann macht. Wir haben den Vormittag zusammen verbracht.«

»Gut. Kommen Sie bis auf weiteres jeden Tag um elf Uhr hierher.«

Er stand auf und begab sich zum Chinesischen Pavillon in der Nähe der Porte Dauphine; dort aß er ein einfaches Mahl, zwei Eier, Gemüse und Obst. Denn kehrte er in die Rue Crevaux zurück und sagte der Pförtnerin:

»Ich werfe nur einen Blick in meine Wohnung und bringe Ihnen dann die Schlüssel.«

Er beendete seinen Rundgang in dem Zimmer, das ihm als Arbeitsraum gedient hatte. Dort ergriff er das Ende eines Gasrohrs, das in einer Biegung am Kamin herunterführte, entfernte einen Kupferdeckel, der es verschloß, fügte einen kleinen hornförmigen Apparat ein und blies hinein.

Ein leiser Pfiff gab ihm Antwort. Er hielt das Rohr an den Mund und murmelte:

»Niemand, Dubreuil?«

»Niemand.«

»Kann ich heraufkommen?«

»Ja.«

Er hing das Rohr wieder an seinen Platz und sagte sich:

»Wohin führt der Fortschritt? Unser Jahrhundert wimmelt von kleinen Erfindungen, die das Leben wirklich charmant und abwechslungsreich machen. Und so amüsant . . . überhaupt wenn man wie ich das Leben ausspielt.«

Er ließ ein Marmorgesims des Kamins sich in seiner Angel drehen. Die Marmorplatte selbst bewegte sich, und der Spiegel, der auf ihr stand, glitt auf unsichtbaren Rollen und gab eine gähnende Öffnung frei, in der man die untersten Stufen einer in den Kamin gebauten Treppe sah; alles war sauber aus sorgfältig geschmiedetem Eisen und mit weißen Porzellankacheln verkleidet. Er stieg die Treppe hinauf. In der fünften Etage befand sich eine gleiche Öffnung über dem Kamin. Monsieur Dubreuil erwartete ihn.

»Ist alles fertig bei Ihnen?«

»Alles ist fertig.«

»Alles herausgeschafft?«

»Alles.«

»Das Personal?«

»Es sind nur noch die drei Männer zur Bewachung da.«

»Gehen wir.«

Nacheinander gingen sie über dieselbe Treppe zur Etage der Dienstboten und gelangten in eine Mansarde, in der sich drei Männer befanden, von denen der eine aus dem Fenster sah.

»Nichts Neues?«

»Nichts, Chef.«

»Die Straße ist ruhig?«

»Vollkommen.«

»In zehn Minuten verschwinde ich endgültig. Ihr werdet auch gehen. Bis dahin benachrichtigt mich von der kleinsten verdächtigen Bewegung auf der Straße.«

»Ich habe die ganze Zeit den Finger auf der Alarmglocke, Chef.«

»Dubreuil, Sie haben doch den Transporteuren befohlen, nicht an die Leitung der Klingel zu rühren?«

»Sicher, sie funktioniert bestens.«

»Dann bin ich beruhigt.«

Die beiden Männer stiegen in die Wohnung von Félix Davey hinunter. Dieser rief, nachdem er das Marmorgesims wieder in die richtige Lage gebracht hatte, fröhlich aus:

»Dubreuil, ich möchte das Gesicht von denen sehen, die alle diese herrlichen Dinger entdecken werden, Warnglocken, ein elektrisches Leitungsnetz und Hörrohre, unsichtbare Passagen, Fußbodenplatten, die gleiten, versteckte Treppen ... ein wahres Lehrbuch für Zauberei!«

»Was für eine Reklame für Arsène Lupin!«

»Eine Reklame, auf die man auch verzichten könnte. Schade, eine solche Einrichtung zu verlassen. Wir müssen alles neu machen, Dubreuil, natürlich nach einem neuen Modell, denn man darf sich niemals wiederholen. Hol der Teufel den Sholmes!«

»Noch immer nicht zurückgekehrt, der Sholmes?«

»Wie sollte er: Von Southampton gibt es nur ein Postschiff, das um Mitternacht. Von Le Havre nur einen Zug, den um acht Uhr morgens, der um elf Minuten nach elf Uhr hier ankommt. Wenn er das Postschiff um Mitternacht nicht erreicht hat – und er hat es nicht erreicht, denn der Kapitän hatte den eindeutigen Befehl dazu –, kann er erst heute abend in Frankreich sein, via Newhaven und Dieppe.«

»Wenn er wiederkommt!«

»Sholmes gibt niemals eine Partie auf. Er wird zurückkommen, aber zu spät. Wir werden weit weg sein.«

»Und Mademoiselle Destange?«

»Ich werde sie in einer Stunde treffen.«

»Zu Hause?«

»O nein, sie wird erst in einigen Tagen, nach dem Sturm, nach Hause zurückkehren, wenn ich mich nur noch um sie zu kümmern brauche. Aber Sie, Dubreuil, sollten sich beeilen. Die Einschiffung unseres ganzen Gepäcks wird lange dauern, und Ihre Anwesenheit auf dem Kai ist notwendig.«

»Sie sind sicher, daß wir nicht überwacht werden?«

»Von wem? Ich fürchte nur Sholmes.«

Dubreuil zog sich zurück. Félix Davey machte eine letzte Runde, sammelte zwei oder drei zerrissene Briefe auf, und als er ein Stück Kreide entdeckte, hob er es auf, zeichnete auf die dunkle Tapete im Eßzimmer einen großen Rahmen und schrieb wie auf eine Gedenktafel:

Hier wohnte zu Beginn des xx. Jahrhunderts
während fünf Jahren
Arsène Lupin, der Gentleman-Einbrecher

Dieser kleine Scherz schien ihn lebhaft zu befriedigen. Er besah sich sein Werk, während er eine lustige Weise pfiff, und rief: »Jetzt, da ich mit den Geschichtsschreibern der kommenden Generationen im reinen bin, hauen wir ab. Beeilen Sie sich, Meister Herlock Sholmes, in spätestens drei Minuten habe ich meinen Unterschlupf verlassen, und Ihre Niederlage wird vollkommen sein. Noch zwei Minuten! Sie lassen mich warten, Meister! ... Noch eine Minute! Sie kommen nicht? Also gut, ich verkünde Ihre Absetzung und meine Erhebung in den Himmel. Damit kneife ich. Adieu, Königreich des Arsène Lupin! Ich werde dich nicht mehr wiedersehen. Adieu, ihr fünfundzwanzig Zimmer der sechs Wohnungen, über die ich herrschte! Adieu, mein Kämmerchen, mein schmuckloses Kämmerchen!«

Eine Klingel unterbrach plötzlich seinen lyrischen Ausbruch, ein scharfer, schneller und alles durchdringender Klingelton, der zweimal unterbrochen, zweimal wiederholt wurde und dann abbrach. Es war die Alarmglocke!

Was war los? Was für eine unvorhergesehene Gefahr? Ganimard? Aber nein ...

Er wollte sofort in sein Büro zurückkehren und flüchten. Zunächst ging er jedoch zum Fenster. Niemand war auf der Straße. Sollte der Gegner schon im Haus sein? Er horchte und glaubte, wirre Geräusche zu hören. Ohne länger zu zögern, lief er in sein Arbeitszimmer; als er die Schwelle überquerte, hörte er das Geräusch eines Schlüssels, den man in die Tür der Vorhalle zu stecken versuchte.

»Teufel«, murmelte er, »Es wird höchste Zeit. Das Haus ist

vielleicht umstellt. Die Hintertreppe, unmöglich! Ein Glück, daß der Kamin ...«

Er stieß heftig das Gesims zurück: es rührte sich nicht. Er strengte sich noch mehr an: es rührte sich nicht.

Im gleichen Augenblick hatte er das Gefühl, daß unten die Tür geöffnet würde und Schritte ertönten.

»Verdammter Mist«, fluchte er, »ich bin verloren, wenn dieser verflixte Mechanismus ...«

Seine Finger krampften sich um das Gesims. Er hängte sich mit seinem ganzen Gewicht daran. Nichts rührte sich. Nichts! Durch ein unglaubliches Pech, durch eine wirklich bestürzende Bosheit des Schicksals funktionierte der Mechanismus, der einen Augenblick vorher noch in Ordnung gewesen war, nicht mehr! Er versuchte es hartnäckig, wurde immer aufgeregter. Der Marmorblock blieb bewegungslos, unveränderlich. Verflucht! Gab es so etwas, daß dieses idiotische Hindernis den Weg versperrte? Er schlug auf den Marmor ein, er schlug mit wütenden Fäusten, er hämmerte auf ihn ein, beschimpfte ihn ...

»Aber was denn, Monsieur Lupin, es gibt also etwas, das nicht so geht, wie Sie gerne wollen?«

Lupin drehte sich voller Entsetzen um. Vor ihm stand Herlock Sholmes.

Herlock Sholmes! Mit verkniffenen Augen sah er ihn an, als erschrecke ihn eine grausame Vision. Herlock Sholmes in Paris? Herlock Sholmes, den er am Abend vorher wie ein gefährliches Paket nach England befördert hatte und der jetzt vor ihm stand, sieghaft und frei! Oh! Damit dieses unmögliche Wunder trotz Arsène Lupins Willen geschehen konnte, bedurfte es einer Umwälzung der Naturgesetze, des Triumphes von allem, was unlogisch und abnorm war! Herlock Sholmes vor ihm!

Und der Engländer sprach jetzt seinerseits ironisch und mit jener geringschätzigen Höflichkeit, mit der ihn sein Gegner so oft geärgert hatte:

»Monsieur Lupin, ich teile Ihnen mit, daß ich von dieser Minute an niemals mehr an die Nacht denken werde, die Sie mich im Haus des Barons d'Hautrec haben verbringen lassen, niemals mehr an die Mißgeschicke meines Freundes Wilson, niemals mehr an meine Entführung im Auto und auch nicht mehr an jene Reise, die ich soeben beendet habe und auf der ich auf Ihren Befehl an eine wenig bequeme Pritsche gebunden war. Diese Minute löscht alles aus. Ich erinnere mich an gar nichts mehr. Ich bin bezahlt. Ich bin königlich bezahlt.«

Lupin schwieg. Der Engländer fuhr fort:

»Ist das nicht auch Ihre Ansicht?«

Er sah aus, als wolle er darauf beharren, als fordere er eine Zustimmung, eine Art Quittung für das Vergangene.

Nach einem Augenblick der Überlegung, während der sich der Engländer durchdrungen und bis auf den Grund der Seele durchforscht fühlte, erklärte Lupin:

»Ich nehme an, Monsieur, daß sich Ihr gegenwärtiges Verhalten auf ernsthafte Gründe stützt?«

»Äußerst ernsthafte.«

»Die Tatsache, daß Sie meinem Kapitän und meinen Matrosen entkommen sind, ist nur ein nebensächlicher Zwischenfall unseres Kampfes. Aber die Tatsache, daß Sie hier vor mir stehen, allein, hören Sie, allein vor Arsène Lupin, läßt mich glauben, daß Ihre Revanche so vollständig wie möglich ist.«

»So vollständig wie möglich.«

»Dieses Haus?«

»Umstellt.«

»Die beiden Nachbarhäuser?«

»Umstellt.«

»Die Wohnung über dieser hier?«

»Die drei Wohnungen der fünften Etage, die Monsieur Dubreuil bewohnte, umstellt.«

»So daß . . .«

»So daß Sie gefangen sind, Monsieur Lupin, unwiderruflich gefangen.«

Die gleichen Gefühle, die Sholmes während seiner Autofahrt aufwühlten, erlebte jetzt Lupin, die gleiche konzentrierte Wut, die gleiche Auflehnung – aber schließlich beugte auch er sich in sachlicher Anerkennung der Macht der Verhältnisse. Da sie beide gleich stark waren, mußten sie in gleicher Weise die Niederlage wie ein vorübergehendes Übel, vor dem man zu resignieren hat, akzeptieren.

»Wir sind quitt, Monsieur«, sagte er offen.

Der Engländer schien von diesem Zugeständnis begeistert zu sein. Sie schwiegen. Dann fuhr Lupin, schon beherrscht und lächelnd, fort:

»Und ich bin nicht böse darüber! Es wurde schon langweilig, immer nur zu gewinnen. Ich brauchte nur den Arm auszustrekken, um Sie mitten in die Brust zu treffen. Dieses Mal bin ich dran. Gut getroffen, Meister!«

Er lachte aus vollem Herzen.

»Endlich wird man sich amüsieren. Lupin sitzt in der Falle. Wie wird er sich daraus befreien? In der Falle! ... Was für ein Abenteuer! ... Oh! Meister, ich verdanke Ihnen eine schöne Aufregung. Das ist das Leben!«

Er preßte seine geschlossenen Fäuste an die Schläfen, so als wolle er die verwirrende Freude, die in ihm brodelte, in Schranken halten; er sah aus wie ein Kind, das sich ganz entschieden über seine Kräfte amüsiert.

Schließlich ging er auf den Engländer zu:

»Und worauf warten Sie jetzt?«

»Worauf ich warte?«

»Ja, Ganimard ist mit seinen Männern da. Warum kommt er nicht herein?«

»Ich habe ihn gebeten, nicht hereinzukommen.«

»Und er war einverstanden?«

»Ich habe ihn nur unter der ausdrücklichen Bedingung um seine Hilfe gebeten, daß er sich von mir führen läßt. Übrigens glaubt er, daß Félix Davey nur ein Komplize Lupins ist.«

»Dann will ich meine Frage in einer anderen Form wiederholen. Warum sind Sie allein hereingekommen?«

»Ich wollte zunächst mit Ihnen sprechen.«

»Aha! Sie müssen mit mir sprechen!«

Dieser Gedanke schien Lupin ganz besonders zu gefallen. Es gibt Umstände, bei denen man Worte den Taten vorzieht.

»Mister Sholmes, ich bedaure, daß ich Ihnen keinen Sessel anbieten kann. Genügt Ihnen diese alte halb zerbrochene Kiste? Oder diese Fensterbank? Ich bin sicher, daß Ihnen ein Glas Bier angenehm wäre ... Dunkles oder helles? ... Bitte, setzen Sie sich doch ...«

»Nicht nötig. Wir wollen reden.«

»Ich höre.«

»Ich will mich kurz fassen. Der Zweck meines Aufenthalts in Frankreich war nicht Ihre Verhaftung. Wenn ich gezwungen war, Sie zu verfolgen, so deswegen, weil ich keine andere Möglichkeit hatte, an mein wirkliches Ziel zu gelangen.«

»Und das ist?«

»Den blauen Diamanten zu finden!«

»Den blauen Diamanten?«

»Natürlich; denn der, den man in dem Fläschchen von Konsul Bleichen gefunden hat, war nicht der echte.«

»In der Tat. Der echte wurde von der blonden Dame genommen, ich ließ ihn genau nachmachen, und da ich damals Absichten auf die anderen Schmuckstücke der Gräfin hatte und da Konsul Bleichen schon verdächtig war, beförderte eben diese blonde Dame, um ihrerseits nicht verdächtigt zu werden, den falschen Diamanten in das Gepäck eben dieses Konsuls.«

»Während Sie den echten behielten.«

»Selbstverständlich.«

»Ich brauche diesen Diamanten.«

»Unmöglich. Aufrichtiges Bedauern.«

»Ich habe ihn der Gräfin de Crozon versprochen. Ich werde ihn bekommen.«

»Wie wollen Sie ihn bekommen, da er in meinem Besitz ist?«

»Ich werde ihn gerade deswegen bekommen, weil er in Ihrem Besitz ist.«

»Ich werde ihn Ihnen also aushändigen?«

»Ja.«

»Freiwillig?«

»Ich kaufe ihn Ihnen ab.«

Lupin lachte.

»Sie sind wirklich ein Engländer. Sie behandeln das wie ein Geschäft.«

»Es ist ein Geschäft.«

»Und was bieten Sie mir?«

»Mademoiselle Destanges Freiheit.«

»Ihre Freiheit? Aber ich weiß nichts davon, daß sie verhaftet ist.«

»Ich werde Monsieur Ganimard die nötigen Hinweise geben. Ohne Ihren Schutz wird auch sie geschnappt werden.«

Wieder lachte Lupin laut los.

»Gentleman, Sie bieten mir etwas, was Sie nicht haben. Mademoiselle Destange ist in Sicherheit und befürchtet nichts. Ich verlange etwas anderes.«

Der Engländer zögerte sichtlich verwirrt, sein Gesicht überzog sich rot. Plötzlich legte er seinem Gegner die Hand auf die Schulter:

»Und wenn ich Ihnen vorschlüge ...«

»Meine Freiheit?«

»Nein ... aber ich kann hinausgehen, mich mit Monsieur Ganimard ins Einvernehmen setzen ...«

»Und mich überlegen lassen?«

»Ja.«

»Ach, mein Gott, wozu würde mir das dienen? Dieser verdammte Mechanismus funktioniert nicht mehr«, sagte Lupin, indem er gereizt an das Gesims des Kamins stieß.

Er unterdrückte einen verblüfften Ausruf: dieses Mal, Laune des Schicksals, unverhoffte Wiederkehr des Glücks, hatte sich der Marmorblock unter seinen Fingern bewegt.

Das war die Rettung, die mögliche Flucht. Warum sollte er sich jetzt noch Sholmes' Bedingungen unterwerfen?

Er ging im Raum auf und ab, als überlegte er sich seine Antwort. Dann legte er dem Engländer seine Hand auf die Schulter.

»Alles gut überlegt, Mister Sholmes, ich mag meine kleinen Geschäfte lieber allein machen.«

»Und doch . . .«

»Nein, ich brauche niemanden.«

»Wenn Ganimard Sie in den Fingern hat, ist es aus. Man wird Sie nicht freilassen.«

»Wer weiß!«

»Das ist doch Wahnsinn. Alle Ausgänge sind besetzt.«

»Einer bleibt.«

»Welcher?«

»Der, den ich wählen werde.«

»Worte! Ihre Verhaftung kann als vollzogen betrachtet werden.«

»Sie ist es nicht.«

»Also?«

»Ich behalte den blauen Diamanten.«

Sholmes zog seine Uhr heraus.

»Es ist zehn Minuten vor drei Uhr. Um drei Uhr rufe ich Ganimard.«

»Wir haben also zehn Minuten zum Schwatzen. Wir wollen sie ausnutzen, Mister Sholmes; um meine Neugier, die mich umbringt, zu befriedigen, sagen Sie mir, wie Sie sich meine Adresse und meinen Namen Félix Davey beschafft haben.«

Während er aufmerksam Lupin bewachte, dessen gute Laune ihn beunruhigte, war Sholmes gern zu der kleinen Erklärung bereit, die seine Eigenliebe befriedigte, und er sagte:

»Ihre Adresse? Ich habe sie von der blonden Dame.«

»Clotilde?«

»Ja. Erinnern Sie sich. Gestern morgen, als ich sie im Auto entführen wollte, hat sie mit ihrer Schneiderin telephoniert.«

»In der Tat.«

»Später habe ich begriffen, daß die Schneiderin Sie waren. Und heute nacht auf dem Schiff ist es mir durch eine Gedächtnisanstrengung, die vielleicht zu den Dingen gehört, auf die ich mit Recht eitel sein kann, gelungen, mir die beiden letzten Zahlen Ihrer Telephonnummer wieder einfallen zu lassen: 73. Auf diese Weise war es für mich, da ich im Besitz der Liste mit Ihren ›verbesserten‹ Häusern war, ein leichtes, gleich heute früh bei meiner Ankunft in Paris um elf Uhr im Telephonbuch den Namen und die Adresse von Monsieur Félix Davey zu suchen und zu finden. Als ich den Namen und die Adresse kannte, habe ich Monsieur Ganimard um Hilfe gebeten.«

»Bewundernswert! Erstklassig! Ich kann mich nur noch vor Ihnen verbeugen! Aber was ich nicht begreife, ist die Tatsache, daß Sie den Zug von Le Havre erreicht haben. Wie haben Sie es fertiggebracht, von der ›Hirondelle‹ zu fliehen?«

»Ich bin nicht geflohen.«

»Trotzdem ...«

»Sie hatten dem Kapitän Befehl gegeben, erst um ein Uhr morgens in Southampton anzukommen. Man hat mich um Mitternacht an Land gesetzt. Ich habe also das Postschiff nach Le Havre nehmen können.«

»Sollte der Kapitän mich verraten haben? Das ist unmöglich.«

»Er hat Sie nicht verraten.«

»Was dann?«

»Seine Uhr.«

»Seine Uhr?«

»Ja, seine Uhr, die ich um eine Stunde vorgestellt habe.«

»Wie?«

»Wie man eine Uhr vorstellt, indem man die Aufzugsfeder dreht. Wir saßen nebeneinander und unterhielten uns, ich erzählte ihm Geschichten, die ihn interessierten ... Mein Gott, er hat nichts gemerkt.«

»Bravo, der Streich ist hübsch, ich werde ihn mir merken. Aber die Wanduhr, die an der Täfelung seiner Kabine hing?«

»Oh, die Wanduhr, das war schwieriger, denn meine Beine waren gefesselt; aber der Matrose, der mich während der Abwesenheit des Kapitäns bewachte, war so freundlich, die Zeiger vorzurücken.«

»Er? Das ist stark! Er hat eingewilligt . . .?«

»Oh, er ahnte nicht, was er tat! Ich habe ihm gesagt, daß ich um jeden Preis den ersten Zug nach London bekommen müßte, und er hat sich überzeugen lassen.«

»Wodurch?«

»Durch ein kleines Geschenk . . . das der ehrliche Mann Ihnen übrigens ehrlich zu übergeben gedenkt.«

»Was für ein Geschenk?«

»Fast nichts.«

»Was denn?«

»Den blauen Diamanten.«

»Den blauen Diamanten?«

»Ja, den falschen, der, den Sie mit dem Diamanten der Gräfin vertauscht haben und den sie mir anvertraute . . .«

Lupin bekam einen plötzlichen, stürmischen Lachanfall. Er bog sich, Tränen standen ihm in den Augen.

»Gott, ist das komisch! Mein falscher Diamant für den Matrosen! Und die Uhr des Kapitäns! Und die Zeiger der Wanduhr . . .!«

Noch nie hatte Sholmes den Kampf zwischen sich und Lupin so unmittelbar gefühlt. Mit seinem untrüglichen Instinkt erriet er hinter dieser ausgelassenen Fröhlichkeit eine ungeheure Konzentration der Gedanken und ein Abschätzen aller Möglichkeiten.

Nach und nach war Lupin nähergetreten. Der Engländer wich zurück und steckte zerstreut seine Finger in die Uhrtasche.

»Es ist drei Uhr, Monsieur Lupin!«

»Schon drei Uhr? Wie schade! Wir amüsierten uns so gut!«

»Ich warte auf Ihre Antwort.«

»Meine Antwort? Mein Gott! Wie anspruchsvoll Sie sind! Das ist also das Ende unserer Partie, die wir spielen. Und als Einsatz meine Freiheit!«

»Oder der blaue Diamant.«

»Gut . . . spielen Sie aus. Was spielen Sie?«

»Ich setze auf den König«, sagte Sholmes, indem er einen Revolverschuß abgab.

»Und ich auf den Buben«, erwiderte Arsène, indem er dem Engländer seine Faust entgegenschlug.

Sholmes hatte in die Luft geschossen, um Ganimard herbeizurufen, dessen Eingreifen ihm dringend erschien. Aber Arsènes Faust landete mitten in Sholmes' Magen, er erbleichte und wankte. Mit einem Satz sprang Lupin zum Kamin; schon setzte sich die Marmorplatte in Bewegung . . . Zu spät! Die Tür wurde geöffnet.

»Ergeben Sie sich, Lupin. Sonst . . .«

Ganimard, der zweifellos näher gewartet hatte, als Lupin glaubte, Ganimard stand dort mit auf ihn gerichtetem Revolver. Und hinter Ganimard drängten sich zehn, zwanzig Männer ins Zimmer, kräftige, skrupellose Burschen, die ihn beim geringsten Zeichen von Widerstand wie einen Hund niederknallen würden.

Sehr ruhig machte er eine Bewegung.

»Runter mit den Pfoten, ich ergebe mich.«

Und er verschränkte die Arme vor seiner Brust.

Allgemeine Verblüffung folgte diesen Worten. In dem leeren Raum ohne Möbel und Tapeten hallten Arsène Lupins Worte wie ein Echo wider. »Ich ergebe mich!« Unglaubliche Worte! Man erwartete, daß er plötzlich durch eine Falltür verschwinden würde oder daß ein Mauerstück vor ihm zusammenbrechen und ihn noch einmal vor seinen Angreifern retten würde. Und er ergab sich!

Ganimard ging sehr bewegt, mit dem ganzen Ernst, den eine solche Handlung erfordert, langsam auf ihn zu, legte seinem Gegner die Hand auf die Schulter und hatte die unendliche Freude, aussprechen zu dürfen:

»Ich verhafte Sie, Lupin.«

»Brr«, schauderte Lupin zusammen, »Sie beeindrucken mich, mein guter Ganimard. Was für eine Trauermiene! Man könnte meinen, Sie sprechen am Grab eines Freundes. Los, machen Sie nicht so eine Leichenbittermiene.«

»Ich verhafte Sie.«

»Und das wirft Sie um? Im Namen des Gesetzes, dessen getreuer Vollstrecker er ist, verhaftet Ganimard, der Oberinspektor, den bösen Lupin. Eine historische Minute, deren ganze Größe Sie begreifen ... Es ist das zweite Mal, daß eine solche Tat geschieht. Bravo, Ganimard, Sie werden es in Ihrer Karriere noch weit bringen!«

Und er streckte seine Hände den Handschellen entgegen ...

Es war ein Ereignis, das sich feierlich vollzog. Die Polizisten handelten trotz ihrer üblichen Schroffheit und Roheit ihres Gefühles gegen Lupin mit Rücksicht, erstaunt, daß es ihnen erlaubt war, dieses unantastbare Wesen anzurühren.

»Mein armer Lupin«, seufzte Lupin, »was würden deine Freunde vom legitimistischen Adel sagen, wenn sie dich so gedemütigt sähen!«

Er spreizte mit wachsender und unaufhörlicher Anstrengung seiner Muskeln die Handgelenke. Die Adern auf seiner Stirn schwollen an. Die Glieder der Kette drangen in seine Haut.

»Los«, sagte er.

Die Kette zersprang und fiel zu Boden.

»Eine andere, Kameraden, diese taugt nicht.«

Man legte ihm zwei an. Er stimmte zu:

»Zum Glück! Ihr könnt nicht vorsichtig genug sein.«

Dann, während er die Polizisten zählte:

»Wie viele seid ihr, meine Freunde? Fünfundzwanzig? Dreißig? Das ist viel ... Nichts zu machen. Oh! Wenn ihr nur fünfzehn gewesen wärt!«

Er hatte wirklich Haltung, die Haltung eines großen Schauspielers, der seine Rolle mit Instinkt und Begeisterung, mit Unverschämtheit und Leichtigkeit spielt. Sholmes sah ihn an, wie man einem schönen Schauspiel zusieht, dessen Schönheiten und Nuancen man zu schätzen weiß. Er hatte wirklich den eigenartigen Eindruck, daß der Kampf zwischen den dreißig Männern auf der einen Seite, die durch den ganzen ungeheuren Apparat der Justiz unterstützt wurden, und diesem einsamen Wesen auf der anderen Seite, ohne Waffen und in Ketten, ausgeglichen wäre. Die beiden Parteien waren gleich stark.

»Tja, Meister«, sagte Lupin zu ihm, »das ist Ihr Werk. Durch Ihre Schuld wird Lupin auf dem feuchten Stroh der Gefängnisse vermodern. Gestehen Sie, daß Ihr Gewissen nicht ganz ruhig ist, daß Gewissensbisse an Ihnen nagen.«

Gegen seinen Willen zuckte der Engländer mit den Schultern, als wollte er sagen: »Es lag nur an Ihnen . . .«

»Niemals! Niemals!« rief Lupin. »Ihnen den blauen Diamanten geben? O nein, er hat mich schon genug Mühe gekostet. Ich hänge an ihm. Bei meinem ersten Besuch, den ich die Ehre haben werde, Ihnen zweifellos im nächsten Monat in London zu machen, werde ich Ihnen die Gründe sagen . . . Aber werden Sie im nächsten Monat in London sein? Ziehen Sie Wien vor? Petersburg?«

Er zuckte zusammen. An der Decke ertönte eine Klingel. Es war nicht die Alarmglocke, sondern das Schrillen des Telephons, dessen Leitung zwischen zwei Fenstern seines Büros endete und das nicht mitgenommen worden war.

Das Telephon! Oh! Wer würde in die Falle gehen, die ein scheußlicher Zufall stellte! Arsène Lupin machte eine wütende Bewegung zu dem Apparat hin, als wollte er ihn zerschlagen und so die geheimnisvolle Stimme ersticken, die ihn sprechen wollte. Aber Ganimard nahm den Hörer ab und horchte.

»Hallo . . . hallo . . . die Nummer 64873 . . . ja, das ist richtig.«

Schnell und voll Autorität schob Sholmes ihn zur Seite, ergriff den Hörer und legte sein Taschentuch auf die Sprechmuschel, damit man seine Stimme nicht erkannte.

In diesem Augenblick schaute er auf Lupin. Und der Blick, den sie tauschten, bewies ihnen, daß sie beide denselben Gedanken hatten und daß sie beide bis in die letzten Konsequenzen diese mögliche, wahrscheinliche, fast sichere Hypothese voraussahen: Es war die blonde Dame, die anrief. Sie glaubte, mit Félix Davey oder vielmehr mit Maxime Bermond zu telephonieren, und sie würde sich Sholmes anvertrauen!

Der Engländer rief abgehackt:

»Hallo ... hallo ...«

Schweigen, dann Sholmes:

»Ja, ich bin's, Maxime.«

In der gleichen Sekunde nahm das Verhängnis mit einer tragischen Genauigkeit Gestalt an. Lupin, der unbezähmbare, spöttische Lupin dachte nicht einmal daran, seine Unruhe zu verbergen, mit schreckensbleichem Gesicht bemühte er sich zu hören, zu erraten. Und Sholmes erwiderte der geheimnisvollen Stimme:

»Hallo ... Aber ja, alles ist zu Ende, ich wollte mich gerade auf den Weg zu Ihnen machen, wie vereinbart ... Wo? Aber dort, wo Sie sind. Glauben Sie nicht, daß dort ...«

Er zögerte, suchte nach Worten und schwieg. Es war klar, daß er versuchte, das junge Mädchen auszuhorchen, ohne sich selbst zu weit vorzuwagen, und daß er absolut nicht wußte, wo sie sich befand. Außerdem schien ihn Ganimards Anwesenheit zu stören ... Oh! Wenn doch irgendein Wunder den Faden dieser teuflischen Unterhaltung hätte zerschneiden können! Lupin wünschte es aus Leibeskräften, mit allen seinen gespannten Nerven!

Sholmes sagte:

»Hallo ... hallo ... Hören Sie nicht? ... Ich auch nicht ... sehr schlecht ... Mit Mühe unterscheide ich ... Hören Sie? Also ... ich habe überlegt ... es ist besser, wenn Sie nach Hause gehen ... Was für eine Gefahr? Keine ... Aber er ist in England! Ich habe ein Telegramm aus Southampton bekommen, das mir seine Ankunft bestätigt.«

Die Ironie dieser Worte! Sholmes sprach sie mit einem unbeschreiblichen Wohlbehagen aus. Und er fügte hinzu: »Deswegen verlieren Sie keine Zeit, liebe Freundin, ich komme zu Ihnen.«

Er legte den Hörer auf.

»Monsieur Ganimard, ich bitte Sie um drei Ihrer Männer.«

»Für die blonde Dame, nicht wahr?«

»Ja.«

»Sie wissen, wer sie ist, wo sie ist?«

»Ja.«

»Teufel! Ein hübscher Fang. Mit Lupin ... ist der Tag voll. Folenfant, nehmen Sie zwei Männer mit und begleiten Sie Mister Sholmes.«

Der Engländer entfernte sich, gefolgt von den drei Polizisten. Es war aus. Auch die blonde Dame würde Sholmes in die Hände fallen. Durch seine bewundernswerte Ausdauer, durch das Zusammenstoßen glücklicher Ereignisse endete die Schlacht für ihn mit einem Sieg, für Lupin mit einem nicht wiedergutzumachenden Desaster.

»Mister Sholmes!«

Der Engländer blieb stehen.

»Monsieur Lupin?«

Lupin schien durch diesen letzten Schlag vollständig zusammengebrochen zu sein. Tiefe Falten zeichneten seine Stirn. Er war müde und traurig. Mit einem letzten Anflug von Energie richtete er sich jedoch auf. Und trotz allem rief er fröhlich und gelöst:

»Sie müssen zugeben, daß das Schicksal mich feindselig verfolgt. Vorhin hinderte es mich, durch diesen Kamin zu entkommen und lieferte mich Ihnen aus. Jetzt bedient es sich des Telephons, um Ihnen das Geschenk der blonden Dame zu machen. Ich beuge mich seinen Befehlen.«

»Das bedeutet?«

»Das bedeutet, daß ich bereit bin, die Verhandlungen wiederaufzunehmen.«

Sholmes nahm den Inspektor beiseite und bat ihn in einem Ton, der keine Widerrede zuließ, um die Erlaubnis, mit Lupin einige Worte wechseln zu dürfen. Dann kehrte er zu diesem zurück. Welch außerordentliche Unterredung! Er begann in nüchternem, nervösem Ton:

»Was wollen Sie?«

»Mademoiselle Destanges Freiheit.«

»Sie kennen den Preis.«

»Ja.«

»Und Sie akzeptieren?«

»Ich akzeptiere Ihre Bedingungen.«

»Oho!« meinte der Engländer erstaunt, »aber . . . Sie haben sich geweigert . . . für Sie . . .«

»Es handelte sich um mich, Monsieur Sholmes. Jetzt geht es um eine Frau, die ich liebe. Sehen Sie, in Frankreich haben wir unsere ganz besonderen Ideen über diese Dinge. Und man handelt nicht, nur weil man Lupin heißt, anders . . . Im Gegenteil!«

Er sprach sehr ruhig. Sholmes machte eine unmerkliche Verneigung mit dem Kopf und murmelte:

»Der blaue Diamant?«

»Nehmen Sie meinen Spazierstock dort in der Kaminecke. Drücken Sie mit der einen Hand den Knauf und drehen Sie mit der anderen die Zwinge am unteren Ende des Stocks.«

Sholmes nahm den Handstock und drehte den Ring, und während er drehte, bemerkte er, daß sich der Knauf abschrauben ließ. Im Innern des Knaufs befand sich eine Kugel aus Kitt. In dieser Kugel ein Diamant.

Er untersuchte ihn. Es war der blaue Diamant.

»Mademoiselle Destange ist frei, Monsieur Lupin.«

»Für die Zukunft und für die Gegenwart frei? Sie braucht von Ihnen nichts zu befürchten?«

»Von niemandem.«

»Was auch geschieht?«

»Was auch geschieht. Ich weiß weder ihren Namen noch ihre Adresse mehr.«

»Danke. Und auf Wiedersehen. Denn wir werden uns wiedersehen, nicht wahr, Mister Sholmes?«

»Das bezweifle ich nicht.«

Dann fand zwischen dem Engländer und Ganimard eine

ziemlich erregte Auseinandersetzung statt, die Sholmes ein wenig schroff unterbrach:

»Ich bedaure außerordentlich, Monsieur Ganimard, nicht Ihrer Ansicht zu sein. Ich habe aber keine Zeit, Sie zu überzeugen. In einer Stunde fahre ich nach England.«

»Aber . . . die blonde Dame?«

»Ich kenne die Person nicht.«

»Erst vor einer Weile . . .«

»Machen Sie, was Sie wollen. Ich habe Ihnen schon Lupin ausgeliefert. Hier ist der blaue Diamant, Sie werden das Vergnügen haben, ihn selbst der Gräfin de Crozon zu überreichen. Mir scheint, daß Sie sich nicht zu beklagen brauchen.«

»Aber die blonde Dame.«

»Finden Sie sie.«

Er stülpte seinen Hut auf den Kopf und ging schnell fort wie jemand, der nicht gewöhnt ist, sich aufzuhalten, wenn seine Geschäfte beendet sind.

»Gute Reise, Meister«, rief Lupin. »Und glauben Sie mir, daß ich niemals die herzlichen Beziehungen vergessen werde, die wir miteinander hatten. Meine Empfehlung an Mister Wilson.«

Er erhielt keine Antwort und spottete:

»Das nennt man, sich auf englisch verdrücken. Oh! Dieser würdige Insulaner besitzt nicht jene Eleganz der Höflichkeit, durch die wir uns auszeichnen. Stellen Sie sich den Abgang vor, Ganimard, den ein Franzose unter derartigen Umständen geboten hätte. Hinter was für Spitzfindigkeiten der Höflichkeit hätte er seinen Triumph verborgen! Aber Gott verzeihe mir, Ganimard, was machen Sie denn? Also gut, eine Durchsuchung. Aber es ist nichts mehr da, mein armer Freund, kein Fetzen Papier mehr. Meine Archive sind an einem sicheren Platz.«

»Wer weiß! Wer weiß!«

Lupin gab es auf. Von zwei Inspektoren festgehalten und von allen anderen eingekreist, wohnte er geduldig den verschiedenen Untersuchungen bei. Nach zwanzig Minuten seufzte er:

»Schnell, Ganimard, werden Sie denn nicht mehr fertig?«

»Haben Sie es so eilig?«

»Ja, das habe ich! Ein dringendes Rendezvous!«

»Im Polizeipräsidium?«

»Nein, in der Stadt.«

»Pah! Und um wieviel Uhr?«

»Um zwei Uhr.«

»Es ist schon drei Uhr.«

»Deswegen ja, ich werde mich verspäten, und ich verabscheue nichts mehr, als zu spät zu sein.«

»Geben Sie mir noch fünf Minuten?«

»Keine Sekunde mehr.«

»Zu gütig . . . ich will versuchen . . .«

»Reden Sie nicht so viel . . . Noch einmal diesen Schrank? Aber er ist leer.«

»Trotzdem sind hier Briefe.«

»Alte Rechnungen.«

»Nein, ein Paket, das mit einem Seidenband zusammengehalten ist.«

»Ein rosa Seidenband? Oh! Ganimard, machen Sie es um Himmels willen nicht auf!«

»Ist es von einer Dame?«

»Ja.«

»Aus welchen Kreisen?«

»Den allerbesten.«

»Ihr Name?«

»Madame Ganimard.«

»Sehr komisch!« rief der Inspektor gereizt.

In diesem Augenblick erklärten die Männer, die in die anderen Räume geschickt worden waren, daß die Durchsuchung ergebnislos verlaufen war. Lupin begann zu lachen.

»Teufel! Habt ihr gehofft, die Liste meiner Freunde oder den Beweis meiner Beziehungen zu dem Kaiser von Deutschland zu finden? Was ihr suchen müßtet, Ganimard, das sind die kleinen Geheimnisse dieser Wohnung. So ist zum Beispiel dieses Gasrohr ein akustisches Rohr. Dieser Kamin enthält eine Treppe.

Diese Mauer ist hohl. Und der Wirrwarr der Klingeln! Hier, Ganimard, drücken Sie auf den Knopf . . .«

Ganimard gehorchte.

»Hören Sie nicht?« fragte Lupin.

»Nein.«

»Ich auch nicht. Trotzdem haben Sie den Chef meines Privatflugplatzes benachrichtigt, den lenkbaren Ballon vorzubereiten, der uns nachher in die Lüfte entführen wird.«

»Los«, sagte Ganimard, der seine Untersuchung beendet hatte, »genug der Dummheiten, gehen wir!«

Er ging ein paar Schritte, die Männer folgten ihm.

Lupin rührte sich um keinen Fußbreit von der Stelle.

Seine Wächter stießen ihn vorwärts. Umsonst.

»Na, weigern Sie sich zu gehen?« fragte Ganimard .

»Keineswegs.«

»Also dann . . .«

»Aber es kommt darauf an.«

»Worauf?«

»Auf den Ort, an den Sie mich führen.«

»Zum Polizeipräsidium, verdammt.«

»Dann gehe ich nicht. Ich habe dort nichts zu tun.«

»Sie sind verrückt.«

»Habe ich nicht die Ehre gehabt, Ihnen mitzuteilen, daß ich ein dringendes Rendezvous habe?«

»Lupin!«

»Wieso, Ganimard, die blonde Dame erwartet meinen Besuch, und Sie halten mich für so unhöflich, sie in Unruhe zu versetzen? Das wäre eines galanten Mannes unwürdig.«

»Hören Sie, Lupin«, sagte der Inspektor, den diese Spöttelei allmählich zu reizen schien, »bis jetzt bin ich Ihnen gegenüber außerordentlich zuvorkommend gewesen. Aber alles hat seine Grenzen. Folgen Sie mir.«

»Unmöglich. Ich habe ein Rendezvous, und ich werde zu diesem Rendezvous gehen.«

»Zum letztenmal!«

»Un-mög-lich!«

Ganimard gab ein Zeichen. Zwei Männer ergriffen Lupin unter den Armen. Aber sie ließen ihn im gleichen Augenblick mit einem Schmerzensschrei los: mit beiden Händen drückte ihnen Arsène Lupin zwei lange Nadeln ins Fleisch.

Wutentbrannt stürzten die anderen herbei, endlich entlud sich ihr Haß, sie brannten darauf, ihre Kameraden und sich selbst für so viele Beleidigungen zu rächen, zügellos schlugen und stießen sie ihn. Ein heftiger Schlag traf ihn an der Schläfe. Er fiel zu Boden.

»Wenn ihr ihn zuschanden schlagt«, grollte Ganimard wütend, »bekommt ihr es mit mir zu tun.«

Er beugte sich zu ihm nieder, bereit, ihm zu helfen. Aber als er feststellte, daß er frei atmete, befahl er, ihn an den Füßen und dem Kopf zu ergreifen, während er selbst das Kreuz stützen wollte.

»Geht vor allen Dingen vorsichtig! . . . Nicht stoßen . . . Ah! Diese Lumpen, sie hätten ihn mir getötet. Eh, Lupin, wie geht's?«

Lupin öffnete die Augen und stammelte:

»Nicht nett, Ganimard . . . Sie haben mich zusammenschlagen lassen.«

»Das ist Ihre Schuld, verdammt nochmal, Sie mit Ihrem Starrsinn«, erwiderte Ganimard teilnahmsvoll. »Aber Sie haben keine Schmerzen?«

Sie kamen zum Treppenabsatz, Lupin stöhnte:

»Ganimard . . . den Aufzug . . . Sie werden mir die Knochen brechen.«

»Eine gute Idee, eine ausgezeichnete Idee«, stimmte Ganimard zu. »Außerdem ist die Treppe so eng . . . es gäbe keine Möglichkeit . . .«

Er ließ den Aufzug kommen. Mit aller möglichen Sorgfalt plazierte man Lupin auf den Sitz. Ganimard setzte sich neben ihn und sagte zu seinen Leuten:

»Geht gleichzeitig mit uns hinunter. Ihr erwartet mich vor der Pförtnerloge. Abgemacht?«

Er zog die Tür zu. Sie war noch nicht geschlossen, als Schreie laut wurden. Mit einem Satz war der Aufzug wie ein Ballon, dessen Schnur durchgeschnitten war, in die Luft gestiegen. Ein hämisches Lachen erscholl.

»Verflixt und zugenäht«, heulte Ganimard und suchte im Dunkeln verzweifelt den Knopf für den Abstieg.

Als er ihn nicht fand, schrie er:

»Der fünfte Stock! Bewacht die Tür zum fünften Stock!«

Jeweils zu vieren rannten die Polizisten die Treppe hinauf. Aber es geschah etwas Eigenartiges, der Aufzug schien die Decke der letzten Etage zu durchbrechen, er verschwand vor den Augen der Polizisten, tauchte plötzlich in der obersten Etage auf, in der die Dienstboten wohnten, und hielt. Drei Männer standen dort und öffneten die Tür. Zwei von ihnen überwältigten Ganimard, der betäubt und in seinen Bewegungen gehemmt, kaum daran dachte, sich zu verteidigen. Der dritte trug Lupin hinaus.

»Ich hatte Sie gewarnt, Ganimard ... die Entführung im Ballon ... durch Ihre Schuld! Seien Sie nächstes Mal weniger mitfühlend. Vor allen Dingen erinnern Sie sich aber daran, daß Arsène Lupin sich nicht schlagen und ohne ernstlichen Grund Mißhandlungen aussetzen läßt. Adieu ...«

Die Kabine war schon geschlossen und der Aufzug mit Ganimard in die unteren Etagen befördert. Das alles geschah so schnell, daß der alte Polizeibeamte seine Polizisten in der Nähe der Pförtnerloge einholte.

Ohne ein Wort zu wechseln, überquerten sie in aller Eile den Hof und stiegen die Hintertreppe hinauf, da sie die einzige Möglichkeit war, zur Etage der Dienstboten zu gelangen, die der Fluchtweg sein mußte.

Ein langer Flur mit vielen Biegungen und kleinen numerierten Zimmern führte zu einer Tür, die man einfach zugestoßen hatte. Auf der anderen Seite dieser Tür, in einem anderen Haus, folgte ein weiterer Flur mit ebensolchen Krümmungen und gleichen Zimmern. Am Ende befand sich die Hintertreppe. Ganimard lief hinunter, überquerte einen Hof, einen Vorplatz und stürzte in eine Straße, die Rue Picot. Da endlich begriff er: die beiden in die

Tiefe gebauten Häuser stießen aneinander, ihre Fassaden gingen auf zwei Straßen, die nicht senkrecht, sondern parallel verliefen und die voneinander um mehr als sechzig Meter entfernt waren.

Er trat in die Loge der Pförtnerin und zeigte seine Karte vor: »Sind eben vier Männer vorbeigekommen?«

»Ja, die beiden Diener aus der vierten und fünften Etage und zwei Freunde.«

»Wer wohnt im vierten und fünften Stock?«

»Die Herren Fauvel und ihre Vettern Provost ... Sie sind heute ausgezogen. Nur die beiden Diener sind noch hiergeblieben. Sie sind gerade fortgegangen.«

Aha! dachte Ganimard und ließ sich auf ein Sofa in der Loge fallen, was für ein schöner Fang uns entgangen ist! Die ganze Bande wohnte in diesem Häuserkomplex.

Vierzig Minuten später kamen zwei Herren im Auto am Nordbahnhof an und eilten, von einem Gepäckträger mit ihrem Gepäck gefolgt, zum Schnellzug nach Calais.

Der eine von ihnen trug den Arm in einer Binde, sein bleiches Gesicht zeugte nicht gerade von guter Gesundheit. Der andere schien fröhlich zu sein.

»Tempo, Wilson, wir dürfen den Zug nicht verpassen ... Oh! Wilson, diese zehn Tage werde ich nie vergessen.«

»Ich auch nicht.«

»Oh! Diese schönen Schlachten!«

»Himmlisch!«

»Kaum hie und da einige wenige kleine Ärgernisse ...«

»Sehr kleine.«

»Und schließlich der Triumph auf der ganzen Linie. Lupin verhaftet! Der blaue Diamant zurückerobert!«

»Mein Arm gebrochen!«

»Wenn es sich um derartige Genugtuungen handelt, was fällt da ein gebrochener Arm ins Gewicht?«

»Überhaupt der meine.«

»Aber ja! Erinnern Sie sich, Wilson, in demselben Augenblick, als Sie bei dem Apotheker waren und wie ein Held litten, habe ich den Faden gefunden, der mich in das Dunkel führte.«

»Was für eine Glücksstunde!«

Die Türen wurden geschlossen.

»Einsteigen, bitte. Beeilen wir uns, meine Herren.«

Der Gepäckträger kletterte in ein leeres Abteil und legte die Koffer ins Gepäcknetz, während Sholmes den unglücklichen Wilson hinaufzog.

»Was haben Sie denn, Wilson? Sie hören auch nicht auf ... Mehr Kraft, alter Freund ...«

»Es ist nicht Kraft, was mir fehlt.«

»Was denn?«

»Ich habe nur eine Hand zur Verfügung.«

»Ja und!« rief Sholmes fröhlich. »Das sind Geschichten. Man könnte meinen, daß nur Sie sich in diesem Zustand befinden! Und die Krüppel mit einem Arm? Die wirklichen Krüppel? Also gut, es geht ja vorbei.«

Er gab dem Gepäckträger ein Fünfzig-Centimes-Stück.

»Hier, mein Freund, das ist für Sie.«

»Danke, Mister Sholmes.«

Der Engländer hob den Blick: Arsène Lupin.

»Sie! ... Sie!« stammelte er entsetzt.

Und Wilson stotterte, während er seine gesunde Hand so in der Luft schwang wie jemand, der eine Tatsache beweist:

»Sie! Sie! Aber Sie sind verhaftet! Sholmes hat es mir gesagt. Als er Sie verließ, waren Sie von Ganimard und seinen dreißig Leuten eingekreist ...«

Lupin verschränkte die Arme und sagte mit entrüstetem Gesicht:

»Sie haben also geglaubt, ich würde Sie abreisen lassen, ohne Ihnen adieu gesagt zu haben? Nach den ausgezeichneten freundschaftlichen Beziehungen, die wir miteinander hatten! Aber das wäre wirklich ungehörig! Für wen halten Sie mich?«

Der Fahrdienstleiter pfiff.

»Ich verzeihe Ihnen noch einmal ... Aber haben Sie alles,

was Sie brauchen? Ihren Tabak, Streichhölzer . . . Ja . . . und die Abendzeitungen? Meister, Sie werden darin die Einzelheiten über meine Verhaftung, Ihre letzte Heldentat, finden. Und jetzt, auf Wiedersehen, ich freue mich wirklich! . . . Und wenn Sie mich brauchen, wäre ich sehr glücklich.«

Er sprang auf den Bahnsteig und schloß die Tür.

»Adieu«, sagte er noch einmal und winkte mit dem Taschentuch. »Adieu, . . . ich werde Ihnen schreiben . . . Sie auch, nicht wahr? Und Ihr gebrochener Arm, Mister Wilson? Ich warte auf Nachricht von Ihnen beiden . . . Eine Postkarte von Zeit zu Zeit . . . Als Adresse: Lupin, Paris . . . das genügt . . . nicht nötig, zu frankieren . . . Adieu . . . bis bald . . .«

Die Judenlampe

1. Kapitel

Herlock Sholmes und Wilson saßen jeder auf einer Seite des großen Kamins und streckten ihre Beine zum anheimelnden Koksfeuer.

Sholmes' Pfeife, eine kurze Bruyère mit silbernem Pfeifendekkel, ging aus. Er klopfte die Asche aus, stopfte sie von neuem, zündete sie an, zog die Schöße seines Morgenmantels über die Knie und sog aus seiner Pfeife große Züge, die er sorgfältig in kleinen Ringen zur Decke ausstieß.

Wilson sah ihn an. Er sah ihn an, wie ein auf der Fußdecke vor dem Kamin zusammengerollter Hund seinen Herrn ansieht, mit großen Augen, ohne ein Zucken der Lider, mit Augen, die keine andere Hoffnung ausdrücken, als die erwartete Geste widerzuspiegeln. Würde der Meister das Schweigen brechen? Würde er ihm das Geheimnis seiner augenblicklichen Gedanken enthüllen und ihn in das Königreich der Meditation einbeziehen, dessen Eintritt ihm, Wilson, verwehrt schien?

Sholmes schwieg.

Wilson riskierte ein Wort:

»Die Zeiten sind ruhig. Keine einzige harte Nuß für uns zu knacken.«

Sholmes schwieg immer beharrlicher, aber seine Rauchringe gelangen ihm immer besser, und jeder andere als Wilson hätte daraus auf jene tiefe Genugtuung geschlossen, in denen geringe Erfolge unserer Eigenliebe so sehr schmeicheln, daß das Gehirn vollständig leer ist.

Wilson stand entmutigt auf und ging zum Fenster.

Die traurige Straße erstreckte sich zwischen den düsteren Fassaden der Häuser unter einem schwarzen Himmel, von dem ein bösartiger, wütender Regen prasselte. Ein Zweispänner fuhr vorüber, noch ein Zweispänner, Wilson schrieb ihre Nummern in sein Notizbuch. Kann man jemals wissen?

»Da«, rief er, »der Briefträger.«

Der Mann trat, von dem Diener geführt, ein.

»Zwei eingeschriebene Briefe, Sir. Würden Sie bitte unterschreiben?«

Sholmes unterzeichnete, begleitete den Mann bis zur Tür und kehrte ins Zimmer zurück, während er den einen Brief aufriß.

»Sie machen ein ganz glückliches Gesicht«, bemerkte Wilson nach einer Weile.

»Dieser Brief enthält einen sehr interessanten Vorschlag. Sie wollten doch eine harte Nuß, hier ist sie. Lesen Sie . . .«

Wilson las:

Sehr geehrter Herr!

Ich möchte Sie um die Hilfe Ihrer Erfahrung bitten. Ich bin das Opfer eines schwerwiegenden Diebstahls, und die bisher durchgeführten Untersuchungen scheinen kein Ergebnis zu zeitigen. Ich schicke Ihnen mit gleicher Post einen Stapel Zeitungen, aus denen Sie alles über diese Angelegenheit erfahren werden. Wenn Sie Lust haben, sie zu verfolgen, stelle ich Ihnen mein Haus zur Verfügung und bitte Sie, auf beiliegendem, von mir unterzeichnetem Scheck die Summe einzutragen, die Sie als Reisekosten festzusetzen belieben.

Ich wäre Ihnen dankbar, wenn Sie mir Ihre Antwort durch ein Telegramm mitteilen würden, und verbleibe hochachtungsvoll

Baron Victor d'Imblevalle
18, Rue Murillo.

»Ha, ha!« rief Sholmes, »das läßt sich gut an . . . eine kleine Reise nach Paris, bei Gott, warum nicht? Seit meinem berühmten Duell mit Arsène Lupin habe ich keine Gelegenheit mehr gehabt, dorthin zurückzukehren. Ich wäre nicht ärgerlich, wenn ich die Hauptstadt der Welt unter ein wenig ruhigeren Bedingungen wiedersehen würde.«

Er zerriß den Scheck in vier Teile, und während Wilson, dessen Arm seine frühere Beweglichkeit nicht wieder erlangt hatte, über Paris bittere Worte sprach, öffnete er den zweiten Umschlag.

Im selben Augenblick entfuhr ihm eine gereizte Bewegung, eine steile Falte erschien während des Lesens auf seiner Stirn, er knüllte das Papier zu einer Kugel zusammen und warf es heftig auf den Fußboden.

»Was? Was ist los?« fragte Wilson verstört.

Er hob das zerknüllte Papier auf, strich es glatt und las mit wachsender Verblüffung:

Mein lieber Meister!

Sie kennen die Bewunderung, die ich für Sie empfinde, und das Interesse, das ich an Ihrem Ruf habe. Glauben Sie mir und kümmern Sie sich nicht um die Angelegenheit, in der man Sie um Hilfe bittet. Ihr Eingreifen würde viel Schaden anrichten, alle Ihre Bemühungen würden nur zu einem kläglichen Ergebnis führen, und Sie würden gezwungen sein, öffentlich Ihre Schlappe einzugestehen.

Da ich von Herzen wünsche, Ihnen eine derartige Demütigung zu ersparen, beschwöre ich Sie im Namen der Freundschaft, die uns verbindet, schön ruhig an Ihrem Herdfeuer zu bleiben.

Meine besten Empfehlungen an Mister Wilson, und Ihnen, mein lieber Meister, die hochachtungsvolle Ehrerbietung von Ihrem ergebenen – Arsène Lupin.

»Arsène Lupin!« wiederholte Wilson verwirrt.

Sholmes begann, auf den Tisch zu hämmern.

»Ah! Er fängt an, mich zu ärgern, der Kerl! Er macht sich über mich wie über einen dummen Jungen lustig. Das öffentliche Zugeständnis meiner Schlappe! Habe ich ihn nicht gezwungen, den blauen Diamanten herauszurücken?«

»Er hat Angst«, bemerkte Wilson.

»Sie reden Dummheiten! Arsène Lupin hat niemals Angst, der Beweis ist, daß er mich herausfordert.«

»Aber woher weiß er von dem Brief, den uns der Baron d'Imblevalle schickt?«

»Was weiß ich? Sie stellen idiotische Fragen, mein Lieber.«

»Ich dachte ... ich stellte mir vor ...«

»Was? Daß ich ein Hexenmeister bin?«

»Nein, aber ich habe Sie solche Wunder vollbringen sehen!«

»Niemand vollbringt Wunder ... ich nicht mehr als ein anderer. Ich überlege, ich folgere, ich ziehe Schlüsse, aber ich rate nicht. Nur Dummköpfe raten.«

Wilson, in der bescheidenen Haltung eines getretenen Hundes, bemühte sich, um kein Dummkopf zu sein, nicht zu erraten, warum Sholmes das Zimmer mit großen gereizten Schritten durchmaß. Als aber Sholmes seinem Diener geklingelt und ihm befohlen hatte, sein Gepäck vorzubereiten, glaubte sich Wilson im Recht, da es jetzt eine greifbare Tatsache gab, zu überlegen, zu folgern und Schlüsse zu ziehen, daß der Meister auf Reisen ging.

Dieselbe Geistesanstrengung erlaubte es ihm, als ein Mann, der den Irrtum nicht fürchtet, zu bestätigen:

»Herlock, Sie fahren nach Paris.«

»Möglich.«

»Und Sie fahren mehr noch aus dem Grund, auf die Provokation von Lupin zu antworten, als um Baron d'Imblevalle zu helfen.«

»Möglich.«

»Herlock, ich begleite Sie.«

»Oho, alter Freund«, rief Sholmes, indem er seinen Spaziergang unterbrach, »Sie haben also keine Angst, daß Ihr linker Arm das Los des rechten teilen wird?«

»Was kann mir passieren? Sie werden da sein.«

»Bravo, Sie sind ein ganzer Kerl! Und wir werden dem Herrn beweisen, wie sehr er unrecht hat, uns den Handschuh mit so viel Unverfrorenheit ins Gesicht zu werfen. Schnell, Wilson, wir treffen uns am nächsten Zug.«

»Ohne die Zeitungen abzuwarten, die der Baron uns angekündigt hat?«

»Wozu sollen die gut sein?«

»Soll ich ein Telegramm schicken?«

»Nicht nötig. Arsène Lupin würde dadurch meine Ankunft erfahren. Darauf lege ich keinen Wert. Dieses Mal müssen wir vorsichtig spielen.«

Am Nachmittag schifften sich die beiden Freunde in Dover ein. Die Überfahrt verlief ausgezeichnet. In dem Schnellzug von Calais nach Paris genehmigte sich Sholmes drei Stunden tiefen Schlaf, während Wilson an der Tür zum Abteil Wache hielt und mit unbestimmbarem Blick sinnierte.

Sholmes wachte fröhlich und munter auf. Die Aussicht auf ein neues Duell mit Arsène Lupin begeisterte ihn, und er rieb sich mit der zufriedenen Miene eines Mannes, der sich darauf vorbereitet, unermeßliche Freuden zu genießen, die Hände.

»Endlich«, rief Wilson, »wir werden wieder gelenkig werden.«

Und er rieb sich mit der gleichen zufriedenen Miene die Hände. Auf dem Bahnhof nahm Sholmes die Decken, und während Wilson das Gepäck trug – jedem das Seine –, gab er die Fahrkarten ab und ging fröhlich auf die Straße.

»Schönes Wetter, Wilson . . . Sonne! Paris hat sich geschmückt, um uns zu empfangen.«

»Was für eine Menschenmenge!«

»Um so besser, Wilson, so laufen wir keine Gefahr, gesehen zu werden. Niemand wird uns in dieser Masse erkennen.«

»Mister Sholmes, nicht wahr?«

Er blieb ein wenig verwirrt stehen. Wer zum Teufel konnte ihn beim Namen nennen?

Eine Frau ging an seiner Seite, ein junges Mädchen eher, dessen sehr einfache Kleidung die vornehme Gestalt unterstrich und dessen hübsches Gesicht einen unruhigen und schmerzlichen Ausdruck hatte.

Sie wiederholte:

»Sie sind doch Mister Sholmes?«

Als er ebenso aus Verwirrung als auch aus gewöhnlicher Vorsicht schwieg, fragte sie ein drittes Mal:

»Ich habe doch die Ehre, mit Mister Sholmes zu sprechen?«

»Was wollen Sie von mir?« fragte er ziemlich mürrisch, da ihm diese Begegnung reichlich seltsam erschien.

Sie verstellte ihm den Weg.

»Hören Sie, Sir, es ist sehr ernst, ich weiß, daß Sie in die Rue Murillo gehen.«

»Was sagen Sie?«

»Ich weiß ... ich weiß ... Rue Murillo, Nummer 18. Sie dürfen aber nicht ... nein, Sie dürfen nicht dorthin gehen. Ich versichere Ihnen, daß Sie es bedauern würden. Wenn ich Ihnen das sage, dürfen Sie nicht denken, daß ich irgendein Interesse daran hätte. Es geschieht aus Vernunft, aus Gewissensgründen.«

Er versuchte sie beiseite zu schieben, sie ließ sich jedoch nicht beirren.

»Oh, ich bitte Sie, bestehen Sie nicht darauf ... Oh, wenn ich nur wüßte, wie ich Sie überzeugen könnte! Sehen Sie in mein Inneres, auf den Grund meiner Augen ... sie sind ernst ... sie sagen die Wahrheit.«

Sie bot ihm offen ihre Augen dar, schöne ernste und klare Augen, in denen sich die Seele zu spiegeln schien. Wilson nickte mit dem Kopf:

»Mademoiselle meint es ernst.«

»Aber ja«, flehte sie, »Sie müssen Vertrauen haben ...«

»Ich habe Vertrauen, Mademoiselle«, erwiderte Wilson.

»Oh, wie glücklich ich bin! Und Ihr Freund auch, nicht wahr? Ich fühle es ... ich bin sicher! Was für ein Glück! Alles wird in Ordnung kommen! Oh! Was für einen guten Gedanken ich hatte! ... Da, Monsieur, da geht in zwanzig Minuten ein Zug nach Calais ... Sie werden ihn nehmen ... Schnell, folgen Sie mir ... der Weg geht hier entlang, und Sie haben gerade noch Zeit ...«

Sie versuchte, ihn mitzuziehen. Sholmes ergriff ihren Arm und sagte mit einer Stimme, die so sanft wie möglich klingen ließ:

»Entschuldigen Sie, Mademoiselle, daß ich Ihrem Wunsch nicht nachkommen kann, aber ich gebe niemals eine Aufgabe auf, die ich begonnen habe.«

»Ich flehe Sie an ... ich flehe Sie an ... Oh, wenn Sie doch begreifen könnten!«

Er ging nicht auf ihre Worte ein und entfernte sich mit schnellen Schritten.

Wilson sagte zu dem jungen Mädchen:

»Haben Sie Hoffnung ... er wird die Sache zu Ende führen ... er hat noch nie einen Mißerfolg gehabt ...«

Und laufend holte er Sholmes ein.

HERLOCK SHOLMES – ARSÈNE LUPIN

Auf diese in großen schwarzen Buchstaben geschriebenen Worte stießen sie nach den nächsten Schritten. Sie traten näher heran; eine Reihe Plakatträger gingen hintereinander her, in der Hand trugen sie schwere eisenbeschlagene Stöcke, mit denen sie im Takt auf den Gehweg schlugen, auf ihren Rücken schleppten sie riesige Plakate, auf denen zu lesen stand:

DAS MATCH HERLOCK SHOLMES – ARSÈNE LUPIN. ANKUNFT DES ENGLISCHEN CHAMPIONS. DER GROSSE DETEKTIV WAGT SICH AN DAS GEHEIMNIS IN DER RUE MURILLO. LESEN SIE DIE EINZELHEITEN IN DER ZEITUNG ›ECHO DE FRANCE‹.

Wilson schüttelte den Kopf.

»Sagen Sie, Herlock, und wir haben uns gerühmt, inkognito zu arbeiten. Ich wäre nicht überrascht, wenn uns die Volksmiliz in der Rue Murillo erwartet und es einen offiziellen Empfang mit Ansprachen und Champagner geben würde.«

»Wenn Sie Geist beweisen, Wilson, sind Sie doppelt soviel wert«, knirschte Sholmes.

Er ging auf einen der Männer zu in der deutlichen Absicht, ihn zwischen seine mächtigen Fäuste zu nehmen und ihn zu zermalmen, ihn und sein Plakat. Die Menge scharte sich währenddessen um die Plakate. Man scherzte und lachte.

Seinen Wutanfall unterdrückend, fragte Sholmes einen der Männer:

»Wann hat man Sie angestellt?«

»Heute morgen.«

»Wann haben Sie Ihren Spaziergang begonnen?«

»Vor einer Stunde.«

»Aber die Plakate standen schon bereit?«

»Ja, natürlich ... Als wir heute früh zur Agentur kamen, waren sie schon da.«

So hatte also Arsène Lupin vorausgesehen, daß Sholmes die Herausforderung annehmen würde. Noch mehr, Lupins Brief bewies, daß er diese Schlacht wünschte und daß es ihm in seine Pläne paßte, sich noch einmal mit seinem Rivalen zu messen. Warum? Was für ein Grund trieb ihn dazu, den Kampf von neuem aufzunehmen?

Herlock zögerte eine Sekunde lang. Lupin mußte seines Sieges sehr sicher sein, um so viel Frechheit aufzubringen, und würde er nicht in die Falle gehen, wenn er so auf den ersten Ruf herbeieilte?

»Gehen wir, Wilson! Kutscher, Rue Murillo Nummer 18«, rief er mit erwachender Energie.

Mit geschwollenen Adern und verkrampften Fäusten, als ginge er zu einem Boxkampf, sprang er in den Wagen.

In der Rue Murillo standen luxuriöse Privathäuser, deren hintere Fassaden an den Park Monceau grenzten. Eines der schönsten dieser Häuser war die Nummer 18, und Baron d'Imblevalle, der es mit seiner Frau und seinen Kindern bewohnte, hatte es als Künstler und Millionär aufs prächtigste ausgestattet. Vor dem Haus erstreckte sich ein großer Vorgarten, rechts und links war es von Seitenflügeln eingerahmt. Nach hinten hinaus verwuchsen die Äste seiner Bäume mit den Bäumen im Park.

Nachdem sie geklingelt hatten, überquerten die beiden Engländer den Hof und wurden von einem Lakai empfangen, der sie in einen kleinen Salon in einem der Seitenflügel führte.

Sie setzten sich und streiften mit einem schnellen Blick die kostbaren Gegenstände in dem Boudoir.

»Hübsche Sachen«, murmelte Wilson, »Geschmack und Phantasie . . . Man kann folgern, daß die, die die Muße hatten, diese Dinge ausfindig zu machen, Leute in einem gewissen Alter sind . . . fünfzig Jahre alt vielleicht . . .«

Er konnte den Satz nicht vollenden. Die Tür hatte sich geöffnet, und Baron d'Imblevalle trat, von seiner Frau begleitet, ein.

Im Gegensatz zu Wilsons Folgerungen waren sie beide jung, elegant gekleidet, von lebhaften Bewegungen und Worten. Beide erschöpften sich in Danksagungen.

»Sie sind wirklich zu freundlich! Eine solche Störung! Wir sind über den uns zugestoßenen Ärger fast glücklich, da er uns das Vergnügen schafft . . .«

»Was für Charmeure, diese Franzosen!« dachte Wilson, der sich nicht scheute, gründlich zu beobachten.

»Aber Zeit ist Geld«, rief der Baron, »überhaupt Ihre Zeit, Mister Sholmes. Deswegen unmittelbar zum Ziel! Was halten Sie von der Sache? Glauben Sie, sie zu einem guten Ende zu führen?«

»Um sie zu einem guten Ende zu führen, muß man sie zunächst kennenlernen.«

»Sie kennen sie nicht?«

»Nein, und ich bitte Sie, mir die Dinge ausführlich zu erzählen, ohne etwas auszulassen. Worum handelt es sich?«

»Es handelt sich um einen Diebstahl.«

»Wann fand er statt?«

»Letzten Sonnabend«, erwiderte der Baron, »in der Nacht von Sonnabend auf Sonntag.«

»Also vor sechs Tagen. Jetzt höre ich.«

»Ich muß zunächst erwähnen, Monsieur, daß meine Frau und ich, da wir uns der Lebensart, die unsere Situation fordert, anpassen, wenig ausgehen. Die Erziehung unserer Kinder, einige Empfänge, die Verschönerung unseres Hauses, das ist unser

Dasein, und wir verbringen alle Abende oder fast alle in diesem Raum, der das Boudoir meiner Frau ist und in dem wir einige Kunstgegenstände aufgestellt haben. Letzten Sonnabend also löschte ich gegen elf Uhr das Licht, und meine Frau und ich zogen uns wie gewöhnlich in unser Schlafzimmer zurück.«

»Wo befindet es sich?«

»Nebenan, es ist die Tür hier, die Sie sehen. Am nächsten Morgen, das heißt am Sonntag, stand ich früh auf. Da Suzanne – meine Frau – noch schlief, ging ich so leise wie möglich in dieses Boudoir, um sie nicht zu wecken. Wie groß war mein Erstaunen, als ich feststellte, daß dieses Fenster offenstand, während wir es am Vorabend geschlossen hatten!«

»Ein Diener . . .«

»Niemand betritt morgens den Raum, bevor wir nicht geklingelt haben. Außerdem mache ich mir immer die Mühe, den Riegel dieser zweiten Tür vorzuschieben, die mit dem Vorzimmer in Verbindung steht. Also war das Fenster geöffnet worden. Ich bekam auch den Beweis dafür: die zweite Scheibe des rechten Fensters war neben dem Drehriegel herausgeschnitten worden.«

»Und dieses Fenster?«

»Dieses Fenster geht, wie Sie sich überzeugen können, auf eine kleine, von einem steinernen Balkon umgebene Terrasse hinaus. Wir befinden uns hier in der ersten Etage. Sie sehen den Garten, der hinter dem Haus liegt, und das Tor, das ihn vom Park Monceau trennt. Es besteht also die Gewißheit, daß der Mann vom Park Monceau her gekommen ist, das Tor mit einer Leiter überklettert hat und bis zur Terrasse gestiegen ist.«

»Es besteht die Gewißheit, sagen Sie?«

»An jeder Seite des Tores hat man in der weichen Erde der Gartenbeete Löcher gefunden, die die Leiter hinterlassen hat, die beiden selben Löcher befanden sich unter der Terrasse. Schließlich fand man am Balkon zwei leichte Kratzer, die offensichtlich vom Anlehnen der Leiter stammen.

»Wird der Park Monceau nachts nicht zugeschlossen?«

»Zugeschlossen, nein, außerdem wird auf dem Grundstück

Nummer 14 ein Haus gebaut. Es ist leicht, von dort aus hereinzukommen.«

Herlock Sholmes überlegte eine Weile und fragte dann weiter: »Kommen wir zum Diebstahl. Er soll also in dem Zimmer, in dem wir uns jetzt befinden, begangen worden sein?«

»Ja. Zwischen dieser Jungfrau aus dem XII. Jahrhundert und dem Tabernakel aus ziseliertem Silber stand eine kleine Judenlampe. Sie ist verschwunden.«

»Das ist alles?«

»Alles.«

»Aha, und was verstehen Sie unter einer Judenlampe?«

»Es sind Kupferlampen, die man früher gebrauchte, sie bestehen aus einem Stiel und einem Behälter, der das Öl enthält. Aus diesem Behälter springen an Dochten zwei und mehr Flammen hervor.«

»Alles in allem ein Gegenstand ohne großen Wert.«

»Ohne großen Wert, in der Tat. Aber die Lampe enthielt ein Versteck, in dem wir gewöhnlich ein wunderbares altes Schmuckstück verbargen, eine goldene Chimäre, mit Rubinen und Smaragden eingefaßt, die von großem Wert ist.«

»Warum taten Sie das?«

»Mein Gott, Sir, ich könnte es Ihnen nicht genau sagen. Vielleicht aus dem einfachen Vergnügen, ein Versteck dieser Art zu gebrauchen.«

»Niemand kannte es?«

»Niemand.«

»Außer natürlich dem Dieb der Chimäre«, bemerkte Sholmes. »Sonst hätte er sich nicht die Mühe gemacht, die Judenlampe zu stehlen.«

»Natürlich. Aber wieso konnte er es kennen, da wir doch nur durch Zufall den geheimen Mechanismus dieser Lampe entdeckt haben?«

»Durch denselben Zufall hat es jemand anderer entdecken können ... ein Diener ... ein Freund des Hauses ... Aber fahren wir fort; das Gericht wurde benachrichtigt?«

»Sicher. Der Untersuchungsrichter hat seine Ermittlungen gemacht. Die Kriminalberichterstatter aller großen Zeitungen haben ebenfalls ihre Untersuchungen vorgenommen. Aber es scheint, wie ich Ihnen ja schrieb, daß das Problem nicht die geringste Chance hat, gelöst zu werden.«

Sholmes stand auf, ging zum Fenster, untersuchte es wie auch die Terrasse, den Balkon, nahm seine Lupe, um die beiden Kratzer in dem Stein zu untersuchen, und bat Baron d'Imblevalle, ihn in den Garten zu führen.

Draußen setzte sich Sholmes einfach in einen Korbsessel und betrachtete mit träumerischem Blick das Dach des Hauses. Dann ging er plötzlich zu zwei kleinen Holzkästen, mit denen man die von der Leiter hinterlassenen Löcher am Fuß der Terrasse bedeckt hatte, um den genauen Abdruck zu schützen. Er hob die Kästchen auf, kniete sich auf den Boden und suchte mit rundem Rücken und der Nase in zwanzig Zentimeter Entfernung vom Boden gründlich alles ab und nahm Maß. Dasselbe tat er an der Pforte, dieses Mal weniger ausführlich.

Er war fertig. Sie kehrten zusammen zum Boudoir zurück, in dem sie Madame d'Imblevalle erwartete.

Sholmes schwieg noch einige Minuten, dann sprach er:

»Schon zu Beginn Ihrer Erzählung, Baron, hat mich die wirklich zu simple Art des Einbruchs überrascht. Eine Leiter aufstellen, eine Scheibe herausschneiden, einen Gegenstand nehmen und fortgehen, nein, so etwas geht nicht so einfach vor sich. Das ist alles zu klar, zu deutlich.«

»So daß . . .?«

»So daß der Diebstahl der Judenlampe unter der Leitung Arsène Lupins ausgeführt worden sein muß . . .«

»Arsène Lupin!« rief der Baron.

»Aber er wurde ohne sein Zutun begangen, ohne daß jemand dieses Haus betrat . . . Ein Diener vielleicht, der von seiner Mansarde auf die Terrasse gestiegen ist, und zwar entlang einer Dachrinne, die ich vom Garten aus bemerkt habe.«

»Aber was beweist Ihnen das?«

»Arsène Lupin wäre nicht mit leeren Händen aus dem Boudoir gegangen.«

»Mit leeren Händen! Und die Lampe?«

»Das Mitnehmen der Lampe hätte ihn nicht daran gehindert, diese mit Diamanten besetzte Tabakdose oder das Halsband aus alten Opalen mitgehen zu lassen. Zwei Bewegungen hätte er mehr machen müssen. Wenn er sie nicht getan hat, so deswegen, weil der Dieb diese Dinge entweder nicht gesehen hat oder daran keinerlei Interesse hatte.«

»Aber die Spuren?«

»Komödie! Um den Verdacht abzulenken.«

»Die Kratzer an der Balustrade?«

»Lüge! Sie sind mit Glaspapier gemacht worden. Sehen Sie, hier sind einige Papierschnitzel, die ich aufgesammelt habe.«

»Die Spuren, die die Leiter hinterlassen hat?«

»Unsinn! Untersuchen Sie die beiden rechteckigen Löcher unterhalb der Terrasse und die beiden Löcher bei dem Tor. Ihre Form ist gleich, aber hier sind sie parallel, dort unten nicht. Messen Sie den Abstand zwischen den beiden Löchern: er ist verschieden. Am Fuß der Terrasse beträgt er 23 Zentimeter, an dem Tor aber 28 Zentimeter.«

»Und Sie schließen daraus?«

»Da ihre Form gleich ist, schließe ich daraus, daß die vier Löcher mit einem einzigen zurechtgeschnittenen Stück Holz gemacht wurden.«

»Der beste Beweis wäre das Stück Holz.«

»Hier ist es«, sagte Sholmes, »ich habe es im Garten unter einem Lorbeerbaum gefunden.«

Der Baron verbeugte sich voller Hochachtung. Vor vierzig Minuten hatte der Engländer die Schwelle dieser Tür überschritten, und es blieb nichts mehr von alledem übrig, was man bisher als Beweis für offensichtliche Tatsachen zu haben glaubte. Die Wirklichkeit, eine andere Wirklichkeit trat hervor, die sich auf etwas Greifbares gründete, auf die Schlußfolgerung eines Herlock Sholmes.

»Die Beschuldigung, die Sie gegen unser Personal erheben, ist sehr schwerwiegend, Monsieur«, sagte die Baronin. »Unsere Diener sind alte Diener der Familie, keiner von ihnen ist fähig, uns zu hintergehen.«

»Wenn keiner von ihnen Sie hinterging, wie erklären Sie sich dann die Tatsache, daß mich dieser Brief am selben Tag und mit derselben Post, mit der Sie mir schrieben, erreichen konnte?«

Er reichte der Baronin den Brief, den Arsène Lupin ihm geschrieben hatte.

Baronin d'Imblevalle war sprachlos.

»Arsène Lupin ... woher hat er gewußt ...«

»Sie haben niemandem etwas von Ihrem Brief erzählt?«

»Niemandem«, sagte der Baron, »der Gedanke kam uns neulich abends bei Tisch.«

»Vor den Dienern.«

»Nur unsere beiden Kinder waren dabei. Und außerdem, nein ... Sophie und Henriette waren nicht mehr bei Tisch, nicht wahr, Suzanne?«

Baronin d'Imblevalle überlegte und versicherte dann:

»Sie waren tatsächlich schon mit Mademoiselle gegangen.«

»Mademoiselle?« fragte Sholmes.

»Die Gouvernante, Mademoiselle Alice Demun.«

»Sie nimmt also ihre Mahlzeiten nicht mit Ihnen ein?«

»Nein, sie bekommt ihr Essen auf ihr Zimmer.«

Wilson hatte eine Idee.

»Der an meinen Freund Herlock Sholmes geschriebene Brief wurde zur Post gebracht.«

»Natürlich.«

»Wer brachte ihn hin?«

»Dominique, mein Kammerdiener seit zwanzig Jahren«, erwiderte der Baron. »Jede Suche in dieser Hinsicht wäre vergeudete Zeit.«

»Man vergeudet niemals seine Zeit, wenn man sucht«, bemerkte Wilson weise.

Die erste Untersuchung war zu Ende. Sholmes bat um die Erlaubnis, sich zurückziehen zu dürfen.

Eine Stunde später sah er Sophie und Henriette, die beiden Kinder der d'Imblevalles, bei Tisch, zwei niedliche Mädchen im Alter von acht und sechs Jahren. Man sprach wenig. Sholmes erwiderte die Freundlichkeit des Barons und dessen Gattin mit so abweisender Miene, daß sie sich entschlossen, zu schweigen. Man brachte den Kaffee. Sholmes stürzte den Inhalt seiner Tasse hinunter und stand auf.

In diesem Augenblick trat ein Diener ein, der ein Telegramm für ihn brachte. Er öffnete es und las:

Meine begeisterte Bewunderung. Die von Ihnen in so kurzer Zeit erzielten Ergebnisse sind überraschend. Ich bin bestürzt. – Arsène Lupin.

Er machte eine ärgerliche Bewegung und zeigte dem Baron die Depesche:

»Beginnen Sie nun zu glauben, Monsieur, daß Ihre Wände Augen und Ohren haben?«

»Ich verstehe überhaupt nichts«, murmelte Baron d'Imblevalle verblüfft.

»Ich auch nicht. Aber was ich verstehe, ist, daß man hier keine Bewegung machen kann, die nicht von ihm bemerkt wird. Kein Wort kann gesprochen werden, das er nicht hört.«

An diesem Abend legte sich Wilson mit dem leichten Gewissen eines Mannes zu Bett, der seine Pflicht erfüllt und keine andere Aufgabe mehr hat, als zu schlafen. Daher schlief er sehr schnell ein; schöne Träume erschienen ihm, in denen er Lupin allein verfolgte und ihn gerade mit eigener Hand verhaften wollte; das Gefühl dieser Verfolgung war so deutlich, daß er erwachte. Jemand streifte an seinem Bett entlang. Er griff nach seinem Revolver.

»Noch eine Bewegung, Lupin, und ich schieße.«

»Teufel! Was sind Sie für ein Draufgänger, alter Freund!«

»Wie? Sie sind es, Sholmes! Brauchen Sie mich?«

»Ich brauche Ihre Augen. Stehen Sie auf . . .«

Er führte ihn zum Fenster.

»Sehen Sie . . . dort, hinter dem Tor . . .«

»Im Park?«

»Ja. Sehen Sie nichts?«

»Ich sehe nichts.«

»Doch, Sie sehen etwas.«

»Ah, wirklich, einen Schatten . . . zwei sogar.«

»Nicht wahr? Gegen das Tor . . . Da, sie bewegen sich. Verlieren wir keine Zeit.«

Im Dunkeln tappend und am Geländer Halt suchend, stiegen sie die Treppe hinunter und kamen in ein Zimmer, das auf die Freitreppe des Gartens führte.

Durch die Scheiben der Tür sahen sie zwei Gestalten an demselben Platz stehen.

»Das ist merkwürdig«, sagte Sholmes, »ich glaube, ich höre Geräusche im Haus.«

»Im Haus? Unmöglich! Alle schlafen.«

»Hören Sie doch . . .«

In diesem Augenblick ertönte ein leiser Pfiff vom Tor her; sie sahen ein verschwommenes Licht, das vom Haus zu kommen schien.

»Die d'Imblevalles haben Licht«, murmelte Sholmes. »Es ist ihr Zimmer, das über unserem liegt.«

»Zweifellos sind sie es, die wir gehört haben«, sagte Wilson. »Vielleicht überwachen sie gerade das Tor.«

Ein zweiter Pfiff, der noch leiser war.

»Ich begreife nicht, ich begreife nicht«, sagte Sholmes gereizt.

»Ich auch nicht«, gestand Wilson.

Sholmes drehte den Schlüssel im Schloß, schob den Riegel zurück und öffnete vorsichtig den Flügel.

Ein dritter Pfiff, ein wenig lauter als die anderen und in einer anderen Tonart. Über ihren Köpfen wurde das Geräusch lauter und heftiger.

»Man könnte eher meinen, daß es von der Terrasse des Boudoirs herkommt«, flüsterte Sholmes.

Er steckte den Kopf durch den Türspalt, zog ihn aber sofort wieder zurück, während er einen Fluch unterdrückte. Jetzt sah Wilson hinaus. Ganz dicht neben ihnen lehnte eine Leiter an der Wand, die an den Balkon der Terrasse gestützt war.

»Verdammt«, sagte Sholmes, »es ist jemand im Boudoir! Das haben wir gehört. Schnell, nehmen wir die Leiter weg.«

In diesem Augenblick glitt eine Gestalt von oben nach unten, die Leiter wurde weggenommen, und der Mann, der sie trug, lief eilig zum Tor, zu der Stelle, an der ihn seine Komplizen erwarteten. Mit einem Satz waren Sholmes und Wilson hinterher gestürzt. Sie stießen auf den Mann, als er gerade die Leiter gegen das Tor lehnte. Von der anderen Seite fielen zwei Schüsse.

»Verwundet?« rief Sholmes.

»Nein«, erwiderte Wilson.

Er umschlang den Körper des Mannes und versuchte, ihn zurückzuhalten. Aber der Mann wandte sich um, packte ihn mit der einen Hand und stieß ihm mit der anderen sein Messer mitten in die Brust. Wilson stieß einen Seufzer aus, schwankte und fiel zu Boden.

»Verflucht!« heulte Sholmes, »wenn man ihn mir getötet hat, töte ich auch.«

Er streckte Wilson auf dem Rasen aus und stürzte zur Leiter. Zu spät . . . der Mann war hinaufgeklettert, wurde von seinem Komplizen in Empfang genommen und floh durch die Büsche.

»Wilson, Wilson, es ist nicht schlimm, nicht? Ein harmloser Kratzer?«

Die Türen des Hauses wurden plötzlich aufgestoßen. Als erster erschien Baron d'Imblevalle, dann die Diener mit Kerzen.

»Was? Was ist los?« rief der Baron. »Ist Mister Wilson verwundet?«

»Nichts, nur eine leichte Schramme«, widerholte Sholmes, indem er sich selbst beruhigen wollte.

Das Blut floß in Strömen, das Gesicht war leichenblaß.

Der Arzt stellte zwanzig Minuten später fest, daß die Messerspitze vier Millimeter vom Herzen entfernt steckengeblieben war.

»Vier Millimeter vom Herzen?! Dieser Wilson hat schon immer Glück gehabt«, schloß Sholmes fast neidisch.

»Glück . . . Glück . . .« brummte der Arzt.

»Verdammt, mit seiner starken Konstitution braucht er nur . . .«

»Sechs Wochen Bettruhe und zwei Monate Erholungszeit.«

»Nicht mehr?«

»Nein, wenn keine Komplikationen auftreten.«

»Warum, zum Teufel, wollen Sie, daß Komplikationen auftreten?«

Vollkommen beruhigt folgte Sholmes dem Baron ins Boudoir. Dieses Mal hatte der geheimnisvolle Besucher nicht so bescheiden gehandelt. Ohne Scham hatte er die mit Diamanten besetzte Tabaksdose, das Opalhalsband und wahllos alles, was in den Taschen eines ehrlichen Einbrechers Platz hatte, mitgehen lassen.

Das Fenster stand noch offen, eine Scheibe war sauber herausgeschnitten, und beim ersten Tageslicht ergab eine gründliche Untersuchung, daß die Leiter von dem Haus stammte, das im Bau war, und dies der Weg war, den die Einbrecher genommen hatten.

»Kurz und gut«, sagte Baron d'Imblevalle ein wenig ironisch, »alles deutet darauf hin, daß dies die genaue Wiederholung des Diebstahls der Judenlampe ist.«

»Ja, wenn man die erste Version des Gerichts annimmt.«

»Sie nehmen sie also noch nicht an? Erschüttert dieser zweite Diebstahl nicht Ihre Meinung über den ersten?«

»Er bestätigt sie, Monsieur.«

»Ist das möglich! Sie haben den unwiderlegbaren Beweis, daß der Einbruch in dieser Nacht von einem Außenstehenden verübt wurde, und Sie beharren darauf, zu behaupten, daß die Judenlampe von jemandem unserer Umgebung gestohlen wurde?«

»Von jemandem, der in diesem Haus wohnt.«

»Wie erklären Sie sich dann . . .?«

»Ich erkläre mir überhaupt nichts, Monsieur, ich stelle zwei

Tatsachen fest, die miteinander nur scheinbare Verbindungen haben, ich beurteile sie jede für sich und suche das Gemeinsame, das sie miteinander verbindet.«

Seine Überzeugung war so tief, seine Art zu handeln stützte sich auf so mächtige Gründe, daß der Baron sich verbeugte:

»Gut. Wir werden den Kommissar benachrichtigen.«

»Auf keinen Fall!« rief der Engländer erregt. »Auf keinen Fall! Ich pflege mich an diese Leute nur zu wenden, wenn ich sie brauche.«

»Aber die Schüsse?«

»Unwichtig.«

»Ihr Freund?«

»Mein Freund ist nur verwundet ... Fordern Sie von dem Arzt, daß er schweigt. Ich übernehme dem Gericht gegenüber die Verantwortung für alles.«

Zwei Tage verliefen ohne Zwischenfälle, aber Sholmes verfolgte währenddessen seine Arbeit mit solcher Besessenheit und Akribie, die durch die Erinnerung an den tollkühnen Überfall noch gesteigert wurden, der unter seinen Augen, trotz seiner Anwesenheit und ohne daß er den Erfolg verhindern konnte, durchgeführt worden war. Unermüdlich durchsuchte er das Haus und den Garten, unterhielt sich mit den Dienstboten und hielt sich lange in der Küche und im Stall auf. Und obgleich er keinen Hinweis fand, der ihm hätte helfen können, verlor er nicht den Mut.

»Ich werde etwas finden«, dachte er, »hier werde ich etwas finden. Es handelt sich nicht wie in der Affäre der blonden Dame darum, auf das Abenteuer loszugehen und auf unbekannten Wegen ein Ziel zu erreichen, das ich nicht kannte. Dieses Mal befinde ich mich auf dem Gebiet, auf dem der Kampf stattgefunden hat. Der Feind ist nicht mehr nur der ungreifbare und unsichtbare Lupin, es ist ein Komplize aus Fleisch und Blut, der lebt und der sich in diesem Haus aufhält. Bei der geringsten Einzelheit habe ich ihn.«

Diese Einzelheit, aus der er diese Folgerungen ziehen sollte, und zwar mit einer so wunderbaren Geschicklichkeit, daß man die

Affäre der Judenlampe zu denjenigen rechnen kann, bei denen sein Genie als Detektiv am sieghaftesten zum Ausdruck kam; diese Einzelheit brachte ihm der Zufall.

Als er am Nachmittag des dritten Tages in ein über dem Boudoir gelegenes Zimmer, das den Kindern als Studierzimmer diente, trat, stieß er auf Henriette, die kleinere der beiden Schwestern. Sie suchte eine Schere.

»Weißt du«, sagte sie zu Sholmes, »ich mache auch solche Papiere, wie das, das du neulich abend bekommen hast.«

»Neulich abend?«

»Ja, als wir mit dem Essen fast fertig waren. Du hast ein Papier mit Streifen drauf bekommen ... weißt du, ein Telegramm ... na, und ich mache auch solche.«

Sie ging hinaus. Für jeden anderen hätten diese Worte nichts bedeutet als eine unbedeutende Spielerei eines Kindes, und Sholmes selbst hörte nur mit halbem Ohr zu und setzte seine Untersuchung fort. Doch plötzlich lief er hinter dem Kind her, dessen letzter Satz ihn mit einemmal verblüffte. Er erreichte es oben auf der Treppe und fragte:

»Also, du klebst auch Streifen auf Papier?«

Henriette erklärte sehr stolz:

»Aber ja, ich zerschneide Wörter und klebe sie auf.«

»Und wer hat dir dieses kleine Spiel gezeigt?«

»Mademoiselle ... meine Gouvernante ... ich habe gesehen, wie sie es auch machte. Sie schneidet Wörter aus den Zeitungen und klebt ...«

»Und was macht sie damit?«

»Telegramme, Briefe, die sie fortschickt.«

Herlock Sholmes kehrte, durch diese Mitteilung sehr verwirrt, ins Kinderzimmer zurück und bemühte sich, die Folgerungen daraus zu ziehen, die sie enthielt.

Ein Stapel Zeitungen lag auf dem Kamin. Er faltete sie auseinander und sah tatsächlich, daß Wortgruppen oder Zeilen, die gleichmäßig und sauber ausgeschnitten worden waren, fehlten. Aber er brauchte nur die vorhergehenden oder nachfolgenden Wörter zu lesen, um festzustellen, daß die fehlenden Wörter beliebig mit der Schere, offensichtlich von Henriette, herausgeschnitten worden waren. Es konnte sein, daß sich in dem Bündel Zeitungen eine befand, die Mademoiselle selbst zerschnitten hatte. Aber wie sollte er das herausbekommen.

Mechanisch blätterte Herlock die Schulbücher durch, die auf dem Tisch aufgestapelt waren, dann nahm er andere, die auf dem Bord eines Schrankes lagen. Plötzlich stieß er einen Freudenschrei aus. In einer Ecke des Schrankes hatte er unter alten aufgeschichteten Heften ein Album für Kinder gefunden, ein Alphabet, das mit Bildern verziert war, und auf einer der Seiten dieses Albums sah er eine leere Stelle.

Er prüfte sie nach. Es war die Aufzählung der Wochentage. Montag, Dienstag, Mittwoch usw. Das Wort Sonnabend fehlte. Der Diebstahl der Judenlampe hatte in der Nacht eines Sonnabends stattgefunden. Herlock verspürte das winzige Zusammenziehen seines Herzens, das ihm immer deutlich verkündete, daß er den Knoten einer Verwicklung berührt hatte. Dieser Druck der Wahrheit, diese Erregung der Gewißheit enttäuschte ihn nie.

Fieberhaft und vertrauensvoll beeilte er sich, das Album durchzublättern. Ein wenig weiter erwartete ihn eine weitere Überraschung.

Es war eine Seite mit Großbuchstaben, der eine Zeile mit Zahlen folgte.

Neun der Buchstaben und drei der Ziffern waren sorgfältig ausgeschnitten.

Sholmes schrieb sie in sein Notizbuch in der Reihenfolge, in der sie fehlten, und erhielt das folgende Resultat:

ACEHNORTW – 237

»Teufel, auf den ersten Blick bedeutet das nicht viel.«

Konnte man, wenn man die Buchstaben schüttelte und sie alle gebrauchte, ein oder zwei oder drei vollständige Wörter bilden? Sholmes versuchte es vergeblich.

Ihm kam nur eine Lösung, die immer wieder unter seinem Bleistift erschien und die ihm mit der Zeit als die richtige erschien, da sie ebensosehr der Logik der Tatsachen entsprach, als auch, weil sie mit den allgemeinen Umständen übereinstimmte.

Da die Seite des Albums nur einmal jeden Buchstaben des Alphabets enthielt, war es wahrscheinlich, war es sicher, daß es sich um unvollständige Wörter handelte und daß diese Wörter durch Buchstaben von anderen Seiten vervollständigt worden waren. Unter diesen Bedingungen war die Lösung, falls er sich nicht irrte, die folgende:

AN.WORT – CEH – 237

Das erste Wort war klar: »Antwort«, ein T fehlte, weil der Buchstabe schon gebraucht und nicht mehr zur Verfügung stand.

Das zweite unvollständige Wort bildete zweifellos mit der Nummer 237 die Adresse, die der Schreiber dem Empfänger des Briefes mitteilte. Man schlug zunächst vor, den Tag auf Sonnabend festzulegen, und man erbat eine Antwort an die Adresse CEH 237.

Oder aber CEH 237 war eine Formel für postlagernde Briefe oder die Buchstaben C E H waren ein Teil eines vollständigen Wortes. Sholmes blätterte das Album weiter durch, aus den folgenden Seiten war nichts mehr herausgeschnitten worden. Er mußte sich also bis auf weiteres an die gefundene Erklärung halten.

»Das ist amüsant, nicht wahr?«

Henriette war zurückgekommen. Er erwiderte:

»Ja, es ist amüsant! Nur, hast du keine anderen Papiere oder schon ausgeschnittene Wörter, die ich aufkleben könnte?«

»Papier? ... nein ... Und außerdem wäre Mademoiselle nicht einverstanden.«

»Mademoiselle?«

»Ja, sie hat schon mit mir geschimpft.«

»Warum?«

»Weil ich Ihnen etwas erzählt habe . . . und sie sagt, man darf niemals etwas von denen erzählen, die man gern hat.«

»Du hast vollkommen recht.«

Henriette schien von seiner Zustimmung begeistert zu sein, so begeistert, daß sie aus einem kleinen, an ihrem Kleid befestigten Leinenbeutel einige Fetzen, drei Knöpfe, zwei Stück Zucker und schließlich ein viereckiges Stück Papier zog, das sie Sholmes hinreichte.

»Da, ich gebe es dir trotzdem.«

Es war die Nummer einer Taxe, die Nummer 8279.

»Woher kommt diese Nummer?«

»Sie ist aus ihrem Portemonnaie gefallen.«

»Wann?«

»Am Sonntag in der Messe, als sie Geld für die Kollekte herausnahm.«

»Prima! Und jetzt werde ich dir das Mittel sagen, damit du nicht ausgeschimpft wirst. Sag Mademoiselle nicht, daß du mich gesehen hast.«

Sholmes suchte Baron d'Imblevalle auf und fragte ihn offen über Mademoiselle aus.

Der Baron sprang auf.

»Alice Demun? Glauben Sie wirklich? . . . Das ist unmöglich.«

»Wie lange steht sie in Ihren Diensten?«

»Erst seit einem Jahr, aber ich kenne niemanden, der ruhiger ist und in den ich mehr Vertrauen setze.«

»Woher kommt es, daß ich sie noch nicht gesehen habe?«

»Sie war zwei Tage fort.«

»Und jetzt?«

»Gleich nach ihrer Rückkehr wollte sie sich an das Krankenbett Ihres Freundes setzen. Sie hat alle Fähigkeiten einer Krankenpflegerin . . . sanft . . . zuvorkommend . . . Mister Wilson scheint von ihr begeistert zu sein.«

»Ah!« sagte Sholmes, der vollständig vergessen hatte, sich nach dem Gesundheitszustand seines alten Freundes zu erkundigen.

Er überlegte und fragte dann:

»Am Sonntagmorgen ist sie ausgegangen? Am Tag nach dem Diebstahl?«

»Ja.«

Der Baron rief seine Frau und fragte sie. Sie erwiderte:

»Mademoiselle ist wie gewöhnlich ausgegangen, weil sie um elf Uhr mit den Kindern die Messe besuchen wollte.«

»Und vorher?«

»Vorher? Nein ... oder vielmehr ... aber ich war so durcheinander durch den Diebstahl ... trotzdem erinnere ich mich, daß sie mich am Abend vorher um Erlaubnis fragte, am Sonntagmorgen ausgehen zu dürfen, um eine Cousine, die auf der Durchreise in Paris war, zu sehen, glaube ich. Aber ich nehme doch nicht an, daß Sie sie verdächtigen?«

»Natürlich nicht, trotzdem möchte ich sie sehen.«

Er ging in Wilsons Zimmer. Eine wie eine Krankenschwester gekleidete Frau mit einem langen Kleid aus grauem Leinen beugte sich über den Kranken und gab ihm zu trinken. Als sie sich umdrehte, erkannte Sholmes das junge Mädchen, das ihn am Nordbahnhof angesprochen hatte.

Kein fragendes oder erklärendes Wort fiel zwischen ihnen. Alice Demun lächelte sanft mit ihren charmanten ernsten Augen, ohne irgendeine Verwirrung zu zeigen. Der Engländer wollte sprechen, murmelte einige Silben und schwieg. Da nahm sie ihre Arbeit wieder auf, drehte sich unter Sholmes erstauntem Blick ruhig herum, stellte die Flaschen an ihren Platz, wickelte Leinenbinden ab und wieder auf und wendete ihm wieder ihr klares Lächeln zu.

Er drehte sich auf dem Absatz um, stieg hinunter, sah im Hof Baron d'Imblevalles Auto, setzte sich hinein und ließ sich nach Levallois zu der Wagengarage fahren, dessen Adresse auf dem Stück Papier stand, das ihm das kleine Mädchen gegeben hatte. Da der Fahrer Duprêt, der am Sonntagmorgen die Nummer 8279 gefahren hatte, nicht da war, schickte er das Auto zurück und wartete die Stunde der Ablösung ab.

Der Fahrer Duprêt erzählte, daß er tatsächlich eine Dame in

der Gegend des Park Monceau »aufgeladen« hatte, eine junge Dame in Schwarz, die einen großen Schleier trug und sehr aufgeregt zu sein schien.

»Trug sie ein Paket?«

»Ja, ein ziemlich langes Paket.«

»Und wohin haben Sie sie gefahren?«

»In die Avenue des Ternes, an die Ecke des Place Saint-Ferdinand. Dort blieb sie etwa zehn Minuten, dann habe ich sie zum Park Monceau zurückgefahren.«

»Würden Sie das Haus in der Avenue des Ternes wiederfinden?«

»Verflixt! Soll ich Sie hinfahren?«

»Nachher. Fahren Sie mich zunächst zum Quai des Orfèvres Nummer 36.«

In der Polizeipräfektur hatte er das Glück, gleich auf den Oberinspektor Ganimard zu stoßen.

»Monsieur Ganimard, sind Sie frei?«

»Wenn es sich um Lupin handelt, nein.«

»Es handelt sich um Lupin.«

»Dann rühre ich mich nicht von der Stelle.«

»Wie! Sie resignieren . . .?«

»Ich resigniere vor dem Unmöglichen! Ich bin des ungleichen Kampfes müde, das ist absurd, alles, was Sie wollen . . . ich pfeife darauf! Lupin ist stärker als wir. Infolgedessen können wir uns nur beugen.«

»Ich beuge mich nicht.«

»Er wird Sie dazu zwingen, Sie wie alle anderen.«

»Na, und, das ist ein Schauspiel, das Ihnen doch sicher Freude machen muß.«

»Ah, das ja, das ist wahr«, sagte Ganimard unbefangen. »Und da Sie noch keine Rechnung über Stockschläge abzurechnen haben, gehen wir!«

Sie stiegen beide in die Taxe. Auf ihren Befehl hin hielt der Fahrer ein wenig vor dem Haus auf der anderen Straßenseite vor einem kleinen Café, auf dessen Terrasse sie sich zwischen

Lorbeerbäumen und Spindelbäumen setzten. Es begann Abend zu werden.

»Kellner«, sagte Sholmes, »was zum Schreiben.«

Er schrieb und rief den Kellner zurück:

»Tragen Sie diesen Brief zu dem Pförtner des gegenüberliegenden Haues. Es ist offensichtlich der Mann mit der Mütze dort, der unter dem Eingangstor steht und raucht.«

Der Pförtner eilte herbei. Und nachdem Ganimard sich als Oberinspektor legitimiert hatte, fragte Sholmes ihn, ob am Sonntagmorgen eine junge schwarzgekleidete Dame ins Haus gekommen sei.

»Schwarzgekleidet? Ja, gegen neun Uhr – die immer in den zweiten Stock geht.«

»Sehen Sie sie oft?«

»Nein, aber seit einiger Zeit öfter . . . in den letzten vierzehn Tagen fast täglich.«

»Und seit Sonntag?«

»Nur einmal . . . ohne heute.«

»Wie! Sie ist heute gekommen?«

»Sie ist da.«

»Sie ist da?«

»Seit gut zehn Minuten. Ihr Wagen wartet an der Place Saint-Ferdinand, wie gewöhnlich. Ich habe sie in der Tür getroffen.«

»Und wer ist der Mieter der zweiten Etage?«

»Es sind zwei, Mademoiselle Langeais, eine Modistin, und ein Herr, der seit einem Monat zwei möblierte Zimmer unter dem Namen Bresson gemietet hat.«

»Warum sagen Sie ›unter dem Namen‹?«

»Ich habe das Gefühl, daß es ein angenommener Name ist. Meine Frau macht seinen Haushalt. Na ja, er hat keine zwei Hemden mit denselben Initialen.«

»Wie lebt er?«

»Oh, fast nur außerhalb des Hauses. Er kommt tagelang nicht nach Hause.«

»Ist er in der Nacht von Sonnabend auf Sonntag nach Hause gekommen?«

»In der Nacht von Sonnabend zum Sonntag? Warten Sie, ich muß überlegen ... Ja, Sonnabend abend ist er zurückgekommen und nicht mehr fortgegangen.«

»Und was für eine Art Mann ist er?«

»Mein Gott, das kann ich nicht so beschreiben. Er ist wechselnd. Er ist groß, er ist klein, er ist dick, er ist schmächtig ... dunkel und blond. Nicht immer erkenne ich ihn wieder.«

Ganimard und Sholmes sahen sich an.

»Das ist er«, murmelte der Inspektor, »er ist es bestimmt.«

Der alte Kriminalbeamte war einen Augenblick lang so verwirrt, daß er gähnte und seine Fäuste zusammenballte.

Auch Sholmes fühlte, obwohl er sich besser beherrschte, einen Druck in der Herzgegend.

»Vorsicht«, sagte der Pförtner, »dort ist das junge Mädchen.«

Mademoiselle erschien tatsächlich auf der Türschwelle und überquerte den Platz.

»Und da kommt Monsieur Bresson.«

»Monsieur Bresson? Wo?«

»Der, der ein Paket unter dem Arm trägt.«

»Aber er kümmert sich nicht um das junge Mädchen. Sie geht allein zu ihrem Wagen.«

»Natürlich, ich habe sie auch nie zusammen gesehen.«

Die beiden Kriminalbeamten waren überstürzt aufgestanden. Im Schein der Laternen erkannten sie die Gestalt Lupins, der sich in eine dem Platz entgegengesetzte Richtung entfernte.

»Wem möchten Sie lieber folgen?« fragte Ganimard.

»Ich? Verflixt! Er ist der fette Bissen.«

»Dann folge ich dem Fräulein«, schlug Ganimard vor.

»Nein, nein«, sagte der Engländer schnell, der Ganimard nichts von der Affäre enthüllen wollte, »ich weiß, wo wir das Fräulein wiederfinden ... Kommen Sie mit mir.«

In einigem Abstand und unter dem zeitweiligen Schutz der Vorübergehenden und der Kioske begannen sie, Lupin zu folgen. Übrigens eine leichte Verfolgung, denn er drehte sich nicht um und ging mit schnellen Schritten und leichtem Hinken des rechten Beins. Das Hinken war so leicht, daß nur das geübte Auge eines Beobachters es sehen konnte. Ganimard sagte:

»Er tut so, als ob er hinkt.«

Und er fuhr fort: »Wenn man doch zwei oder drei Polizisten zusammenbringen und sich auf ihn stürzen könnte! Wir laufen Gefahr, ihn zu verlieren.«

Aber sie sahen keinen Polizisten, bevor sie die Porte des Ternes erreicht hatten, und als sie die Befestigungsmauern hinter sich gelassen hatten, konnten sie mit keiner Hilfe mehr rechnen.

»Trennen wir uns«, schlug Sholmes vor, »der Platz ist leer.«

Sie waren auf dem Boulevard Victor Hugo. Sie wechselten beide jeder auf einen Gehweg über und gingen an der Baumreihe entlang weiter.

So folgten sie ihm zwanzig Minuten, bis Lupin nach links abbog und an der Seine entlangbummelte. Dort bemerkten sie, wie Lupin an den Fluß hinabstieg. Dort blieb er einige Sekunden stehen, ohne daß es ihnen möglich war, seine Bewegungen zu erkennen. Dann kletterte er die Böschung herauf und ging seinen Weg zurück. Sie drückten sich an die Zaunpfähle. Lupin ging an ihnen vorbei. Er trug kein Paket mehr.

Als er sich entfernt hatte, löste sich ein Mann aus dem Winkel eines Hauses und glitt zwischen die Bäume.

Leise sagte Sholmes:

»Auch der scheint ihm zu folgen.«

»Ja, mir scheint, als hätte ich ihn schon beim Kommen gesehen.«

Wieder begann die Jagd, die dieses Mal durch die Anwesenheit des anderen Mannes erschwert wurde. Lupin kehrte auf demselben Weg zurück, durchquerte die Porte des Ternes und betrat das Haus an der Place Saint-Ferdinand.

Der Pförtner schloß gerade das Haus, als Ganimard erschien.

»Sie haben ihn gesehen, nicht wahr?«

»Ja, ich habe das Gas auf der Treppe gelöscht, er hat den Riegel an seiner Tür vorgeschoben.«

»Es ist niemand bei ihm?«

»Niemand, kein Diener . . . er ißt niemals hier.«

»Es gibt keine Hintertreppe?«

»Nein.«

Ganimard sagte zu Sholmes:

»Das einfachste ist es, wenn ich mich vor Lupins Wohnung aufbaue, während Sie den Polizeikommissar in der Rue Demours holen. Ich werde Ihnen eine Zeile mitgeben.«

»Und wenn er währenddessen entkommt?« warf Sholmes ein.

»Da ich doch bleibe . . .«

»Einer gegen einen, der Kampf ist zu ungleich.«

»Ich kann aber nicht in seine Wohnung einbrechen, dazu habe ich kein Recht, schon gar nicht nachts.«

Sholmes zuckte mit den Schultern.

»Wenn Sie Lupin verhaftet haben, wird man Sie kaum wegen der Art der Verhaftung tadeln. Außerdem brauchen wir nur zu klingeln. Dann sehen wir, was geschieht.«

Sie gingen die Treppe hinauf. Links am Treppenabsatz befand sich eine Tür mit zwei Flügeln. Ganimard klingelte.

Kein Geräusch. Er klingelte noch einmal. Niemand.

»Gehen wir hinein«, murmelte Sholmes.

»Ja, gehen wir.«

Trotzdem blieben sie unbeweglich mit unentschlossenen Gesichtern stehen, wie Leute, die in dem Augenblick zögern, da sie sich zu einer entscheidenden Handlung aufraffen müßten. Sie fürchteten sich zu handeln, und es schien ihnen plötzlich unmöglich, daß Arsène Lupin dort, so nahe bei ihnen, hinter dieser dünnen Wand wäre, die ein Faustschlag beseitigen konnte. Sie kannten ihn beide zu genau, diese diabolische Persönlichkeit, um überzeugt zu sein, daß er sich nicht auf so idiotische Weise erwischen lassen würde. Nein, nein und tausendmal nein, er war nicht mehr da. Durch die Nebenhäuser, über die Dächer, durch einen vorsichtig vorbereiteten Ausgang mußte er entflohen sein, und wieder einmal würden sie nur Lupins Schatten sehen.

Sie zögerten. Ein undeutliches Geräusch hinter der Tür hatte die Stille gebrochen. Sie hatten das Gefühl, die Gewißheit, daß er trotz allem dort und nur durch eine dünne Holzwand von ihnen getrennt war und daß er sie belauschte, daß er sie hörte. Was sollten sie tun? Die Situation war schwerwiegend. Trotz ihrer Kaltblütigkeit überfiel die alten erfahrenen Detektive eine solche Erregung, daß sie ihr Herz schlagen zu hören glaubten.

Aus dem Augenwinkel fragte Ganimard Sholmes um Rat. Dann schlug er heftig mit der Faust an die Tür.

Das Geräusch von Schritten jetzt, ein Geräusch, das nicht mehr vorsichtig gedämpft wurde . . .

Ganimard rüttelte an der Tür. Mit einem wilden Satz drückte Sholmes sie mit der Schulter ein, sie waren sprungbereit.

Plötzlich hielten sie inne. In dem Nebenzimmer ertönte ein Schuß. Noch einer, und das Geräusch eines fallenden Körpers. Als sie ins Zimmer traten, sahen sie den gestürzten Mann, sein Gesicht war gegen den Marmor des Kamins geschlagen. Er bäumte sich noch einmal auf. Sein Revolver glitt aus seiner Hand.

Ganimard beugte sich hinunter und wandte den Kopf des Toten herum. Es war von Blut überströmt, das aus zwei großen Wunden spritzte. Die eine Wunde war an der Wange, die andere an der Schläfe.

»Er ist unkenntlich«, murmelte Ganimard.

»Verdammt«, sagte Sholmes, »er ist es nicht.«

»Woher wissen Sie das? Sie haben ihn nicht einmal untersucht.«

Der Engländer spottete: »Glauben Sie denn, daß Arsène Lupin der Mann ist, sich zu töten?«

»Trotzdem haben wir geglaubt, ihn draußen zu erkennen.«

»Wir glaubten es, weil wir es glauben wollten. Dieser Mann sitzt uns im Blut.«

»Dann ist es einer seiner Komplizen.«

»Arsène Lupins Komplizen töten sich nicht.«

»Wer ist es dann?«

Sie durchsuchten die Leiche. In einer Tasche fand Herlock Sholmes eine leere Brieftasche, in einer anderen fand Ganimard einige Louis. An der Wäsche waren keine Zeichen, an der Kleidung auch nicht.

In den Koffern – ein großer Koffer und zwei Reisetaschen – nur Kleidungsstücke. Auf dem Kamin ein Stapel Zeitungen. Ganimard faltete sie auseinander. Alle behandelten den Diebstahl der Judenlampe.

Als sich Ganimard und Sholmes nach einer Stunde zurückzogen, wußten sie auch nicht mehr über die eigenartige Person, die ihr Eingreifen zum Selbstmord getrieben hatte.

Wer war es? Warum hatte er sich getötet? Inwiefern war er in die Affäre der Judenlampe verwickelt? Wer hatte ihn während seines Spazierganges verfolgt? So viele verwickelte Fragen ... So viele Geheimnisse ...

Herlock Sholmes ging sehr schlecht gelaunt zu Bett. Bei seinem Erwachen erhielt er einen Rohrpostbrief mit folgendem Inhalt:

Arsène Lupin hat die Ehre, Ihnen sein tragisches Verscheiden in der Person des Monsieur Bresson mitzuteilen, und bittet Sie, seinem Trauergeleit, dem Gottesdienst und der Beerdigung, die am Donnerstag, den 25. Juni, auf Staatskosten stattfinden werden, beizuwohnen.

2. Kapitel

»Sehen Sie, alter Freund«, sagte Sholmes zu Wilson, während er Arsène Lupins Rohrpostbrief in der Luft schwenkte, »was mich an diesem Abenteuer zur Verzweiflung bringt, ist das Gefühl, daß fortwährend das Auge des verteufelten Gentleman auf mir ruht. Keiner meiner geheimsten Gedanken entgeht ihm. Ich handle wie ein Schauspieler, dem jeder Schritt von einer strengen Regie vorgeschrieben ist, der dorthin geht und das sagt, weil es ein höherer Wille so verlangt. Verstehen Sie, Wilson?»

Wilson hätte sicher verstanden, wenn er nicht den tiefen Schlaf eines Mannes geschlafen hätte, dessen Temperatur zwischen vierzig und einundvierzig Grad schwankt. Aber ob er nun zuhörte oder nicht, war für Sholmes von keinerlei Bedeutung, denn er fuhr fort:

»Ich muß meine ganze Energie sammeln und alle meine Reserven aufbieten, um nicht den Mut zu verlieren. Zum Glück sind diese kleinen Neckereien für mich Nadelstiche, die mich anstacheln. Wenn das Feuer des Stichs verschwunden ist, wenn sich die Wunde der Eigenliebe wieder geschlossen hat, komme ich immer zu dem Schluß: ›Amüsier dich gut, mein Freund. Irgendwann wirst du dich selbst verraten‹. Denn ist es nicht schließlich Lupin, Wilson, der mir durch sein erstes Telegramm und die Spielerei der kleinen Henriette das Geheimnis seines Briefwechsels mit Alice Demun verraten hat? Sie vergessen diese Einzelheit, alter Freund.«

Er ging mit hallenden Schritten und auf die Gefahr hin, seinen Gefährten aufzuwecken, im Zimmer auf und ab.

»Schließlich steht alles gar nicht so schlecht, und wenn die Spuren, die ich verfolge, ein wenig unklar sind, so beginne ich doch, mich in ihnen zurechtzufinden. Zunächst werde ich mich um Monsieur Bresson kümmern. Ganimard und ich haben ein Rendezvous am Ufer der Seine, an dem Platz, an dem Bresson sein Paket fortgeworfen hat; dann kennen wir schon die Rolle des Herrn. Das übrige wird eine Partie zwischen Alice Demun und mir werden. Der Gegner segelt mit schlechtem Wind, was, Wilson, und glauben Sie nicht, daß ich in kurzer Zeit das Wort aus dem Album begreife und was die drei alleinstehenden Buchstaben C, E und H bedeuten? Denn darin liegt alles, Wilson.«

Mademoiselle trat im gleichen Augenblick ins Zimmer, und als sie Sholmes so laut reden hörte, sagte sie freundlich:

»Mister Sholmes, ich werde Sie ausschelten, wenn Sie meinen Kranken aufwecken. Es ist nicht nett von Ihnen, ihn zu stören. Der Arzt hat absolute Ruhe verordnet.«

Er sah sie wortlos an, wie am ersten Tag über ihre unerklärliche Ruhe erstaunt.

»Warum sehen Sie mich so an, Mister Sholmes? Ohne Grund? Das stimmt nicht . . . Sie scheinen immer einen Hintergedanken zu haben . . . Welchen? Antworten Sie mir, ich bitte Sie.«

Sie fragte ihn mit ihrem klaren Gesicht, den naiven Augen, ihrem lächelnden Mund, mit ihrer ganzen Haltung, ihren gefalteten Händen und ihrem leicht nach vorn geneigten Körper. In ihr war so viel Offenherzigkeit, daß der Engländer darüber in Wut geriet. Er trat auf sie zu und sagte leise:

»Bresson hat sich gestern abend getötet.«

Sie wiederholte, offensichtlich ohne zu begreifen:

»Bresson hat sich gestern getötet . . .«

In Wahrheit veränderte keine Verwirrung ihr Gesicht, nichts, das die Anstrengung der Lüge bestätigt hätte.

»Sie wußten es schon«, sagte er gereizt. »Sonst wären Sie wenigstens zusammengezuckt . . . Oh, Sie sind stärker, als ich dachte . . . Aber warum verstellen Sie sich?»

Er griff nach dem Album mit den Bildern, das er auf einen danebenstehenden Tisch gelegt hatte, und schlug es an der herausgeschnittenen Seite auf:

»Könnten Sie mir sagen, in welcher Reihenfolge man die

Buchstaben setzen muß, die hier fehlen, um den genauen Inhalt des Briefes zu erfahren, den Sie vier Tage vor dem Diebstahl der Judenlampe an Bresson geschickt haben?»

»In welcher Reihenfolge? ... Bresson? ... Der Diebstahl der Judenlampe? ...«

Sie wiederholte die Worte, langsam, wie um ihren Sinn zu erfassen. Er wurde eindringlicher.

»Ja. Hier sind die verwendeten Buchstaben ... auf diesem Stück Papier. Was teilten Sie Bresson mit?«

»Die verwendeten Buchstaben ... was ich mitteilte? ...«

Plötzlich begann sie zu lachen:

»Ich hab's! Ich verstehe! Ich bin die Komplizin beim Diebstahl. Es gibt einen Monsieur Bresson, der die Judenlampe genommen und sich getötet hat. Und ich bin die Freundin dieses Herrn. Oh, ist das lustig.«

»Wen haben Sie denn gestern im Lauf des Abends in der zweiten Etage eines Hauses in der Avenue des Ternes besucht?«

»Wen? Meine Modistin, Mademoiselle Langeais. Sollten meine Modistin und mein Freund Monsieur Bresson ein und dieselbe Person sein?«

Trotz allem zweifelte Sholmes. Man kann, um jemanden auf eine falsche Spur zu führen, Freude, Unruhe, alle Gefühle heucheln, aber nicht Gleichgültigkeit, nicht ein glückliches unbekümmertes Lachen.

Dann sagte er noch:

»Ein letztes Wort: Warum haben Sie mich neulich abends am Nordbahnhof angesprochen? Und warum haben sie mich angefleht, sofort und ohne mich um den Diebstahl zu kümmern, wieder abzureisen?«

»Oh! Sie sind zu neugierig, Mister Sholmes«, erwiderte sie immer noch ganz natürlich lachend. »Zur Strafe werden Sie nichts erfahren, und außerdem werden Sie jetzt den Kranken bewachen, während ich in die Apotheke gehe ... ein dringendes Medikament ... ich eile.«

»Ich werde an der Nase herumgeführt«, murmelte Sholmes.

»Ich habe nicht nur nichts von ihr erfahren, ich habe auch noch meine Gedanken verraten.«

Er erinnerte sich an die Affäre des blauen Diamanten und an das Verhör mit Clotilde Destange. War es nicht die gleiche Ruhe, die die blonde Dame ihm entgegengesetzt hatte, stand er nicht wieder einem dieser Wesen gegenüber, die, von Arsène Lupin beschützt, unter der direkten Macht seines Einflusses sogar in der Angst der Gefahr die verblüffendste Ruhe bewahrten?

»Sholmes ... Sholmes ...«

Er trat zu Wilson, der ihn rief, und beugte sich über ihn.

»Was gibt's, alter Freund? Tut es weh?«

Wilson bewegte die Lippen, ohne sprechen zu können. Schließlich stammelte er nach großer Anstrengung:

»Nein ... Sholmes ... sie ist es nicht ... es ist unmöglich, daß sie es ist ...«

»Was erzählen Sie mir da? Ich sage Ihnen, daß sie es ist! Nur passiert es mir, daß ich einer Kreatur Lupins gegenüber, die von ihm dressiert und erhalten wird, den Kopf verliere und so idiotisch handle ... Jetzt kennt sie die ganze Geschichte mit dem Album ... Ich wette, daß Lupin spätestens in einer Stunde davon weiß. Spätestens in einer Stunde? Was sage ich! Nein, sofort! Die Apotheke, das dringende Medikament ... Unsinn!«

Er verschwand eilig, ging die Avenue de Messine hinab und sah schließlich Mademoiselle, die in eine Apotheke trat. Zehn Minuten später erschien sie wieder mit einem Fläschchen und einer in Papier gewickelten Flasche. Doch dann ging sie die Avenue hinauf, wurde von einem Mann, der ihr folgte, angesprochen. Er hielt seine Mütze in der Hand und machte eine kriecherische Gebärde, als bäte er um Almosen.

Sie blieb stehen, gab ihm Geld und ging dann weiter.

Sie hat mit ihm gesprochen, sagte sich der Engländer.

Es war mehr eine Eingebung als eine Gewißheit, sie war jedoch so stark, daß er die Taktik änderte. Er verließ das Mädchen und setzte sich auf die Fährte des falschen Bettlers.

So gelangten sie einer hinter dem anderen zur Place Saint-Ferdinand, der Mann irrte lange um das Haus von Bresson herum, hob manchmal den Blick zu den Fenstern der zweiten Etage und überwachte die Leute, die in das Haus gingen.

Nach einer Stunde bestieg er das Oberdeck einer Straßenbahn, die nach Neuilly fuhr. Sholmes stieg ebenfalls hinauf und setzte sich ein wenig weiter hinter den Mann neben einen Herrn, der hinter einer aufgeblätterten Zeitung verborgen war. An den Befestigungsmauern senkte der Herr die Zeitung, und Sholmes erkannte Ganimard, der ihm, während er auf den Mann zeigte, ins Ohr flüsterte:

»Das ist unser Mann von gestern abend, der, der Bresson folgte. Seit einer Stunde streicht er auf dem Platz herum.«

»Nichts Neues über Bresson?« fragte Sholmes.

»Doch, ein Brief, der heute für ihn angekommen ist.«

»Heute morgen? Dann ist er also gestern bei der Post eingesteckt worden, bevor der Absender von dem Tod Bressons erfahren hatte.«

»Genau. Er ist in den Händen des Untersuchungsrichters. Aber ich habe mir den Text gemerkt:

›Er akzeptiert keinen Vergleich. Er will alles, die erste Sache genauso wie die Dinge aus der zweiten Affäre. Sonst handelt er.‹

Keine Unterschrift«, fügte Ganimard hinzu. »Wie Sie sehen, werden uns diese wenigen Zeilen kaum nützen.«

»Ich bin ganz und gar nicht Ihrer Meinung, Monsieur Ganimard, diese wenigen Zeilen erscheinen mir im Gegenteil sehr interessant zu sein.«

»Und warum, mein Gott?«

»Aus persönlichen Gründen«, erwiderte Sholmes mit der Ungeniertheit, die er gegenüber seinem Kollegen anwandte.

Die Straßenbahn hielt an der Endstation in der Rue du Château. Der Mann stieg aus und ging ruhig fort.

Sholmes war ihm so dicht auf den Fersen, daß Ganimard erschrak: »Wenn er sich umdreht, haben wir die Partie verloren.«

»Er wird sich jetzt nicht umdrehen.«

»Woher wissen Sie das?«

»Er ist ein Komplize Arsène Lupins, und die Tatsache, daß ein Komplize Lupins so vor sich hin geht, mit den Händen in den Hosentaschen, beweist zunächst, daß er weiß, daß er verfolgt wird, und außerdem, daß er nichts fürchtet.«

»Trotzdem sind wir ihm ziemlich dicht auf den Fersen!«

»Nicht dicht genug, daß er uns nicht noch innerhalb von einer Minute zwischen den Fingern entgleiten kann. Er ist seiner so sicher.«

»Na, na! Das wollen wir doch einmal sehen. Dort unten an der Tür des Cafés stehen zwei Polizisten mit Fahrrädern. Wenn ich mich entschließe, sie um Hilfe zu bitten und den Mann anzusprechen, frage ich mich, wie er uns zwischen den Fingern entgleiten will.«

»Der Mann scheint sich nicht sehr über diese Möglichkeit aufzuregen. Er selbst bittet sie um Hilfe!«

»Verdammt nochmal«, grunzte Ganimard, »der ist ja ganz schön frech!«

Der Mann war tatsächlich auf die beiden Polizisten zugegangen. In dem Augenblick, als sie gerade ihre Fahrräder besteigen wollten, sagte er einige Worte zu ihnen, sprang dann plötzlich auf ein drittes Fahrrad, das gegen die Mauer des Cafés lehnte und entfernte sich schnell mit den beiden Polizisten.

Der Engländer lachte laut heraus.

»Ha, hatte ich es vorausgesehen? Eins, zwei, drei, entwischt! Und mit wessen Hilfe? Mit zweien Ihrer Kollegen, Monsieur Ganimard. Oh, er hat Verbindungen, der Arsène Lupin! Befahrene Polizisten in seinem Sold! Ich sagte Ihnen ja, daß unser Mann viel zu ruhig war.«

»Ja und?« rief Ganimard verärgert. »Was sollte ich machen? Es ist sehr bequem zu lachen!«

»Stimmt, Sie brauchen aber nicht böse zu sein. Wir werden uns rächen. Im Augenblick brauchen wir Verstärkung.«

»Folenfant erwartet mich am Ende der Avenue de Neuilly.«

»Gut, nehmen Sie ihn mit und kommen Sie mir dann nach.«

Ganimard entfernte sich, während Sholmes den Spuren der Fahrräder folgte, die durch den Staub auf der Straße um so sichtbarer waren, als zwei der Räder geriffelte Reifen hatten. Er bemerkte bald, daß ihn diese Spuren ans Ufer der Seine führten und daß die drei Männer in die gleiche Richtung gefahren waren wie Bresson am Vorabend. So gelangte er zu der Pforte, an der er selbst sich mit Ganimard versteckt hatte, und etwas weiter stellte er eine Verwicklung der Spur fest, die ihm bewies, daß sie an dieser Stelle gehalten hatten. Gerade gegenüber lag eine kleine Landzunge, die in die Seine hineinragte und an deren äußerstem Ende ein altes Boot verankert lag.

Dort mußte Bresson sein Paket weggeworfen oder vielmehr fallen gelassen haben. Sholmes stieg die Böschung hinunter und sah, daß es ihm, da das Ufer in einem sehr sanften Abhang leicht abfiel und das Wasser des Flusses niedrig stand, ein leichtes sein würde, das Paket wiederzufinden, wenn ihm nicht die drei Männer schon zuvorgekommen waren.

»Nein, nein«, sagte er sich, »sie haben nicht die Zeit gehabt ... höchstens eine Viertelstunde ... und doch, warum sind sie hier entlanggefahren?«

Ein Fischer saß in dem Boot. Sholmes fragte ihn:

»Haben Sie nicht drei Männer mit Fahrrädern gesehen?«

Der Fischer machte ein verneinendes Zeichen.

Der Engländer forschte weiter:

»Aber sicher ... Drei Männer ... Sie haben zwei Schritte von Ihnen entfernt gehalten ...«

Der Fischer klemmte sich seine Angel unter den Arm, zog ein Notizbuch aus seiner Tasche, schrieb etwas auf eine der Seiten, riß sie heraus und reichte sie Sholmes.

Ein Schauder durchfuhr den Engländer. Mit einem Blick hatte er mitten auf der Seite, die er in der Hand hielt, die Reihe der Buchstaben gelesen, die aus dem Album gerissen worden waren:

ACEHNOTRTWO – 237

Schwüler Sonnenglast lag über dem Fluß. Der Mann hatte seine Arbeit wiederaufgenommen, die breite Krempe eines Strohhutes schützte ihn gegen die Sonne, seine Jacke und seine Weste lagen zusammengefaltet neben ihm. Er starrte auf den Kork seiner Angel im Flußlauf.

Eine gute Minute verging, eine Minute voll feierlicher und fürchterlicher Stille.

Ist er es? dachte Sholmes mit fast schmerzlicher Angst.

Dann kam ihm die Erleuchtung:

Er ist es! Er ist es! Er allein ist fähig, so ohne Unruhe zu bleiben, ohne zu fürchten, was geschehen wird ... Und wer sonst wüßte die Geschichte mit dem Album? Alice hat ihn durch ihren Boten gewarnt.

Plötzlich fühlte der Engländer, daß seine Hand, seine eigene Hand den Kolben seines Revolvers umspannt hatte und daß seine Augen sich auf den Rücken des Mannes hefteten, etwas unter dem Nacken. Eine Bewegung, und das ganze Drama würde gelöst sein, das Leben des eigenartigsten Abenteurers würde jämmerlich enden.

Der Fischer rührte sich nicht.

Sholmes drückte nervös seine Waffe mit der wilden Lust, loszuschießen und Schluß zu machen, und gleichzeitig mit dem Entsetzen vor einer Tat, die seiner Natur widersprach. Der Tod war sicher.

Es wäre zu Ende.

Oh! dachte er, wenn er aufstehen würde, wenn er sich verteidigen würde ... sonst hat er selber schuld ... noch eine Sekunde ... und ich schieße ...

Das Geräusch von Schritten veranlaßte ihn, den Kopf herumzudrehen. Er bemerkte Ganimard, der in Begleitung der Inspektoren herbeikam.

Da änderte er seinen Entschluß, nahm einen Anlauf und sprang mit einem Satz ins Boot, dessen Tau unter dem starken Druck zerriß, fiel auf den Mann und umschlang ihn mitten um den Leib. Sie rollten beide ins Innere des Bootes.

»Ja, und?« schrie Lupin, während er sich wehrte. »Was soll das? Wenn einer von uns den anderen kampfunfähig gemacht hat, wird er genauso klug sein wie vorher. Sie werden nicht wissen, was Sie mit mir machen sollen, noch weiß ich, was ich mit Ihnen tun soll. Wir werden uns wie zwei Dummköpfe ansehen . . .«

Die beiden Riemen glitten ins Wasser.

Das Boot trieb umher. Am Ufer wurden Rufe laut, und Lupin fuhr fort:

»Was für Geschichten, Herr im Himmel! Haben Sie denn den Maßstab für die Dinge verloren? Solche Dummheiten in Ihrem Alter! Ein Bursche wie Sie! Teufel, ist das unfein . . .«

Es gelang ihm, sich zu befreien.

Verzweifelt und zu allem entschlossen, glitt Herlock Sholmes mit der Hand in die Tasche. Er stieß einen Fluch aus, Lupin hatte ihm seinen Revolver weggenommen.

Da warf er sich auf die Knie und versuchte, einen der Riemen zu erwischen, um zum Ufer zu gelangen, während Lupin sich um den anderen bemühte, um weiter auf den Fluß hinauszurudern.

»Er bekommt ihn . . . er bekommt ihn nicht«, sagte Lupin. »Übrigens ist das vollkommen unwichtig . . . Wenn Sie Ihren Riemen haben, hindere ich Sie, sich seiner zu bedienen . . . und Sie genauso. Aber so ist es im Leben, man bemüht sich zu handeln . . . ohne die geringste Vernunft, denn es ist immer das Schicksal, das entscheidet . . . Da, sehen Sie, das Schicksal . . . na, es entscheidet sich für seinen alten Lupin . . . Sieg! Die Strömung ist mir günstig!«

Das Boot schwamm wirklich hinaus.

»Vorsicht!« schrie Lupin.

Jemand legte am Ufer den Revolver an. Er bückte sich, ein Schuß ertönte, ein wenig Wasser schäumte neben ihnen auf. Lupin brach in schallendes Gelächter aus.

»Gott verzeih mir, es ist Freund Ganimard! . . . Aber das ist sehr schlecht, was Sie dort machen, Ganimard. Sie haben nur das

Recht, im Fall der Notwehr zu schießen ... Der arme Arsène macht Sie also so wild, daß Sie Ihre Pflichten vergessen? ... Jetzt fängt er doch schon wieder an ... Aber Unseliger, Sie werden meinen lieben Meister treffen.«

Er schützte Sholmes mit seinem Körper, und im Boot stehend, Ganimard gegenüber, rief er:

»Gut! Jetzt bin ich beruhigt ... Zielen Sie, Ganimard, mitten ins Herz! ... höher ... weiter nach links ... Daneben ... erbärmlicher Tolpatsch ... Noch einmal? ... Aber Sie zittern, Ganimard ... Auf Kommando, nicht wahr? ... Und kaltes Blut ... Eins, zwei, drei, Feuer! ... Daneben! Teufel, Teufel, gibt euch denn die Regierung Kinderspielzeug als Pistolen?«

Er zeigte einen großen Revolver, unförmig und flach, und ohne zu zielen, schoß er.

Der Inspektor fuhr mit der Hand an seinen Hut: eine Kugel hatte ihn durchlöchert.

»Was sagen Sie dazu, Ganimard? Oh, das kommt aus einer guten Fabrik. Salutieren Sie, meine Herren, es ist der Revolver meines noblen Freundes, Meister Herlock Sholmes!«

Mit aller Kraft warf er die Waffe Ganimard vor die Füße.

Sholmes konnte nicht umhin, zu lächeln und zu bewundern. Was für ein Überschwang an Leben! Was für eine junge und plötzliche Fröhlichkeit! Und wie er sich zu amüsieren schien! Man hätte meinen können, daß ihm das Gefühl der Gefahr eine physische Freude bereitete und daß das Dasein für diesen außergewöhnlichen Mann kein anderes Ziel hatte als die Suche nach der Gefahr, die er dann voll Freude bannte.

Auf beiden Seiten des Flusses hatte sich währenddessen eine Menschenmenge angesammelt. Ganimard und seine Männer folgten dem Boot, das sich mitten auf dem Fluß wiegte, sanft getrieben von der Strömung. Es bedeutete die unvermeidliche, mathematisch sichere Gefangennahme.

»Gestehen Sie, Meister«, rief Lupin, indem er sich an den Engländer wandte, »daß Sie Ihren Platz nicht für alles Gold des Transvaal hergeben würden! Sie sitzen in der ersten Reihe der

Loge. Aber zunächst und vor allem andern der Prolog ... danach werden wir mit einem Schlag zum fünften Akt springen, der Gefangennahme oder der Flucht Arsène Lupins. Also, mein lieber Meister, ich möchte Ihnen eine Frage stellen, und ich bitte Sie, damit es keine Zweideutigkeit gibt, mir mit Ja oder Nein zu antworten. Verzichten Sie darauf, sich weiterhin um diese Angelegenheit zu kümmern? Es ist noch Zeit dazu, und ich kann das Unglück, das Sie heraufbeschworen haben, noch reparieren. Später könnte ich es nicht mehr. Abgemacht?«

»Nein.«

Lupins Gesicht verschloß sich. Offensichtlich erregte ihn dieser Widerstand. Er fuhr fort:

»Ich bestehe darauf. Ich bestehe noch mehr Ihretwegen als meinetwegen darauf, und ich bin sicher, daß Sie der erste sein werden, Ihr Eingreifen zu bedauern. Ein letztes Mal, ja oder nein?«

»Nein.«

Lupin kniete sich nieder, veränderte eine Planke im Bootsinnern und verrichtete einige Minuten lang eine Arbeit, deren Sinn Sholmes nicht erraten konnte. Dann stand er auf, setzte sich neben den Engländer und hielt ihm folgende Rede:

»Ich glaube, Meister, daß wir aus denselben Gründen zum Ufer dieses Flusses gekommen sind: den Gegenstand aus dem Wasser zu fischen, den Bresson hineingeworfen hat. Ich hatte mich mit einigen Freunden verabredet, und ich wollte gerade – meine Kleidung beweist es – eine kleine Forschung in den Tiefen der Seine durchführen, als mir meine Freunde Ihr Nahen verkündeten. Ich gestehe Ihnen übrigens, daß ich davon nicht sehr überrascht war, da ich, ich wage es zu behaupten, Stunde um Stunde die Fortschritte Ihrer Untersuchung vorausgesehen habe. Es ist so leicht. Sobald in der Rue Murillo das geringste geschieht, was mich interessieren könnte, schnell ein Telephonanruf, und ich bin gewarnt! Sie werden verstehen ...«

Er schwieg. Die Planke, die er zur Seite geschoben hatte, hob sich jetzt, und rundherum sprudelte gluckernd Wasser ins Boot.

»Teufel! Ich weiß nicht, wie ich vorgegangen bin, aber ich habe alle Veranlassung zu glauben, daß es unter diesem kleinen Boot einen Wasserweg gibt. Sie haben keine Angst, Meister?«

Sholmes zuckte mit den Schultern, und Lupin fuhr fort:

»Sie werden also verstehen, daß es mir unter diesen Bedingungen, da ich im voraus wußte, daß Sie den Kampf um so eifriger suchen würden, den ich mich bemühte zu vermeiden, eher angenehm wäre, mit Ihnen eine Partie einzugehen, deren Ausgang gewiß ist, weil ich alle Trümpfe in Händen habe. Und ich wollte unserem Treffen den größtmöglichen Knalleffekt geben, damit Ihre Niederlage überall bekannt würde und nicht eine andere Gräfin de Crozon oder ein anderer Baron d'Imblevalle versucht wären, Ihre Hilfe gegen mich zu erbitten. Sehen Sie darin übrigens nicht, mein lieber Meister . . .«

Er unterbrach sich von neuem, hielt seine Hände wie ein Fernrohr vor die Augen und beobachtete die Ufer.

»Verdammt, sie haben ein herrliches Boot ausgerüstet, ein wahres Kriegsschiff, und jetzt rudern sie mit allen Kräften. In fünf Minuten haben sie uns erreicht, und ich bin verloren. Meister Sholmes, ein Rat: Sie werfen sich auf mich, Sie fesseln mich und liefern mich der Justiz meines Landes aus . . . Gefällt Ihnen dieser Plan? . . . Wenn wir nicht bis dahin Schiffbruch erlitten haben, in diesem Fall würde uns nur noch übrigbleiben, unser Testament zu machen. Was halten Sie davon?«

Ihre Blicke kreuzten sich. Dieses Mal war für Sholmes Lupins Manöver vollständig klar: er hatte den Boden des Bootes durchlöchert, und das Wasser stieg.

Es erreichte schon die Sohlen ihrer Schuhe. Es bedeckte ihre Füße: sie rührten sich nicht.

Es umspülte ihre Knöchel: der Engländer holte seinen Tabaksbeutel hervor, rollte sich eine Zigarette und zündete sie an.

Lupin fuhr fort:

»Sehen Sie darin, mein lieber Meister, nur das demütige Eingeständnis meiner Ohnmacht Ihnen gegenüber. Nur weil ich mich Ihnen unterlegen fühle, wähle ich ein Schlachtfeld, auf dem ich gewinnen werde, und vermeide die anderen, die ich nicht auswählen kann. Das ist das Geständnis, daß Sholmes der einzige Gegner ist, den ich fürchte, und ein Beweis meiner Besorgnis, solange Sholmes mir meinen Weg nicht freigibt. Das, mein lieber Meister, wollte ich Ihnen sagen, da mir das Schicksal die Ehre verschafft, mich mit Ihnen zu unterhalten. Ich bedaure nur ein wenig, und das wahrhaftig, daß diese Unterhaltung stattfindet, während wir ein Fußbad nehmen! . . . Eine Situation, der der Ernst fehlt, das gebe ich zu. Was sage ich! Ein Fußbad! . . . Bald schon ein Sitzbad!«

Das Wasser hatte jetzt die Bank erreicht, auf der sie saßen, das Boot sank immer tiefer.

Sholmes, mit der Zigarette im Mund, schien unerschüttert in die Betrachtung des Himmels versunken zu sein. Um nichts auf der Welt hätte er diesem von Gefahren umgebenen Mann gegenüber, der von der Menge eingekreist, von der Meute der Polizisten verfolgt, trotzdem seine gute Laune behielt, um nichts auf der Welt hätte er selbst auch nur das leiseste Anzeichen einer Erregung zeigen mögen.

Was, schienen sie beide sagen zu wollen, regt man sich wegen derartiger Lappalien auf? Geschieht es nicht jeden Tag, daß jemand in einem Fluß ertrinkt? Sind das Ereignisse, die Aufmerksamkeit verdienen? Und der eine schwatzte, und der andere träumte, während sie alle beide unter der gleichen Maske der Unbesorgtheit ihren Stolz verbargen.

Noch eine Minute, und sie würden untergehen.

»Die Hauptsache ist«, sagte Lupin, »zu wissen, ob wir vor oder nach der Ankunft der Herren der Gerechtigkeit sinken. Denn die Frage des Schiffbruchs braucht nicht mehr gestellt zu werden. Meister, dies ist die feierliche Stunde des Testaments. Ich vermache mein ganzes Vermögen Herlock Sholmes, dem englischen Bürger, mit der Auflage . . . Aber mein Gott, sie kommen schnell näher, die Herren der Gerechtigkeit! Oh, die guten Leute! Es macht Spaß, ihnen zuzusehen. Was für eine Präzision im Ruderschlag! Da, das sind ja Sie, Brigadier Folenfant? Bravo? Die Idee mit dem Kriegsschiff ist ausgezeichnet. Ich werde Sie den Vorgesetzten empfehlen, Brigadier Folenfant ... Wünschen Sie einen Orden? Einverstanden ... das ist eine abgemachte Sache. Und Ihr Kamerad Dieuzy, wo ist er denn? Auf dem linken Ufer, nicht wahr, inmitten von hundert Eingeborenen? ... So daß ich, wenn ich dem Schiffbruch entkomme, am linken Ufer von Dieuzy und seinen Eingeborenen oder am rechten Ufer von Ganimard und der Bevölkerung von Neuilly aufgesammelt werde. Welch ärgerliches Dilemma ...«

Ein Sog entstand. Das Boot drehte sich um sich selbst, und Sholmes mußte sich an der Ruderrolle festklammern.

»Meister«, sagte Lupin, »ich bitte Sie, Ihre Weste auszuziehen. Dann wird Ihnen das Schwimmen leichter fallen. Nein? Sie weigern sich? Gut, gleiche Bedingungen für beide, dann ziehe ich meine auch wieder an.«

Er zog seine Weste über, knöpfte sie wie die von Sholmes von oben bis unten zu und seufzte:

»Wie Sie den starken Mann spielen! Und wie schade es ist, daß Sie sich dickköpfig in eine Affäre mischen ... bei der Sie sicher alle Ihre Möglichkeiten draufgeben, aber so vergeblich! Wirklich, Sie verschleudern Ihr herrliches Genie ...«

»Monsieur Lupin«, sagte Sholmes, indem er endlich aus seiner Stummheit erwachte, »Sie sprechen viel zuviel, und Sie sündigen oft durch ein Übermaß an Vertrauen und durch Leichtfertigkeit.«

»Der Vorwurf ist hart.«

»So haben Sie, ohne es zu wissen, mir vor einer Weile die Auskunft gegeben, die ich brauchte.«

»Wie? Sie brauchten eine Auskunft und haben es mir nicht gesagt?«

»Ich brauche niemanden. In drei Stunden werde ich Baron und Baronin d'Imblevalle die Lösung des Rätsels sagen. Das ist die einzige Antwort ...«

Er vollendete seinen Satz nicht. Das Boot war mit einem Schlag gekentert und hatte sie beide mitgerissen. Es tauchte gleich darauf umgeschlagen mit dem Kiel nach oben wieder auf. An den beiden

Ufern ertönten laute Schreie, dann folgte angstvolles Schweigen und plötzlich wieder Rufe. Einer der Gekenterten war wieder aufgetaucht.

Es war Herlock Sholmes.

Als ausgezeichneter Schwimmer, der er war, schwamm er mit weiten Armbewegungen zum Boot von Folenfant.

»Mut, Sholmes«, brüllte der Brigadier, »wir sind hier ... nicht schwach werden ... wir werden uns nachher um ihn kümmern ... wir haben ihn, los ... eine kleine Anstrengung, Sholmes ... nehmen Sie das Seil ...«

Der Engländer ergriff ein Seil, das man ihm zuwarf. Aber während er sich an Bord zog, rief hinter ihm eine Stimme:

»Die Lösung des Rätsels, mein lieber Meister, Teufel, ja, Sie werden sie haben. Ich wundere mich sogar, daß Sie sie noch nicht haben ... Und dann? Was nützt sie Ihnen? Gerade dann wird die Schlacht für Sie verloren sein ...«

Rittlings auf dem Kiel, den er, während er hochtrabend weiterschwätzte, erklettert hatte, und jetzt gemütlich eingerichtet, setzte Arsène Lupin seine Rede mit feierlichen Bewegungen fort, als hoffte er, seinen Zuhörer zu überzeugen.

»Begreifen Sie es gut, mein lieber Meister, es ist nichts zu machen, absolut nichts ... Sie befinden sich in der traurigen Lage eines Herrn ...«

Folenfant zielte auf ihn:

»Ergeben Sie sich, Lupin.«

»Sie sind ein ungeschliffener Kerl, Brigadier Folenfant, Sie haben mich mitten im Satz unterbrochen. Ich sagte also ...«

»Ergeben Sie sich, Lupin.«

»Aber verflixt nochmal, Brigadier Folenfant, man ergibt sich nur, wenn man in Gefahr ist. Sie haben aber nicht das Recht, zu glauben, daß ich die geringste Gefahr laufe!«

»Zum letztenmal, Lupin, fordere ich Sie auf, sich zu ergeben.«

»Brigadier Folenfant, Sie haben keineswegs die Absicht, mich zu töten, höchstens mich zu verwunden. Sie haben Angst, daß ich entwische. Und wenn zufällig die Verletzung tödlich wäre?

Denken Sie doch an Ihre Gewissensbisse, Unglücklicher! An ihr vergiftetes Alter ...«

Der Schuß ging los.

Lupin schwankte, klammerte sich einen Augenblick an das Boot, ließ los und verschwand.

Es war Punkt drei Uhr, als diese Ereignisse abrollten. Um Punkt sechs Uhr betrat Herlock Sholmes, wie er es vorausgesagt hatte, in einer zu kurzen Hose und einer zu engen Jacke, die er sich von einem Hotelier in Neuilly ausgeliehen hatte, mit einer Mütze und einem Flanellhemd und einem verschnürten Bündel in der Hand das Boudoir in der Rue Murillo, nachdem er Baron und Baronin d'Imblevalle benachrichtigt hatte, daß er sie um eine Unterredung bäte.

Als sie ins Zimmer kamen, durchmaß er den Raum mit langen Schritten. Er erschien ihnen in seiner Aufmachung so komisch, daß sie einen starken Drang zu lachen unterdrücken mußten. Mit nachdenklicher Miene und gekrümmtem Rücken ging er wie ein Roboter vom Fenster zur Tür und von der Tür zum Fenster, indem er jedesmal gleich viele Schritte machte und sich jedesmal in derselben Richtung umdrehte.

Er blieb stehen, ergriff eine Nippsache, untersuchte sie mechanisch und nahm seinen Spaziergang wieder auf.

Schließlich baute er sich vor ihnen auf und fragte:

»Ist Mademoiselle hier?«

»Ja, im Garten mit den Kindern.«

»Herr Baron, da die Unterredung, die wir haben werden, endgültig ist, möchte ich gern, daß Mademoiselle Demun ihr beiwohnt.«

»Ist wirklich ...«

»Haben Sie einen Augenblick Geduld, Monsieur. Die Wahrheit wird klar aus den Tatsachen zutage treten, die ich Ihnen mit größtmöglicher Genauigkeit darlegen werde.«

»Gut. Suzanne, willst du ...?«

Baronin d'Imblevalle stand auf und kam fast augenblicklich

mit Alice Demun zurück. Alice, die ein wenig blasser war als gewöhnlich, blieb gegen einen Tisch gelehnt stehen, ohne nach dem Grund zu fragen, warum sie gerufen worden war.

Sholmes schien sie nicht zu sehen. Sich plötzlich Baron d'Imblevalle zuwendend, sagte er in einem Ton, der keine Widerrede duldete: »Nach mehreren Tagen der Untersuchung, Monsieur, und obwohl einige Ereignisse eine Weile lang meine Sehschärfe getrübt hatten, werde ich Ihnen wiederholen, was ich Ihnen schon in der ersten Stunde sagte: die Judenlampe wurde von irgendeinem Hausbewohner gestohlen.«

»Der Name des Schuldigen?«

»Ich kenne ihn.«

»Die Beweise?«

»Die, die ich habe, werden genügen, ihn zu überführen.«

»Es genügt nicht, ihn zu überführen. Er muß uns auch . . .«

»Die Judenlampe wiedergeben? Sie ist in meinem Besitz.«

»Das Opalhalsband? Die Tabaksdose . . .?«

»Das Opalhalsband, die Tabaksdose, kurz, alles, was Ihnen beim zweiten Mal gestohlen wurde, ist in meinem Besitz.«

Sholmes liebte diese theatralischen Auftritte und diese ein wenig trockene Art, seinen Sieg zu verkünden.

Tatsächlich schienen der Baron und seine Frau überrascht zu sein. Sie sahen ihn mit einer stillen Neugier an, die das beste Lob war.

Er erzählte nun in allen Einzelheiten, was er während dieser drei Tage unternommen hatte. Er erzählte von der Entdeckung des Albums, schrieb auf ein Stück Papier den durch die ausgeschnittenen Buchstaben gebildeten Satz, erzählte dann von Bressons Spaziergang am Ufer der Seine und von dem Selbstmord des Abenteurers und schließlich von dem Kampf, den er, Sholmes, gerade gegen Lupin ausgefochten hatte, vom Kentern des Bootes und dem Verschwinden Lupins.

Als er schwieg, sagte der Baron leise:

»Jetzt brauchen Sie uns nur noch den Namen des Schuldigen zu nennen. Wen klagen Sie also an?«

»Ich klage die Person an, die die Buchstaben aus diesem Alphabet herausgeschnitten hat und mittels dieser Briefe mit Arsène Lupin in Verbindung stand.«

»Woher wissen Sie, daß der Korrespondent dieser Person Arsène Lupin ist?«

»Von Lupin selbst.«

Er reichte ihm ein feuchtes zerknittertes Blatt Papier. Es war die Seite, die Lupin in dem Boot aus seinem Notizbuch gerissen und auf die er den Satz geschrieben hatte.

»Und beachten Sie«, sagte Sholmes voll Befriedigung, »daß nichts ihn dazu zwang, mir dieses Blatt zu geben und sich dadurch zu erkennen zu geben. Ein simpler Dummejungenstreich von ihm, der mir jedoch Klarheit gab.«

»Der Ihnen Klarheit gab ...? Ich sehe jedoch nicht ...«

Sholmes ging noch einmal mit dem Bleistift die Buchstaben und Ziffern durch.

ACEHNOTRTWO – 237

»Ja, und?« fragte Baron d'Imblevalle. »Das ist die Formel, die Sie uns selbst schon einmal gezeigt haben.«

»Nein. Wenn Sie diese Formel nach allen Seiten gedreht und gewendet hätten, hätten Sie wie ich auf den ersten Blick gesehen, daß sie sich von der ersten unterscheidet.«

»Und wodurch?«

»Sie enthält zwei Buchstaben mehr, ein T und ein O.«

»Tatsächlich, das hatte ich nicht gesehen ...«

»Stellen Sie diese beiden Buchstaben in das Wort ›Antwort‹ und in das, was übrigbleibt, und Sie werden feststellen, daß das einzig mögliche Wort ›Echo‹ ist.«

»Und das bedeutet?«

»Das bedeutet ›Echo de France‹, Lupins Zeitung, sein offizielles Organ, dem er seine ›Mitteilungen‹ vorbehält. Antworten Sie an ›Echo de France‹, Rubrik für kleine Mitteilungen, Nummer 237. Das ist die Lösung des Rätsels, die ich so sehr gesucht habe und die mir Lupin mit so viel Güte verschafft hat. Ich komme aus dem Büro des ›Echo de France‹.«

»Und Sie haben gefunden?«

»Ich habe die ganze detaillierte Geschichte der Verbindungen Arsène Lupins und . . . seiner Komplizin gefunden.«

Und Sholmes breitete sieben Zeitungen aus, deren vierte Seite geöffnet war und auf denen er die folgenden sieben Zeilen heraussuchte:

1. ARS. Lup. Dame bit. H. 540.
2. 540. Erwarte Erklärungen. A. L.
3. A. L. In feindl. Gew. Verloren.
4. 540. Adresse schreiben. Erkundige mich.
5. A. L. Murillo.
6. 540. Park drei Uhr. Veilchen.
7. 237. Einverstanden Sonnab. bin S. mor. Park.

»Und das nennen Sie eine detaillierte Geschichte!« rief Baron d'Imblevalle.

»Mein Gott, ja, und wenn Sie ein wenig aufmerken wollen, werden Sie meiner Ansicht sein. Zunächst bittet eine Dame, die mit 540 signiert, Arsène Lupin um Hilfe, worauf Lupin mit einer Bitte um Erklärungen antwortet. Die Dame erwidert, daß sie in der Gewalt eines Feindes ist, zweifellos in Bressons Gewalt, und daß sie verloren ist, wenn man ihr nicht zu Hilfe kommt. Lupin, der mißtrauisch ist und der sich mit dieser Unbekannten noch nicht zu treffen wagt, verlangt die Adresse und schlägt eine Erkundigung vor. Die Dame zögert vier Tage lang – beachten Sie die Daten –, dann gibt sie, durch die Ereignisse bedrängt und die Drohungen Bressons beeinflußt, den Namen ihrer Straße, nämlich Murillo, an. Am nächsten Tag erklärt Arsène Lupin, daß er um drei Uhr im Park Monceau sein wird, und bittet seine Unbekannte, einen Strauß Veilchen als Erkennungszeichen zu tragen. Dann eine Unterbrechung von acht Tagen in der Korrespondenz. Arsène Lupin und die Dame brauchen nicht über die Zeitung zu schreiben, sie sehen sich oder schreiben sich direkt. Der Plan ist fertig: Um den Forderungen Bressons nachzukommen, wird die Dame die Judenlampe entwenden. Es muß nur noch der Tag festgelegt werden. Die Dame, die vorsichtshalber mit Hilfe ausgeschnittener und aufgeklebter Wörter korrespondiert, entscheidet sich für den Sonnabend und fügt hinzu: ›Antwort Echo 237‹. Lupin erwidert, daß er einverstanden ist und daß er außerdem am Sonntagmorgen im Park sein wird. Am Sonntagmorgen war der Diebstahl längst erledigt.«

»Tatsächlich, alles fügt sich ineinander«, stimmte der Baron zu, »und die Geschichte ist lückenlos.«

»Der Diebstahl findet also statt. Die Dame geht am Sonntagmorgen aus, berichtet Lupin, was sie getan hat, und trägt die Judenlampe zu Bresson. Die Dinge rollen sich so ab, wie Lupin es vorausgesehen hatte. Die durch ein offenes Fenster, vier Löcher in der Erde und zwei Kratzer an dem Balkon irregeleitete Justiz schließt sofort auf einen Einbruchdiebstahl. Die Dame ist ruhig.«

»Gut«, sagte der Baron, »ich erkenne diese sehr logische Erklärung an. Aber der zweite Diebstahl . . .«

»Der zweite Diebstahl wurde durch den ersten hervorgerufen. Da die Zeitungen erzählt hatten, wie die Judenlampe verschwunden war, kam jemand auf den Gedanken, den Überfall zu wiederholen und sich dessen, was nicht gestohlen worden war, zu bemächtigen. Und dieses Mal handelte es sich nicht um einen vorgetäuschten Diebstahl, sondern um einen reellen, mit wirklichem Einbruch, Kletterei usw.«

»Lupin natürlich . . .«

»Nein, Lupin handelt nicht so dumm. Lupin schießt nicht wegen eines Ja oder eines Nein auf die Leute.«

»Wer ist es dann?«

»Bresson zweifellos, ohne Wissen der Dame, die er erpreßt hat. Es war Bresson, der hier eingedrungen ist, ich habe ihn verfolgt, und er hat meinen armen Wilson verwundet.«

»Sind Sie ganz sicher?«

»Vollkommen sicher. Einer von Bressons Komplizen hat ihm gestern vor seinem Selbstmord einen Brief geschrieben, der beweist, daß Verhandlungen zwischen diesem Komplizen und

Lupin wegen der Herausgabe aller in Ihrem Haus gestohlenen Gegenstände stattgefunden hatten. Lupin forderte alles, ›die erste Sache‹, das heißt die Judenlampe, wie auch die Dinge aus der zweiten Affäre. Außerdem überwachte er Bresson. Als dieser gestern abend an das Ufer der Seine ging, verfolgte ihn einer von Lupins Gefährten genauso wie wir.«

»Was wollte Bresson am Ufer der Seine?«

»Von den Fortschritten meiner Untersuchung benachrichtigt . . .«

»Von wem benachrichtigt?«

»Von derselben Dame, die zu Recht fürchtete, daß die Entdeckung der Judenlampe auch zur Entdeckung ihrer Machenschaften führen würde . . . Also, der gewarnte Bresson macht ein einziges Paket aus allem, was ihn kompromittieren könnte, und wirft es an eine Stelle, an der er es möglicherweise dann, wenn die Gefahr vorüber ist, wieder holen kann. Bei seiner Rückkehr verliert er, von Ganimard und mir verfolgt, und da er zweifellos noch andere Gewalttaten auf dem Gewissen hat, den Kopf und tötet sich.«

»Aber was enthielt das Paket?«

»Die Judenlampe und die anderen Wertgegenstände . . .«

»Sie sind also nicht in Ihrem Besitz?«

»Gleich nach dem Verschwinden Lupins habe ich das Bad, das er mich zu nehmen zwang, ausgenutzt, um mich an die Stelle führen zu lassen, an der Bresson gestanden hatte, und ich habe alles gefunden, in Wäsche und gewachste Leinwand gewickelt, was er Ihnen gestohlen hat. Hier liegt alles auf dem Tisch.«

Ohne ein Wort zu sagen, zerschnitt der Baron die Schnur des Bündels, riß mit einem Ruck die durchnäßte Wäsche auseinander, holte die Lampe heraus, löste die Schraube unter dem Fuß der Lampe, umfaßte den Behälter mit beiden Händen, schraubte ihn los, teilte ihn in zwei gleiche Teile und sah die goldene Chimäre, die mit Rubinen und Smaragden belegt war. Sie war unversehrt.

In dieser ganzen Szene, die dem Anschein nach so eindeutig war und die in einer einfachen Darlegung der Tatsachen bestand, lag etwas, das sie erschreckend tragisch machte, nämlich die deutliche, direkte und unwiderlegbare Anklage, die Sholmes mit jedem seiner Worte gegen Mademoiselle schleuderte. Und das eindrucksvolle Schweigen Alice Demuns trug noch dazu bei.

Während dieser langen, dieser grausamen Anhäufung von kleinen aneinandergereihten Beweisen hatte sich kein Muskel ihres Gesichtes bewegt, keine Auflehnung oder Furcht hatte die Heiterkeit ihres klaren Blickes getrübt. Was dachte sie? Und vor allen Dingen, was würde sie in der feierlichen Minute sagen, wenn sie antworten, sich verteidigen und die eiserne Klammer zerreißen mußte, in der Herlock Sholmes sie so geschickt zu fangen suchte?

Dieser Augenblick war jetzt gekommen, und das junge Mädchen schwieg.

»Sprechen Sie! So sprechen Sie doch!« rief Baron d'Imblevalle.

Sie schwieg.

Er drang in sie:

»Ein Wort würde Sie rechtfertigen ... Ein Wort des Widerspruchs, und ich würde Ihnen glauben.«

Dieses Wort sagte sie nicht.

Der Baron ging aufgeregt im Zimmer herum, kehrte um, begann von neuem, dann wandte er sich an Sholmes:

»Also, nein, Monsieur! Ich kann nicht glauben, daß das wahr ist. Es gibt unmögliche Verbrechen! Und dieses hier steht im Widerspruch zu allem, was ich weiß, zu allem, was ich seit einem Jahr sehe.«

Er legte dem Engländer die Hand auf die Schulter.

»Aber Sie selbst, Monsieur, sind Sie vollkommen und endgültig sicher, daß Sie sich nicht irren?«

Sholmes zögerte wie jemand, den man unverhofft angreift und der seine Antwort nicht augenblicklich bereit hat. Dennoch lächelte er und sagte:

»Nur die Person, die ich anklage, konnte durch die Position, die sie bei Ihnen einnimmt, wissen, daß die Judenlampe dieses wunderbare Schmuckstück enthielt.«

»Es will mir nicht in den Kopf«, murmelte der Baron.

»Fragen Sie sie.«

Das war in der Tat das einzige, wozu er noch nicht den Mut gehabt hatte, in dem blinden Vertrauen, das ihm das junge Mädchen einflößte. Dennoch konnte er sich der Gewißheit nicht mehr entziehen.

Er trat zu ihr und sah ihr in die Augen:

»Sind Sie es, Mademoiselle? Sind Sie es, die den Schmuck genommen hat? Sind Sie es, die mit Arsène Lupin korrespondiert und den Diebstahl ausgeführt hat?«

Sie erwiderte:

»Ich bin es, Monsieur.«

Sie senkte nicht den Kopf. Ihr Gesicht drückte weder Reue noch Scham aus.

»Ist das möglich!« murmelte Baron d'Imblevalle. »Ich hätte nie geglaubt . . . Sie sind der letzte Mensch, den ich verdächtigt hätte . . . Wie haben Sie es ausgeführt, Unglückliche?«

»So, wie Mister Sholmes es erklärt hat«, sagte sie. »In der Nacht von Sonnabend auf Sonntag bin ich in dieses Boudoir gegangen, habe die Lampe genommen, und am nächsten Morgen habe ich sie dem Mann gebracht.«

»Aber nein«, warf der Baron ein, »was Sie da behaupten, kann nicht stimmen.«

»Kann nicht stimmen? Und warum nicht?«

»Weil ich am Morgen die Tür dieses Boudoirs verriegelt fand.«

Sie wurde rot, verlor die Fassung und sah Sholmes an, als wolle sie sich bei ihm Rat holen.

Mehr noch als durch den Einwurf des Barons schien Holmes durch Alice Demuns Verwirrung bestürzt zu sein. Hatte sie denn nichts zu erwidern? Steckte in dem Geständnis, das er, Sholmes, durch seine Erklärung über den Diebstahl der Judenlampe provoziert hatte, eine Lüge, die die Untersuchung der Tatsachen zerstören würde?

Der Baron fuhr fort:

»Diese Tür war verschlossen. Ich bestätige, daß ich den Riegel so vorgeschoben gefunden habe wie am Vorabend. Wenn Sie durch diese Tür gekommen wären, wie Sie es behaupten, dann hätte Ihnen jemand von innen öffnen müssen, das heißt vom Boudoir oder von unserem Zimmer aus. Es befand sich aber niemand in diesen beiden Zimmern ... niemand außer meiner Frau und mir.«

Sholmes krümmte sich zusammen und bedeckte sein Gesicht mit beiden Händen, um seine Röte zu verbergen. Zu plötzlich war ihm ein Licht aufgegangen, das ihn blendete und ihm Unbehagen verursachte. Alles enthüllte sich jetzt vor ihm wie eine düstere Landschaft, von der mit einem Schlag die Nacht genommen war.

Alice Demun war unschuldig. Das war eine sichere, eindeutige Wahrheit und gleichzeitig eine Erklärung für sein Unbehagen, das er vom ersten Tag an gefühlt hatte, als seine Untersuchung auf die Anklage des jungen Mädchens hinauslief. Jetzt sah er klar. Er wußte alles. Eine Bewegung, und der sichere Beweis wäre gegeben.

Er hob den Kopf und wandte nach wenigen Sekunden so natürlich, wie er konnte, den Blick zu Baronin d'Imblevalle.

Sie war blaß, von dieser ungewöhnlichen Blässe, die einen nur in entscheidenden Stunden des Lebens überfällt. Ihre Hände, die sie zu verbergen suchte, zitterten unmerklich.

Noch eine Sekunde, dachte Sholmes, und sie verrät sich.

Er stellte sich zwischen sie und ihren Mann mit dem einzigen Wunsch, die schreckliche Gefahr abzuwenden, die durch seine Schuld diesen Mann und diese Frau bedrohte. Aber als er den Baron ansah, erschrak er zutiefst. Die gleiche plötzliche Klarheit, die ihn erleuchtet hatte, erfuhr nun Baron d'Imblevalle. Dieselben Gedanken jagten im Gehirn des Mannes. Auch er verstand. Auch er sah!

Verzweifelt wehrte sich Alice Demun gegen die unwiderrufliche Wahrheit.

»Sie haben recht, Monsieur. Ich habe Sie getäuscht ... Ich bin tatsächlich nicht durch die Tür gekommen. Ich bin durch die Vorhalle gegangen und durch den Garten, mit einer Leiter ...« Eine übermenschliche Anstrengung der Ergebenheit ... Aber eine unnötige Anstrengung! Die Worte klangen falsch. Die Stimme nicht sicher, und das sanfte Wesen hatte nicht mehr ihre klaren Augen und den ruhigen Ausdruck der Aufrichtigkeit. Sie senkte den Kopf, geschlagen.

Die Stille war drohend. Baronin d'Imblevalle wartete, leichenblaß, steif vor Angst und Entsetzen. Der Baron schien noch mit widerstrebenden Gefühlen zu kämpfen, als wolle er nicht an den Zusammenbruch seines Glücks glauben.

Schließlich stammelte er: »Sprich! Erkläre dich . . .«

»Ich habe dir nichts zu sagen, mein armer Freund«, sagte sie sehr leise mit schmerzverzerrtem Gesicht.

»Also . . . Mademoiselle . . .«

»Mademoiselle hat mich gerettet . . . aus Ergebenheit . . . aus Liebe . . . und sie beschuldigt sich . . .«

»Gerettet wovor? Vor wem?«

»Vor einem Mann.«

»Bresson?«

»Ja, mich bedrohte er . . . Ich habe ihn bei einer Freundin kennengelernt . . . und ich war so dumm, ihn zu erhören . . . Oh! Nichts, was du mir nicht verzeihen könntest . . . aber ich habe zwei Briefe geschrieben . . . Briefe, die du sehen wirst . . . Ich habe sie zurückgekauft . . . du weißt, wie . . . Oh! Hab Nachsicht mit mir . . . ich habe so viel geweint!«

»Du! Du! Suzanne!«

Er hob seine geballten Fäuste, bereit, sie zu schlagen, bereit, sie zu töten. Aber seine Arme fielen zurück, und er murmelte:

»Du! Suzanne . . . Du! . . . Ist es möglich!«

In kleinen abgehackten Sätzen erzählte sie das herzzerreißende, banale Abenteuer, ihr erschrecktes Erwachen vor der Niedertracht des Mannes, ihre Gewissensbisse, ihr Entsetzen und auch das bewundernswerte Verhalten von Alice; das junge Mädchen hatte die Verzweiflung ihrer Herrin bemerkt, ihr das Geheimnis entlockt, an Lupin geschrieben und die Geschichte des Diebstahls organisiert, um sie aus Bressons Klauen zu befreien.

»Du, Suzanne, du«, wiederholte Baron d'Imblevalle zerschlagen und niedergeschmettert. »Wie hast du das gekonnt ...«

Am Abend des gleichen Tages glitt der Dampfer »Ville-de-Londres«, der zwischen Calais und Dover fährt, langsam über das unbewegte Wasser. Die Nacht war dunkel und ruhig. Stille Wolken zogen über das Schiff, und ringsherum trennten es leichte Nebelschleier von dem unendlichen Raum, in dem sich der Schein des Mondes und der Sterne verbreiten mußte.

Die meisten Passagiere hatten die Kabinen und Säle aufgesucht. Einige wenige Unerschrockene jedoch gingen auf dem Oberdeck spazieren oder träumten in großen Liegestühlen unter dicken Decken. Ab und zu leuchtete eine Zigarette auf, und man vernahm mit dem leichten Wehen der Brise das Gemurmel von Stimmen, die in der großen feierlichen Stille nicht laut zu werden wagten.

Einer der Passagiere, der mit gleichmäßigen Schritten an der Reling auf und ab wanderte, blieb neben einem auf einer Bank ausgestreckten Passagier stehen, sah auf ihn herab, und da er sich ein wenig bewegte, sagte er:

»Ich glaubte, Sie schliefen, Mademoiselle Alice.«

»Nein, nein, Mister Sholmes, ich habe keine Lust zu schlafen. Ich denke nach.«

»Worüber? Ist es indiskret, Sie das zu fragen?«

»Ich dachte an Baronin d'Imblevalle. Sie muß so traurig sein! Ihr Leben ist verpfuscht.«

»Aber nein, aber nein«, sagte er lebhaft. »Ihr Fehltritt gehört zu denen, die man verzeiht. Baron d'Imblevalle wird diese Schwäche vergessen. Schon als wir abfuhren, sah er sie weniger hart an.«

»Vielleicht ... aber das Vergessen wird lange dauern ... und sie leidet.«

»Sie lieben sie sehr?«

»Sehr. Das hat mir so viel Kraft gegeben zu lächeln, als ich vor Angst zitterte, Ihnen in die Augen zu sehen, als ich am liebsten geflohen wäre.«

»Und Sie sind unglücklich, sie zu verlassen?«

Mit trauriger Stimme erwiderte Alice:

»Sehr unglücklich. Ich habe keine Verwandten, keine Freunde . . . Ich hatte nur sie.«

»Sie werden Freunde haben«, sagte der Engländer, den diese Trauer verwirrte, »ich gebe Ihnen mein Versprechen . . . ich habe Beziehungen . . . viel Einfluß . . . ich versichere Ihnen, daß Sie Ihre Lage nicht bedauern werden.«

»Vielleicht, aber Baronin d'Imblevalle wird nicht mehr da sein . . .«

Sie wechselten keine weiteren Worte mehr. Herlock Sholmes ging noch zwei- oder dreimal auf dem Oberdeck auf und ab und setzte sich schließlich neben seine Reisegefährtin.

Der Nebelschleier zerriß, und die Wolken schienen sich vom Himmel zu lösen. Sterne blitzten.

Sholmes zog seine Pfeife aus seinem Wettermantel, stopfte sie und versuchte nacheinander vier Streichhölzer, ohne daß es ihm gelang, sie zu entzünden. Da er keine mehr hatte, stand er auf und fragte einen Herrn, der einige Schritte weiter entfernt saß:

»Hätten Sie wohl bitte Feuer?«

Der Herr öffnete eine Schachtel und reichte ihm ein brennendes Zündholz. In seinem Schein erkannte Sholmes – Arsène Lupin.

Wenn der Engländer nicht eine ganz kleine Bewegung gemacht hätte, eine kaum wahrnehmbare erschrockene Geste, hätte Lupin annehmen können, daß Sholmes von seiner Anwesenheit an Bord gewußt habe, so sehr beherrschte er sich, so natürlich war die Ungezwungenheit, mit der er seinem Gegner die Hand reichte.

»Immer bei bester Gesundheit, Monsieur Lupin?«

»Bravo!« rief Lupin aus, dem eine solche Selbstbeherrschung Bewunderung abnötigte.

»Bravo . . . und warum?«

»Wieso, warum? Sie sehen mich wie ein Gespenst wieder vor Ihnen erscheinen, nachdem Sie meinem Untergang in der Seine beigewohnt haben – und aus Stolz, aus einem Wunder an Stolz, den ich als echt britannisch bezeichnen möchte, machen Sie keine überraschte Geste, bringen kein Wort der Überraschung hervor! Bei Gott, ich wiederhole es: Bravo, das ist bewundernswert!«

»Das ist nicht bewundernswert. Ich habe an der Art, wie Sie von dem Boot herunterfielen, genau gesehen, daß es absichtlich geschah und Sie nicht von einer Kugel getroffen waren.«

»Und Sie sind fortgegangen, ohne zu wissen, was aus mir wurde?«

»Was aus Ihnen wurde? Ich wußte es. Fünfhundert Leute standen auf einem Raum von einem Kilometer an beiden Ufern. In dem Augenblick, da Sie dem Tod entkommen würden, war Ihre Gefangennahme sicher.«

»Und doch bin ich hier.«

»Monsieur Lupin, es gibt zwei Männer auf der Welt, bei denen mich nichts überraschen kann: Mich zunächst und dann Sie.«

Der Friede war geschlossen.

Wenn Sholmes auch keinen Erfolg in seinen Unternehmen gegen Arsène Lupin gehabt hatte, wenn Lupin auch der außerordentliche Gegner blieb, auf dessen Unterwerfung er endgültig verzichten mußte, wenn er auch während der Affären immer die Oberhand behielt, so hatte der Engländer doch durch seine furchterregende Ausdauer die Judenlampe wiedergefunden, genauso, wie er schon den blauen Diamanten gefunden hatte. Vielleicht war das Ergebnis dieses Mal weniger glänzend, überhaupt im Hinblick auf die Öffentlichkeit, da Sholmes verpflichtet war, die Umstände zu verschweigen, unter denen er die Judenlampe gefunden hatte, und zu verkünden, daß er den Namen des Schuldigen nicht wüßte. Aber von Mann zu Mann, von Lupin zu Sholmes, vom Kriminalbeamten zum Einbrecher, gab es recht und schlecht weder einen Sieger noch einen Besiegten. Jeder von ihnen konnte Anspruch auf Erfolg haben.

So unterhielten sie sich also als höfliche Gegner, die ihre Waffen niedergelegt haben und sich nach ihrem gerechten Wert schätzen.

Auf Sholmes' Bitte hin erzählte Lupin seine Flucht:

»Wenn man das überhaupt als Flucht bezeichnen kann«, sagte

er. »Es war so einfach! Meine Freunde wachten, weil wir uns verabredet hatten, um die Judenlampe herauszufischen. Nachdem ich eine gute halbe Stunde unter dem umgekippten Rumpf des Bootes geblieben war, habe ich einen Augenblick ausgenutzt, als Folenfant und seine Männer meine Leiche am Ufer suchten, und bin auf das Boot geklettert. Meine Freunde brauchten mich nur im Vorbeifahren in ihr Motorboot zu laden und unter den entsetzten Blicken von fünfhundert Neugierigen, einschließlich Ganimard und Folenfant, davonzufahren.«

»Sehr schön!« rief Sholmes. »Ganz gelungen! Und jetzt haben Sie in England zu tun?«

»Ja, einige Abrechnungen ... aber ich vergaß ... Baron d'Imblevalle?«

»Er weiß alles.«

»Oh, mein lieber Meister, was hatte ich Ihnen gesagt? Das Unglück ist jetzt nicht wiedergutzumachen. Wäre es nicht besser gewesen, mich nach meiner Weise handeln zu lassen? Noch ein oder zwei Tage und ich hätte Bresson die Judenlampe und die Nippsachen abgenommen, hätte sie den d'Imblevalles geschickt, und die beiden braven Leute hätten ruhig und in Frieden nebeneinander weitergelebt. Statt dessen ...«

»Statt dessen«, spottete Sholmes, »habe ich die Karten gemischt und Zwietracht in den Schoß einer Familie gebracht, die Sie beschützten.«

»Mein Gott, ja, die ich beschützte! Ist es unbedingt notwendig, immer zu stehlen, zu betrügen und Schlechtes zu tun?«

»Dann tun Sie also auch Gutes?«

»Wenn ich Zeit habe. Und außerdem amüsiert es mich. Ich finde es sehr komisch, daß ich in diesem Abenteuer der gute Geist bin, der hilft und rettet, und Sie der schlechte, der Verzweiflung und Tränen bringt.«

»Tränen! Tränen!« protestierte der Engländer.

»Sicher! Die Ehe der d'Imblevalles ist zerstört, und Alice Demun weint.«

»Sie konnte nicht länger bleiben ... Ganimard hätte sie endlich doch entdeckt ... und durch sie wäre er auf Baronin d'Imblevalle gestoßen.«

»Ich bin ganz und gar Ihrer Meinung, Meister, aber wessen Schuld ist es?«

Zwei Männer gingen vorbei. Sholmes fragte Lupin mit einer Stimme, die leicht erregt klang:

»Wissen Sie, wer diese Gentlemen sind?«

»Ich glaube, den Kapitän des Schiffes zu erkennen.«

»Und der andere?«

»Weiß ich nicht.«

»Es ist Mister Austin Gilett. Und Mister Gilett nimmt in England eine Stellung ein, die der von Monsieur Dudouis, Ihrem Chef der Sicherheitspolizei, entspricht.«

»Ah, was für ein Glück! Wären Sie so freundlich, mich vorzustellen? Monsieur Dudouis ist einer von meinen guten Freunden, und ich wäre glücklich, wenn ich das gleiche von Mister Austin Gilett sagen könnte.«

Die beiden Männer kamen zurück.

»Und wenn ich Sie beim Wort nähme, Monsieur Lupin«, fragte Sholmes, indem er aufstand.

Er hatte Arsène Lupins Handgelenk umklammert und drückte es stahlhart.

»Warum drücken Sie so fest, Meister? Ich bin bereit, Ihnen zu folgen.«

Er ließ sich tatsächlich ohne jeden Widerstand mitziehen. Die beiden Gentlemen entfernten sich.

Sholmes ging schneller. Seine Nägel drangen in Lupins Haut. »Los ... Los ...« rief er dunkel in fieberhafter Hast, alles so schnell wie möglich zu regeln. »Los! Schneller!«

Aber plötzlich blieb er stehen: Alice Demun war ihnen gefolgt. »Was tun Sie, Mademoiselle! Das ist unnötig ... kommen Sie nicht mit.«

Lupin erwiderte:

»Ich bitte Sie zu bemerken, Meister, daß Mademoiselle nicht

freiwillig mitkommt. Ich halte Ihr Handgelenk mit der gleichen Kraft, die Sie auf mich anwenden.«

»Und warum?«

»Wie? Aber ich bestehe durchaus darauf, auch sie vorzustellen. Ihre Rolle in der Geschichte der Judenlampe ist noch wichtiger als meine. Als Komplizin Arsène Lupins, Komplizin Bressons, wird auch sie das Abenteuer der Baronin d'Imblevalle erzählen, was die Justiz außerordentlich interessieren wird ... Und Sie werden somit Ihr wohltuendes Eingreifen bis zur letzten Grenze getrieben haben, hochherziger Sholmes.«

Der Engländer hatte das Handgelenk seines Gefangenen losgelassen. Lupin gab Mademoiselle frei.

Einige Sekunden standen sie einander unbeweglich gegenüber. Dann ging Sholmes zu seinem Stuhl und setzte sich. Lupin und das junge Mädchen nahmen ebenfalls ihre Plätze ein.

Langes Schweigen. Dann sagte Lupin:

»Sehen Sie, Meister, was wir auch tun, wir werden niemals am selben Ufer sein. Sie sind auf der einen Seite des Grabens, ich auf der anderen. Man kann sich grüßen, sich die Hand reichen, einen Augenblick miteinander reden, aber der Graben ist immer da. Immer werden Sie Herlock Sholmes, der Detektiv, und ich Arsène Lupin, der Einbrecher, bleiben. Und immer wird Herlock Sholmes mehr oder weniger freiwillig, mit mehr oder weniger Angemessenheit seinem Detektivinstinkt gehorchen, der darin besteht, sich dem Einbrecher an die Fersen zu heften und ihm, wenn möglich, eins auszuwischen. Und immer wird Arsène Lupin konsequent seinem Einbrecherinstinkt folgen, indem er die Faust des Detektivs vermeidet und sich über ihn, wenn möglich, lustig macht. Und dieses Mal ist es möglich! Ha! Ha! Ha!«

Er brach in Lachen aus, ein neckendes, grausames und abscheuliches Lachen.

Plötzlich ernst werdend, wandte er sich an das junge Mädchen.

»Seien Sie überzeugt, Mademoiselle, daß ich Sie sogar im äußersten Notfall nicht verraten hätte. Arsène Lupin verrät niemanden, schon gar nicht die, die er liebt und bewundert. Und Sie werden mir erlauben, Ihnen zu sagen, daß ich das tapfere und liebe Wesen, das Sie sind, liebe und bewundere.«

Er zog eine Visitenkarte aus seiner Brieftasche, riß sie in der Mitte durch, gab dem jungen Mädchen die eine Hälfte und sagte mit derselben bewegten und achtungsvollen Stimme:

»Wenn Mister Sholmes mit seinen Bemühungen keinen Erfolg hat, Mademoiselle, gehen Sie zu Lady Strongborough – Sie werden leicht ihre gegenwärtige Wohnung finden –, und übergeben Sie ihr diese Hälfte mit den beiden Worten ›treues Gedenken‹. Lady Strongborough wird Ihnen wie eine Schwester ergeben sein.«

»Danke«, sagte Alice, »ich werde morgen zu der Dame gehen.«

»Und jetzt, Meister«, rief Lupin mit der Zufriedenheit dessen, der seine Pflicht getan hat, »wünsche ich Ihnen eine gute Nacht. Wir brauchen noch eine Stunde bis zur Ankunft. Ich werde sie ausnutzen.«

Er streckte sich der Länge nach hin und verschränkte die Arme hinter seinem Kopf.

Der Himmel hatte sich vor dem Mond geöffnet. Seine strahlende Klarheit spiegelte das Leuchten der Sterne auf dem Wasser. Der Mond trieb auf dem Wasser, und die Grenzenlosigkeit, in der sich die letzten Wolken auflösten, schien ihm zu gehören. Die Linie der Küste löste sich von dem dunklen Horizont. Passagiere stiegen nach oben. Das Deck füllte sich mit Menschen. Mister Austin Gilett ging in Begleitung zweier Männer vorüber, die Sholmes als Agenten der englischen Polizei erkannte. Auf seiner Bank schlief Lupin . . .

Maurice Leblanc im Diogenes Verlag

Arsène Lupin – Der Genleman-Gauner
Roman. Aus dem Französischen von Erika Gebühr.
detebe 20127

Die hohle Nadel oder Die Konkurrenten des Arsène Lupin
Deutsch von Erika Gebühr.
detebe 20239

813 – Das Doppelleben des Arsène Lupin
Roman. Deutsch von Erika Gebühr.
detebe 20931

Der Kristallstöpsel oder Die Mißgeschicke des Arsène Lupin
Roman. Deutsch von Erika Gebühr.
detebe 20932

Die Gräfin von Cagliostro oder Die Jugend des Arsène Lupin
Roman. Deutsch von Erika Gebühr.
detebe 20933

Arsène Lupin kontra Herlock Sholmes
Roman. Deutsch von Erika Gebühr.
detebe 21026

Literarische Thriller im Diogenes Verlag

● Margery Allingham

Die Handschuhe des Franzosen
Kriminalgeschichten. Deutsch von Peter Naujack. Zeichnungen von Georges Eckert detebe 20929

● Eric Ambler

Mit der Zeit
Roman. Deutsch von Hans Hermann

Die Maske des Dimitrios
Roman. Deutsch von Mary Brand und Walter Hertenstein. detebe 20137

Der Fall Deltschev
Roman. Deutsch von Mary Brand und Walter Hertenstein. detebe 20178

Eine Art von Zorn
Roman. Deutsch von Susanne Feigl und Walter Hertenstein. detebe 20179

Schirmers Erbschaft
Roman. Deutsch von Harry Reuß-Löwenstein, Th. A. Knust und Rudolf Barmettler detebe 20180

Die Angst reist mit
Roman. Deutsch von Walter Hertenstein detebe 20181

Der Levantiner
Roman. Deutsch von Tom Knoth detebe 20223

Waffenschmuggel
Roman. Deutsch von Tom Knoth detebe 20364

Topkapi
Roman. Deutsch von Elsbeth Herlin detebe 20536

Schmutzige Geschichte
Roman. Deutsch von Günter Eichel detebe 20537

Das Intercom-Komplott
Roman. Deutsch von Dietrich Stössel detebe 20538

Besuch bei Nacht
Roman. Deutsch von Wulf Teichmann detebe 20539

Der dunkle Grenzbezirk
Roman. Deutsch von Walter Hertenstein und Ute Haffmans. detebe 20602

Ungewöhnliche Gefahr
Roman. Deutsch von Walter Hertenstein und Werner Morlang. detebe 20603

Anlaß zur Unruhe
Roman. Deutsch von Franz Cavigelli detebe 20604

Nachruf auf einen Spion
Roman. Deutsch von Peter Fischer detebe 20605

Doktor Frigo
Roman. Deutsch von Tom Knoth detebe 20606

Bitte keine Rosen mehr
Roman. Deutsch von Tom Knoth detebe 20887

Über Eric Ambler
Herausgegeben von Gerd Haffmans detebe 20607

● John Buchan

Die neununddreißig Stufen
Roman. Deutsch von Marta Hackel. Mit Zeichnungen von Edward Gorey detebe 20210

Grünmantel
Roman. Deutsch von Marta Hackel. Mit Zeichnungen von Topor detebe 20771

Mr. Standfast oder Im Westen was Neues
Roman. Deutsch von Marta Hackel. Mit Zeichnungen von Topor detebe 20772

Die drei Geiseln
Roman. Deutsch von Marta Hackel. Mit Zeichnungen von Tatjana Hauptmann detebe 20773

● Raymond Chandler

Der große Schlaf
Roman. Neu übersetzt von Gunar Ortlepp
detebe 20132

Die kleine Schwester
Roman. Neu übersetzt von W. E. Richartz
detebe 20206

Das hohe Fenster
Roman. Neu übersetzt von Urs Widmer
detebe 20208

Der lange Abschied
Roman. Neu übersetzt von Hans Wollschläger. detebe 20207

Die simple Kunst des Mordes
Briefe, Essays, Fragmente. Herausgegeben von Dorothy Gardiner und Kathrine Sorley Walker. Neu übersetzt von Hans Wollschläger. detebe 20209

Die Tote im See
Roman. Neu übersetzt von Hellmuth Karasek. detebe 20311

Lebwohl, mein Liebling
Roman. Neu übersetzt von Wulf Teichmann
detebe 20312

Playback
Roman. Neu übersetzt von Wulf Teichmann. detebe 20313

Mord im Regen
Frühe Stories. Vorwort von Prof. Philip Durham. Neu übersetzt von Hans Wollschläger. detebe 20314

Erpresser schießen nicht
Detektivstories I. Neu übersetzt von Hans Wollschläger. detebe 20751

Der König in Gelb
Detektivstories II. Neu übersetzt von Hans Wollschläger. detebe 20752

Gefahr ist mein Geschäft
Detektivstories III. Neu übersetzt von Hans Wollschläger. detebe 20753

Englischer Sommer
3 Stories und Essays. Mit einer Erinnerung von John Houseman und dem Vorwort von Patricia Highsmith.
Diverse Übersetzer. detebe 20754

● Agatha Christie

Villa Nachtigall
Geschichten. Deutsch von Peter Naujack und Günter Eichel. detebe 20825

Der Fall der enttäuschten Hausfrau
Geschichten. Deutsch von Günter Eichel
detebe 20826

● Celia Fremlin

Klimax
Roman. Deutsch von Dietrich Stössel
detebe 20916

● Henry Rider Haggard

Sie
Roman. Deutsch von Helmut Degner
detebe 20236

König Salomons Schatzkammern
Roman. Deutsch von V. H. Schmied
detebe 20920

● Dashiell Hammett

Der Malteser Falke
Roman. Neu übersetzt von Peter Naujack
detebe 20131

Rote Ernte
Roman. Neu übersetzt von Gunar Ortlepp
detebe 20292

Der Fluch des Hauses Dain
Roman. Neu übersetzt von Wulf Teichmann
detebe 20293

Der gläserne Schlüssel
Roman. Neu übersetzt von Hans Wollschläger. detebe 20294

Der dünne Mann
Roman. Neu übersetzt von Tom Knoth
detebe 20295

Fliegenpapier
5 Stories. Deutsch von Harry Rowohlt, Helmut Kossodo, Helmut Degner, Peter Naujack und Elizabeth Gilbert. Vorwort von Lillian Hellman. detebe 20911

Fracht für China
3 Stories. Deutsch von Elizabeth Gilbert, Antje Friedrichs und Walter E. Richartz
detebe 20912

Das große Umlegen
3 Stories. Deutsch von Walter E. Richartz, Hellmuth Karasek und Wulf Teichmann
detebe 20913

Das Haus in der Turk Street
3 Stories. Deutsch von Wulf Teichmann
detebe 20914

Das Dingsbums Küken
3 Stories. Deutsch von Wulf Teichmann. Nachwort von Steven Marcus. detebe 20915

● Patricia Highsmith

Keiner von uns
Erzählungen. Aus dem Amerikanischen von Anne Uhde

Leise, leise im Wind
Erzählungen. Deutsch von Anne Uhde

Der Stümper
Roman. Deutsch von Barbara Bortfeldt
detebe 20136

Zwei Fremde im Zug
Roman. Deutsch von Anne Uhde
detebe 20173

Der Geschichtenerzähler
Roman. Deutsch von Anne Uhde
detebe 20174

Der süße Wahn
Roman. Deutsch von Christian Spiel
detebe 20175

Die zwei Gesichter des Januars
Roman. Deutsch von Anne Uhde
detebe 20176

Der Schrei der Eule
Roman. Deutsch von Gisela Stege
detebe 20341

Tiefe Wasser
Roman. Deutsch von Eva Gärtner und Anne Uhde. detebe 20342

Die gläserne Zelle
Roman. Deutsch von Gisela Stege und Anne Uhde. detebe 20343

Das Zittern des Fälschers
Roman. Deutsch von Anne Uhde
detebe 20344

Lösegeld für einen Hund
Roman. Deutsch von Anne Uhde
detebe 20345

Der talentierte Mr. Ripley
Roman. Deutsch von Barbara Bortfeldt. detebe 20481

Ripley Under Ground
Roman. Deutsch von Anne Uhde
detebe 20482

Ripley's Game
Roman. Deutsch von Anne Uhde
detebe 20346

Der Schneckenforscher
Vorwort von Graham Greene
Deutsch von Anne Uhde. detebe 20347

Ein Spiel für die Lebenden
Roman. Deutsch von Anne Uhde
detebe 20348

Kleine Geschichten für Weiberfeinde
Deutsch von W. E. Richartz. Mit Zeichnungen von Roland Topor. detebe 20349

Kleine Mordgeschichten für Tierfreunde
Deutsch von Anne Uhde. detebe 20483

Venedig kann sehr kalt sein
Roman. Deutsch von Anne Uhde
detebe 20484

Ediths Tagebuch
Roman. Deutsch von Anne Uhde
detebe 20485

Der Junge, der Ripley folgte
Roman. Deutsch von Anne Uhde
detebe 20649

● Maurice Leblanc

Arsène Lupin – Der Gentleman-Gauner
Roman. Deutsch von Erika Gebühr
detebe 20127

Die hohle Nadel oder Die Konkurrenten des Arsène Lupin
Deutsch von Erika Gebühr. detebe 20239

813 – Das Doppelleben des Arsène Lupin
Roman. Deutsch von Erika Gebühr
detebe 20931

Der Kristallstöpsel oder Die Mißgeschicke des Arsène Lupin
Roman. Deutsch von Erika Gebühr
detebe 20932

Die Gräfin von Cagliostro oder Die Jugend des Arsène Lupin
Roman. Deutsch von Erika Gebühr
detebe 20933

Arsène Lupin kontra Herlock Sholmes
Roman. Deutsch von Erika Gebühr
detebe 21026

● Joseph Sheridan Le Fanu

Carmilla, der weibliche Vampir
Vampirgeschichte. Deutsch von Helmut Degner. Zeichnungen von Edward Ardizzone. detebe 20596

Der ehrenwerte Herr Richter Harbottle
Unheimliche Geschichten. Deutsch von Helmut Degner und Elisabeth Schnack. Zeichnungen von Edward Ardizzone
detebe 20619

● Gaston Leroux

Das Geheimnis des gelben Zimmers
Roman. Deutsch von Klaus Walther
detebe 20924

● Ross Macdonald

Dornröschen war ein schönes Kind
Roman. Deutsch von Wulf Teichmann
detebe 20227

Unter Wasser stirbt man nicht
Roman. Deutsch von Hubert Deymann
detebe 20322

Ein Grinsen aus Elfenbein
Roman. Deutsch von Charlotte Hamberger
detebe 20323

Die Küste der Barbaren
Roman. Deutsch von Marianne Lipcowitz
detebe 20324

Der Fall Galton
Roman. Deutsch von Egon Lothar Wensk
detebe 20325

Gänsehaut
Roman. Deutsch von Gretel Friedmann
detebe 20326

Der blaue Hammer
Roman. Deutsch von Peter Naujack
detebe 20541

Durchgebrannt
Roman. Deutsch von Helmut Degner
detebe 20868

Geld kostet zuviel
Roman. Deutsch von Günter Eichel
detebe 20869

Die Kehrseite des Dollars
Roman. Deutsch von Günter Eichel
detebe 20877

Der Untergrundmann
Roman. Deutsch von Hubert Deymann
detebe 20878

Sämtliche Detektivstories
Mit einem Vorwort des Autors.
Deutsch von Hubert Deymann
Ein Diogenes Sonderband
Auch lieferbar als:

Der Drahtzieher
Sämtliche Detektivstories um Lew Archer I. Mit einem Vorwort des Autors. Deutsch von Hubert Deymann und Peter Naujack
detebe 21018

Einer lügt immer
Sämtliche Detektivstories um Lew Archer II. Deutsch von Hubert Deymann und Peter Naujack. detebe 21019

● Margaret Millar

Der Mord von Miranda
Roman. Deutsch von Hans Hermann
Auch als detebe 21028

Liebe Mutter, es geht mir gut . . .
Roman. Deutsch von Elizabeth Gilbert
detebe 20226

Die Feindin
Roman. Deutsch von Elizabeth Gilbert
detebe 20276

Fragt morgen nach mir
Roman. Deutsch von Anne Uhde
detebe 20542

Ein Fremder liegt in meinem Grab
Roman. Deutsch von Elizabeth Gilbert
detebe 20646

Die Süßholzraspler
Roman. Deutsch von Georg Kahn-Ackermann und Susanne Feigl. detebe 20926

Von hier an wird's gefährlich
Roman. Deutsch von Fritz Güttinger
detebe 20927

● Patrick Quentin

Bächleins Rauschen tönt so bang
Kriminalgeschichten. Deutsch von Günter Eichel. detebe 20195

Familienschande
Roman. Deutsch von Helmut Degner
detebe 20917

● Georges Simenon

Betty / Die Tür
Zwei Romane in einem Sonderband
Deutsch von Raymond Regh und Linde Birk

Der Neger / Das blaue Zimmer
Zwei Romane in einem Sonderband
Deutsch von Linde Birk und Angela von Hagen

Maigret hat Angst / Maigret erlebt eine Niederlage
Zwei Romane in einem Sonderband
Deutsch von Elfriede Riegler

Maigret gerät in Wut / Maigret verteidigt sich
Zwei Romane in einem Sonderband
Deutsch von Wolfram Schäfer

Die Fantome des Hutmachers
Roman. Deutsch von Eugen Helmlé
detebe 21001

Die Witwe Couderc
Roman. Deutsch von Hanns Grössel
detebe 21002

Schlußlichter
Roman. Deutsch von Stefanie Weiss
detebe 21010

Brief an meinen Richter
Roman. Deutsch von Hansjürgen Wille und Barbara Klau. detebe 20371

Der Schnee war schmutzig
Roman. Deutsch von Willi A. Koch
detebe 20372

Die grünen Fensterläden
Roman. Deutsch von Alfred Günther
detebe 20373

Im Falle eines Unfalls
Roman. Deutsch von Hansjürgen Wille und Barbara Klau. detebe 20374

Sonntag
Roman. Deutsch von Hansjürgen Wille und Barbara Klau. detebe 20375

Bellas Tod
Roman. Deutsch von Elisabeth Serelmann-Küchler. detebe 20376

Der Mann mit dem kleinen Hund
Roman. Deutsch von Stefanie Weiss
detebe 20377

Drei Zimmer in Manhattan
Roman. Deutsch von Linde Birk
detebe 20378

Die Großmutter
Roman. Deutsch von Linde Birk
detebe 20379

Der kleine Mann von Archangelsk
Roman. Deutsch von Alfred Kuoni
detebe 20584

Der große Bob
Roman. Deutsch von Linde Birk
detebe 20585

Die Wahrheit über Bébé Donge
Roman. Deutsch von Renate Nickel
detebe 20586

Tropenkoller
Roman. Deutsch von Annerose Melter
detebe 20673

Ankunft Allerheiligen
Roman. Deutsch von Eugen Helmlé
detebe 20674

Der Präsident
Roman. Deutsch von Renate Nickel
detebe 20675

Der kleine Heilige
Roman. Deutsch von Trude Fein
detebe 20676

Der Outlaw
Roman. Deutsch von Liselotte Julius
detebe 20677

Die Glocken von Bicêtre
Roman. Deutsch von Hansjürgen Wille und Barbara Klau. detebe 20678

Der Verdächtige
Roman. Deutsch von Eugen Helmlé
detebe 20679

Die Verlobung des Monsieur Hire
Roman. Deutsch von Linde Birk
detebe 20681

Der Mörder
Roman. Deutsch von Lothar Baier
detebe 20682

Die Zeugen
Roman. Deutsch von Anneliese Botond
detebe 20683

Die Komplizen
Roman. Deutsch von Stefanie Weiss
detebe 20684

Die Unbekannten im eigenen Haus
Roman. Deutsch von Gerda Scheffel
detebe 20685

Der Ausbrecher
Roman. Deutsch von Erika Tophoven
detebe 20686

Wellenschlag
Roman. Deutsch von Eugen Helmlé
detebe 20687

Der Mann aus London
Roman. Deutsch von Stefanie Weiss
detebe 20813

Die Überlebenden der Télémaque
Roman. Deutsch von Hainer Kober
detebe 20814

Der Mann, der den Zügen nachsah
Roman. Deutsch von Walter Schürenberg
detebe 20815

Zum Weißen Roß
Roman. Deutsch von Trude Fein
detebe 20986

Der Tod des Auguste Mature
Roman. Deutsch von Anneliese Boton
detebe 20987

Die schwarze Kugel
Roman. Deutsch von Renate Nickel
detebe 21011

Die Brüder Rico
Roman. Deutsch von Angela von Hagen
detebe 21020

Maigrets erste Untersuchung
Roman. Deutsch von Roswitha Plancherel
detebe 20501

Maigret und Pietr der Lette
Roman. Deutsch von Wolfram Schäfer
detebe 20502

Maigret und die alte Dame
Roman. Deutsch von Renate Nickel
detebe 20503

Maigret und der Mann auf der Bank
Roman. Deutsch von Annerose Melter
detebe 20504

Maigret und der Minister
Roman. Deutsch von Annerose Melter
detebe 20505

Mein Freund Maigret
Roman. Deutsch von Annerose Melter
detebe 20506

Maigrets Memoiren
Roman. Deutsch von Roswitha Plancherel
detebe 20507

Maigret und die junge Tote
Roman. Deutsch von Raymond Regh
detebe 20508

Maigret amüsiert sich
Roman. Deutsch von Renate Nickel
detebe 20509

Hier irrt Maigret
Roman. Deutsch von Renate Nickel
detebe 20690

Maigret und der gelbe Hund
Roman. Deutsch von Raymond Regh
detebe 20691

Maigret vor dem Schwurgericht
Roman. Deutsch von Wolfram Schäfer
detebe 20692

Maigret als möblierter Herr
Roman. Deutsch von Wolfram Schäfer
detebe 20693

Madame Maigrets Freundin
Roman. Deutsch von Roswitha Plancherel
detebe 20713

Maigret kämpft um den Kopf eines Mannes
Roman. Deutsch von Roswitha Plancherel
detebe 20714

Maigret und die kopflose Leiche
Roman. Deutsch von Wolfram Schäfer
detebe 20715

Maigret und die widerspenstigen Zeugen
Roman. Deutsch von Wolfram Schäfer
detebe 20716

Maigret am Treffen der Neufundlandfahrer
Roman. Deutsch von Annerose Melter
detebe 20717

Maigret bei den Flamen
Roman. Deutsch von Claus Sprick
detebe 20718

Maigret und die Bohnenstange
Roman. Deutsch von Guy Montag
detebe 20808

Maigret und das Verbrechen in Holland
Roman. Deutsch von Renate Nickel
detebe 20809

Maigret und sein Toter
Roman. Deutsch von Elfriede Riegler
detebe 20810

Maigret beim Coroner
Roman. Deutsch von Wolfram Schäfer
detebe 20811

Maigret, Lognon und die Gangster
Roman. Deutsch von Wolfram Schäfer
detebe 20812

Maigret und der Gehängte von Saint-Pholien
Roman. Deutsch von Sibylle Powell
detebe 20816

Maigret und der verstorbene Monsieur Gallet
Roman. Deutsch von Roswitha Plancherel
detebe 20817

Maigret regt sich auf
Roman. Deutsch von Wolfram Schäfer
detebe 20820

Maigret und das Schattenspiel
Roman. Deutsch von Claus Sprick
detebe 20734

Maigret und die Keller des Majestic
Roman. Deutsch von Linde Birk
detebe 20735

Maigret contra Picpus
Roman. Deutsch von Hainer Kober
detebe 20736

Maigret läßt sich Zeit
Roman. Deutsch von Sibylle Powell
detebe 20755

Maigrets Geständnis
Roman. Deutsch von Roswitha Plancherel
detebe 20756

Maigret zögert
Roman. Deutsch von Annerose Melter
detebe 20757

Maigret und der Treidler der »Providence«
Roman. Deutsch von Claus Sprick
detebe 21029

● **Henry Slesar**

Das graue distinguierte Leichentuch
Roman. Deutsch von Paul Baudisch und Thomas Bodmer. Ausgezeichnet mit dem Edgar-Allan-Poe-Preis. detebe 20139

Vorhang auf, wir spielen Mord!
Roman. Deutsch von Thomas Schlück
detebe 20216

Erlesene Verbrechen und makellose Morde
Geschichten. Deutsch von Günter Eichel und Peter Naujack. Vorwort von Alfred Hitchcock. Zeichnungen von Tomi Ungerer
detebe 20225

Ein Bündel Geschichten für lüsterne Leser
Deutsch von Günter Eichel. Einleitung von Alfred Hitchcock. Zeichnungen von Tomi Ungerer. detebe 20275

Hinter der Tür
Roman. Deutsch von Thomas Schlück
detebe 20540

Aktion Löwenbrücke
Roman. Deutsch von Günter Eichel
detebe 20656

Ruby Martinson
Geschichten vom größten erfolglosen Verbrecher der Welt. Deutsch von Helmut Degner. detebe 20657

Schlimme Geschichten für schlaue Leser
Deutsch von Thomas Schlück. Sonderband
Auch als detebe 21036

Coole Geschichten für clevere Leser
Deutsch von Thomas Schlück. Ein Diogenes Sonderband

Fiese Geschichten für fixe Leser
Deutsch von Thomas Schlück

● **Julian Symons**

Auf den Zahn gefühlt
Detektivgeschichten. Deutsch von Thomas Schlück. detebe 20601

Ein Pekinese aus Gips
Kriminalgeschichten. Deutsch von Günter Eichel. Zeichnungen von Josef Weihard
detebe 20740

Phantastische und Science-Fiction-Literatur im Diogenes Verlag

● **John Bellairs**
Das Haus, das tickte
Roman. Aus dem Amerikanischen von Alexander Schmitz. Mit Zeichnungen von Edward Gorey. detebe 20368

● **Ambrose Bierce**
Die Spottdrossel
Ausgewählte Erzählungen und Fabeln. Auswahl und Vorwort von Mary Hottinger. Aus dem Amerikanischen von Joachim Uhlmann, Günter Eichel und Maria von Schweinitz
Mit Zeichnungen von Tomi Ungerer
detebe 20234

● **Ray Bradbury**
Die Mars-Chroniken
Roman in Erzählungen. Aus dem Amerikanischen von Thomas Schlück. detebe 20863

Der illustrierte Mann
Erzählungen. Deutsch von Peter Naujack
detebe 20365

Fahrenheit 451
Roman. Deutsch von Fritz Güttinger
detebe 20862

Die goldenen Äpfel der Sonne
Erzählungen. Deutsch von Margarete Bormann. detebe 20864

Medizin für Melancholie
Erzählungen. Deutsch von Margarete Bormann. detebe 20865

Das Böse kommt auf leisen Sohlen
Roman. Deutsch von Norbert Wölfl
detebe 20866

● **Fredric Brown**
Flitterwochen in der Hölle
SF- & Schauergeschichten. Aus dem Amerikanischen von B. A. Egger
Mit Illustrationen von Peter Neugebauer
detebe 20600

● **Karel Čapek**
Der Krieg mit den Molchen
Roman. Aus dem Tschechischen von Eliška Glaserová. detebe 20805

● **Wilkie Collins**
Ein schauerliches fremdes Bett
Gruselgeschichten. Aus dem Englischen von Elizabeth Gilbert und Peter Naujack. Zeichnungen von Bob van den Born. detebe 20589

● **Guy Cullingford**
Post mortem
Roman. Aus dem Englischen von Helmut Degner und Peter Naujack. detebe 20369

● **Alexandre Dumas Père**
Horror in Fontenay
Roman. Aus dem Nachlaß herausgegeben von Alan Hull Walton. Deutsch von Alexander Schmitz. detebe 20367

● **Lord Dunsany**
Smetters erzählt Mordgeschichten
Fünf Kriminalgeschichten. Aus dem Englischen von Elisabeth Schnack. Zeichnungen von Paul Flora. detebe 20597

Jorkens borgt sich einen Whisky
Zehn Clubgeschichten. Deutsch von Elisabeth Schnack. Zeichnungen von Paul Flora. detebe 20598

● **David Ely**
Aus!
Eine Atomkatastrophengeschichte. Aus dem Amerikanischen von Felix Gasbarra
detebe 20036

● **Egon Friedell**
Die Rückkehr der Zeitmaschine
Phantastische Novelle. detebe 20177

● **Felix Gasbarra**
Schule der Planeten
Roman. detebe 20549

● **Gespenster**
Englische Gespenstergeschichten von Daniel Defoe bis Elizabeth Bowen. Herausgegeben von Mary Hottinger. Mit 13 Zeichnungen von Paul Flora. Diogenes Evergreens. Auch als detebe 20497

● **Mehr Gespenster**
Die besten Gespenstergeschichten aus England, Schottland und Irland. Herausgegeben von Mary Hottinger. Diogenes Evergreens. Auch als detebe 21027

● **Noch mehr Gespenster**
Die besten Gespenstergeschichten aus aller Welt, von Balzac bis Čechov. Herausgegeben von Dolly Dolittle. Ein Diogenes Evergreen

● **Klassische und moderne Gruselgeschichten**
Von Poe bis Hemingway. Herausgegeben von Mary Hottinger. Mit Zeichnungen von Paul Flora. Ein Diogenes Sonderband

● **Rider Haggard**
Sie
Roman. Aus dem Englischen von Helmut Degner. detebe 20236

König Salomons Schatzkammern
Roman. Deutsch von V. H. Schmied
detebe 20920

● **W. F. Harvey**
Die Bestie mit den fünf Fingern
Gruselgeschichten. Aus dem Englischen von Günter Eichel und Peter Naujack. Mit Zeichnungen von Peter Neugebauer. detebe 20599

● **Patricia Highsmith**
Der Schneckenforscher
Gesammelte Geschichten. Vorwort von Graham Greene. Aus dem Amerikanischen von Anne Uhde. detebe 20347

Leise, leise im Wind
Erzählungen. Deutsch von Anne Uhde
detebe 21012

● **Joris-Karl Huysmans**
Gegen den Strich
Roman. Aus dem Französischen von Hans Jacob. Einführung von Robert Baldick Essay von Paul Valéry. detebe 20921

● **Gerald Kersh**
Mann ohne Gesicht
Phantastische Geschichten. Aus dem Englischen von Peter Naujack. detebe 20366

● **Klassische Science-Fiction-Geschichten**
Von Voltaire bis H. G. Wells. Ein Diogenes Sonderband

● **Sheridan Le Fanu**
Carmilla, der weibliche Vampir
Vampirgeschichte. Aus dem Englischen von Helmut Degner. detebe 20596

● **W. Somerset Maugham**
Der Magier
Ein parapsychologischer Roman. Aus dem Englischen von Melanie Steinmetz und Ute Haffmans. detebe 20165

● **Peter Naujack (Hrsg.)**
Science-Fiction-Geschichten
Von Robert Heinlein bis Isaac Asimov Übersetzt und mit einem Nachwort des Herausgebers. Ein Diogenes Sonderband

● **Edgar A. Poe**
Der Untergang des Hauses Usher
Ausgewählte Erzählungen und sämtliche Detektivgeschichten. Aus dem Amerikanischen von Gisela Etzel. Herausgegeben und mit einem Vorwort von Mary Hottinger
detebe 20233

● **Herbert Rosendorfer**
Der Ruinenbaumeister
Roman. detebe 20251

● **Saki**
Die offene Tür
Ausgewählte Erzählungen. Aus dem Englischen von Günter Eichel. Mit einem Nachwort von Thomas Bodmer und Zeichnungen von Edward Gorey. detebe 20115

● Hermann Harry Schmitz

Buch der Katastrophen
Tragikomische Geschichten. Vorwort von Otto Jägersberg. Holzstichmontagen von Horst Hussel. detebe 20548

● Bram Stoker

Draculas Gast
Sechs Gruselgeschichten. Aus dem Englischen von Erich Fivian und H. Haas. Mit Zeichnungen von Peter Neugebauer
detebe 20135

● Roland Topor

Der Mieter
Roman. Aus dem Französischen von Wolfram Schäfer. detebe 20358

● Jules Verne

Werke
in 19 Bänden. Diverse Übersetzer
detebe

● H. G. Wells

Der Krieg der Welten
Roman. Aus dem Englischen von G. A. Crüwell und Claudia Schmölders. detebe 20171

Die Zeitmaschine
Eine Erfindung. Deutsch von Peter Naujack
detebe 20172

● Urs Widmer

Die gelben Männer
Roman. detebe 20575